The
Railway Man

Eric Lomax

The Railway Man

铁路劳工

一位"二战"英国战俘的人生自述

〔英〕埃里克·洛马克斯/著

刘 静/译

北京大学出版社
PEKING UNIVERSITY PRESS

这本书的问世需要大力感谢尼尔·贝尔顿的创造力和专业能力。他对本书的最终定稿倾注了极大的心血，远远超出了一般的出版商对作者的支持程度。如果没有他的帮助，我不可能将自己过去五十年的经历及所感所想以如此完美的形式呈献给读者。

"我曾死过,现在又活了……所以你要把所看见的,和现在的事,并将来必成的事,都写出来。"

——《启示录》第一章 18—19

目录 | Contents

第一章	1
第二章	34
第三章	57
第四章	83
第五章	108
第六章	150
第七章	171
第八章	182
第九章	208
第十章	235
第十一章	263
第十二章	303
致　谢	326

第一章

走进我在特威德河畔贝里克的家中,可以看见走廊上挂着的一幅画。那是苏格兰艺术家邓肯·麦凯勒的作品。画面背景是19世纪80年代时期格拉斯哥圣诺伊克火车站一个尘土飞扬的夏日傍晚。一位中年妇女穿着一身朴素的黑色衣服,手持太阳伞,焦虑而又不安地站在那里,眼睛望着远方,似乎无视周边任何其他事物的存在。在她身后,火车站那满是烟垢的窗玻璃和熟铁铸就的墙壁高高耸起。她的目光沿着月台盯向一辆渐渐远去的火车,从她的眼神中,我们仿佛看到了一个远行者逐渐消失的背影。而她脸上平静隐忍的表情告诉我们,她早已学会了承受悲痛。也许,那辆火车带走的,是她即将登上移民船或者去印度、阿富汗甚或黄金海岸参加殖民战争的儿子,就在她努力想要再多看儿子一眼的瞬间,我们仿佛感受到了突然向她袭来的孤独。

尽管这幅画并没有什么新奇之处,却非常打动人心。我一直都很喜欢这幅画。火车站多年以来都是令我非常神往的地方,不仅仅是因为那里有火车,更因为那里总是交织着两种矛盾的心理情感：一种是旅程完满的喜悦，另一种则是别离在即的伤感。麦凯勒的这幅画描述的正是人生中不得已的分别场景，道出了远行的代价。从来没有一种声音能比火车的汽笛声更容易勾起人们的离愁别绪，这汽笛声就像是不通人性的火车发出的一种如释重负的叹息声，随之它便朝冰冷的空气中吐出一股水蒸汽。

20世纪70年代，我曾经去过一次圣诺伊克火车站，走上月台，站在麦凯勒那幅画中人物站立的那个地方。背后那栋棚式建筑就像一个巨大的维多利亚时代的温室，跟画中几乎一模一样。当时那个车站还在使用，也算热闹，但是几年之后，与其他很多蒸汽火车站一样，圣诺伊克火车站也惨遭废弃。那是一个时代的终结，但是麦凯勒在画中所表达出来的忧伤以及忧伤的代价，却并不会就这样轻易地被淡忘。

别人告诉我说，这种对火车和铁路的感情是永远都割舍不断的。我还发现，人世间的折磨都是没有解药的。而在我的生命当中，这两种痛苦就盘根错节地缠绕在一起，一直伴随着我。由于幸运之神和上帝的眷顾，我竟然都挺了过来。然而，我花了几乎五十年的时间，用来偿还折磨的代价。

我出生在1919年，第一次世界大战正式结束的那一年。也就是在那一年，阿尔科克与布朗驾驶经过改装的轰炸机抵御了雨雪的袭击，成功飞越大西洋，最后降落在爱尔兰的一片沼泽地上。我记得很小的时候，就听大人们谈起航空工程学上的这次壮举。我还记得自己在爱丁堡东部的约帕城滨海区灰暗的人行道上一边走着一边慨叹那两名飞行员的勇敢精神。"约帕"是圣经中一个小镇的名字，约拿在躲避上帝的时候逃到了这里，然后从约帕乘船离开。虽然当时我并不知道这个地名在圣经中的重要意义，但是我很快就发现，这里有一个避风的港湾——福斯湾。只有在天气晴朗的时候，才能看见远方的法夫郡海岸，而狂风或大雾的背后是波涛汹涌的海洋。

我的父亲约翰·洛马克斯是个少言寡语、一本正经又很有原则的人。他对家人非常负责任，而且在家里只要是他作出的决定，没有人敢违背。父亲在十四岁之前，在工业城市曼彻斯特边缘的斯托克波特市内一家典当铺打杂。1893年，父亲不知怎么的就进入了邮政局，并在那里一直工作到五十年之后他退休的那一天。起初，他在那里的职位是"信差"，这是当时那里级别最低的一个职位了，甚至比我十六岁那年他帮我选择的入门级还低。等到我出生的时候，父亲已经升职为爱丁堡邮政总局的经理，这是一个中级公务员级别的工作，收入稳定，父亲也成为一位备受尊敬的公职人员。

1909年，父亲搬去了爱丁堡这个以政治、法律和公共服务为职能的城市。但尽管如此，父亲这一生都在感怀他所经历过的工业革命,心中满是对煤炭、烟雾、蒸汽动力、巨大的机器引擎、铁路机车以及曼彻斯特船舶运河的鲜活记忆。

有些国家几乎已经忘记了改变我们生活的重工业有多么令人敬畏,所以那里的年轻人很难理解,对我的父亲以及后来的我来说,那些巨大的机器并不可怕,也不令人感到压抑,而是让人欢欣鼓舞,像自然界以及人类所创造的一切生物一样让人着迷。从我记事时开始,父亲就已经参加了一个大约有十五个成员的读书会,他们会到彼此的家里做客,一起讨论一些文学作品,例如,我父亲就特别喜欢阿诺德·本涅特的小说,因为这是他年轻的时候,或者说在沃尔特·斯科特爵士那个时代的爱丁堡所能找到的最接近文学著作的作品了。我父亲还是《邮局电气工程师学会期刊》的区域编辑,他会在上面发表当地的新闻。就像所有对社会进步与科学发现有执著信念的人一样,父亲也喜欢读赫伯特·乔治·威尔斯的著作。他收藏了不少这方面的作品。我记得在他的书架上见过 19 世纪 30 年代出版的由奥利佛和博伊德合著的《爱丁堡年鉴》,还有一些大众科学方面的书籍,以及萨缪尔·斯迈尔斯的《工程师的生活》。

我还记得,父亲有一本 1931 年出版的亨德里克·威廉·房龙所著的《人类的故事》。这本书用生动的语言描述了人类所取得的成就和进步。孩童时代的我从这本书中的故事汲取乐观与创新的精神,每一种新的发明突破都意味着人类的生活将会变得更加便捷、舒适、充满激情。童年时候,我最激动的一次就是在房龙一本书的装饰性封皮里找到"大发现"的秘密表格。我那时候坚信,有千千万万的读者都不曾注意到封皮的背面,这个人类独创性的小发现是专属我一个人的。

　　我记忆中第一个让年幼的自己倍感新奇的世界不是一只动物,也不是一个游乐园,而是偶然看到的一大群有轨机车。我父亲喜欢在海边散步,他经常去的一个地方就是约帕电车终点站,坐落在从爱丁堡到伦敦的那条历史悠久的主干道与福斯湾交界处。在我很小的时候,我跟父亲一起去散步。我们绕过迪洛罗冰激凌店,发现约帕大街上停满了栗色和白色的有轨机车。每辆都有个美观大方的两层大车厢,木制窗框精致典雅。每辆车都有两个车头,后车窗排列成五角柱图形。机车的两头都有开放的站台,直角梯从这里通入上层车厢。这些机车正等着承载在爱丁堡马瑟尔堡附近的赛马场上观赛归来的人们。我盯着这一大队机车,第一次知道世界上原来有这么多有轨机车。

　　那时我就逐渐喜欢上了轨道机车。而约帕正是一个轨道机车的天堂。那里是世界上为数不多的一条轨道机车路线的终点站。轨道机车依靠铁轨之间的管道中长达五英里的钢缆连接在轨道上,由动力仓中的大型固定蒸汽机来驱动。见过那么多轨道机车之后不久,我由父亲带着去参观约帕终点站车行道下面的一条油沟。这就是缆井,里面有一个大凸缘轮,上面缠绕着一个钢铁缆索,将机车从西边最近的市郊波多贝罗牵引过来。每隔几分钟就会有一辆机车驶来,然后从向东运行的缆线上脱离下来,挂上向西运行的缆线,接着继续以十二英里的时速不紧不慢地驶回爱丁堡。轨道机车系统的稳定性给人一种极大的安全感。笨重的双层机车穿过一条条街道,在小镇成片的自行车、马车以及行人之间规则有序地蜿蜒前行。轨道机车的行驶轨迹似乎为无序的城市生活勾勒出一幅有序的网格图。

在我发现了这种古老的机车之后不久,它就被电车所取代了。我记得自己四岁的时候和母亲一起在街上散步,她指着一辆电车,告诉我说那是第一辆驶向爱丁堡的电车。在那之后大约一个月之后的一个深夜,镇上动力仓里的大型蒸汽发动机全部停用了。第二天早上,当父亲把这个消息告诉我的时候,我看得出来,这对他来说是一个庄重的时刻,意味着一个时代的终结,让他深感悲凉。

我们这些小孩子喜欢乘坐电车,在上面玩耍,跟售票员们套近乎,不过有些售票员对男孩子很凶。我们还发现,原来司机也有自己的喜怒哀乐,因为电车再也不像之前那些老旧的轨道机车一样永远都以固定的速度慢吞吞地前行,有些电车司机撒开制动杆,把车开得飞快。有一次,一辆电车在波多贝罗国王路的拐角处脱离了轨道,一头扎进波多贝罗发电站的院墙,最后悬挂在为发电站输送煤炭的铁路线上。看着硕大的绿色电车歪歪扭扭地停在那里,那场景让人至今都印象深刻。也正是这一幕让人们领会到,两地之间有序的交通方式也可能会突然中断,这个世界也是危机四伏的。不过,电车还是一种很大的进步,在当时那个艰苦匮乏的年代,每一个进步都会得到人们的欢迎而非诟病。我们对任何进步都非常着迷,那是现代人所体会不了的一种迷恋。当时我也不知道这种迷恋会将我带向何方。

我的母亲对这些大机器并不是非常感兴趣,这也难怪,因为她是出生在距离苏格兰北部海岸150英里的设得兰群岛。母亲是个性情温和之人,举止娴雅,很有远见,我觉得这是因为她从小就生长在一个仍然使用斯堪的纳维亚语的群体当中。外祖父母一共养育了八个孩子,母亲是家中的老五。父母亲两人从小生活环境的差异之大,简直超出了我们的想象。母亲家世世代代都靠着小渔船出海打渔为生。后来外祖父的贩鱼生意越做越大,并搬到了爱丁堡附近的港口城市利斯,成了一个成功的商人。在我出生的前一年,外祖父去世了。

母亲的梦想和遵循的传统也与父亲很不一样。她会给我们讲偏僻的农庄、鲱鱼、泥炭火堆,以及不绝于耳的海浪声。她还会跟我们描述夏天太阳二十四小时不落的情景、堆干草的场面、白色云母海堤上大片海石竹的景象,以及冬季里寒风肆虐,似乎要将地面上除了人类之外的一切都卷走的场景。

母亲的娘家萨瑟兰家族经历了很多苦难:1832 年 7 月,一场大风暴击沉了 18 艘敞蓬船,105 个渔民溺水身亡,其中就有萨瑟兰家族的约翰·萨瑟兰;1881 年夏天,萨瑟兰家族又有两个男人在设得兰群岛的一次海上风暴中丧生。住在城市里的人们永远都体会不到这个家族游走在死亡边缘的感觉。作为一个从生活艰苦的农村里走出来的人,我的母亲一直对故土怀着挥之不去的乡愁。她知道自己已经回不去了,在她生活于爱丁堡的后半生中,一直饱受思乡之苦。

母亲总是让我们这些孩子感觉有几许神秘。就连"设得兰群岛"这样的地名在我们听来都极其美妙,还有那些叫"维拉""特隆德拉""巴尔塔"和"安斯特"的小岛,它们都在哪里呢?母亲曾经尝试过进行文学创作,写下了一些"散文"和诗歌。她读过很多书。阿诺德·本涅特严肃的现实主义作品根本就满足不了海岛居民丰富的想象力,我母亲至爱的著作应该是设得兰群岛最著名的作家杰西·玛格瑞特·埃德蒙斯顿·萨克斯比。萨克斯比跟我母亲相识,在我出生的时候,她已经快八十岁了。二战爆发的第一年,她还在世。

母亲非常爱我,甚至有时候会对我保护过度,展现出极强的控制欲。我的性格当中有比较苛刻的一面，比如说我喜欢列清单，喜欢把事项都记录下来，喜欢剪报。母亲不仅允许甚至还鼓励我这样做。她会给我买所需要的文具。她把我叫做"派瑞教授"——"派瑞"在设得兰群岛方言中是"小"的意思。

我很爱我的母亲，但也许是我生长的环境使然，我并没有像她那样对过去抱有无限的怀旧之情。我的心更加坚硬一些，因而更喜欢父亲的世界，毕竟，20世纪20年代的男孩子本该如此。

能够看出母亲影响力的一个途径，就是我们家房屋的地理位置。房屋坐落在约帕的一块阶地之上，从这里可以看到福斯湾的美丽景色。我就是在这个房子里出生的。我觉得母亲是想住在一望无际的大海边，从家里的窗户就可以看见阴沉冰冷的海面。不断涌动的浪潮给我们送来刺骨的寒风，仿佛在提醒我们说，能够生活在坚实的陆地上是一件多么幸运的事情，同时也从来不会容许我们产生一种凌驾于大地之上的错觉。

我的童年是在家人的关爱中度过的。由于我是家里的"独生子"，所以时时刻刻都被那些古板守旧的人们保护着。"独生子"这个词本身就带有一些悲剧色彩，因为这样的孩子似乎就注定不能在遗传方面有任何差错。当年对我的父母来说，我可能就是一个惊喜。而我也经常想，幸好我在这个世界上是独一无二的。

父亲每天都会按照严格的时间表来处理日常事务。我到现在仍然记得,每天早上他离开家去乘坐20路电车,前往位于爱丁堡滑铁卢广场上的邮政总局。父亲非常守时,对每次出行的时间都计算得非常精准。我也遗传了他的这种性格特点,每次出行都需要确保自己能够按时出发,按时到达。

父亲会带我们去法夫郡的亚伯多尔镇,或佩思郡的格伦法尔格等地方度假。去的时候要乘坐当年英国北方铁路公司那种漂亮的大西洋火车头所牵引的火车,跨过又高又宽的福斯桥。过桥的时候格外冷,车轮与轨道之间钢铁摩擦碰撞的声音不绝于耳,头顶的悬臂架高耸入云,向下透过金属支柱可以看见广阔的海面。这座大桥是一个比金字塔还要大的奇迹,是世界上最神奇的大桥。每个苏格兰男孩子都知道,这座大桥大约一英里长,上面大约有800万个铆钉,修建的时候光是刷漆工作就需要29个全职工匠来完成。

在我还很小的时候,父亲带我们去设得兰群岛。那真的是一次远行。我们先乘坐了五个小时的火车到达亚伯丁,在那里乘坐晚上的轮船去勒威克。那艘轮船的名字叫"圣森奈瓦号",是鼎鼎有名的北苏格兰奥克尼和设得兰群岛轮船有限公司的骄傲。船很漂亮,以前曾经用作观光游船,很适合在北海上航行。

我觉得母亲一定是与那艘船上的轮机长相识,因为开船之后,我有机会被带去参观轮机舱,我对那里的一切都很好奇,最后都不愿意离开了。这对孩童时代的我来说又是一个顿悟的时刻:滚烫的燃油、满眼运行中闪烁着的金属按钮、气缸里活塞有节奏的震动声、空气中不断涌动的暖流、煤烟的味道、避雷针来回摆动的优美轨迹。当时我就想,如果这就是人们所说的"机器",我真想天天都能看到它。

我们在设得兰群岛住了一个月。我记得自己扎进海中嬉戏,然后把裤子在岩石上摊开来晾晒,同时整个下午都光着屁股跑来跑去;我记得在勒威克的海滩上玩耍,找来扁平的小石头来打水漂。有一次我把一块玻璃碎片误当成小石头,结果划破了我的手指。不过一切都是那么美好,晒热的皮肤上附着的海盐粒光泽透明晶亮,还有大海散发出来的海藻的味道。整个假期里的最让人兴奋的事情就是去看望叔公阿奇博尔德,他在那里的职位相当于设得兰郡的地方长官。叔公住在整个设得兰郡公认地理位置最好的里斯蒂娜公寓。身为当地最高长官的侄女,母亲感到非常骄傲。而我和父亲对叔公收集的许多漂亮的邮票非常感兴趣。

当时我差一点被自己的好奇心给害死。我和父亲跟随几个渔民乘坐一艘小船出海到设得兰岛南部的斯匹吉海湾。好奇心特别强的我把船底的木塞拔了出来,举起来,问道:"这是什么?"话音刚落,我就注意到大人们脸上突然浮现的愤怒和紧张情绪。我闯下大祸了。舵手赶紧往岸边划去，上了岸之后，我们看着小船慢慢地没入水里。

那是1924年，我第一次去设得兰群岛。回来之后不久，我就被送去了爱丁堡的皇家高中读书。据我所知，父母之所以为我选择了这所学校，并不是因为其拥有800年的悠久历史，而仅仅是由于新开的电车路线很方便，可以从我家直接到学校门口。

我后来对技术越发感兴趣，但这所学校并没有满足我在这方面的知识渴求，就连一门像样的物理课都没有开设。我们需要学习的课目是数学、英语、拉丁语、希腊语和法语。这是一所教学理念非常传统的学校，痴迷于对经典著作的讲授。

我并不觉得自己是个特别孤僻的孩子，但也许作为家里的独生子，我已经习惯了独来独往，让我拥有了别人不需要或者是缺乏的那份自负。比如说，我一直固执地坚持不参加任何集体性的运动项目。在当时那个将团队精神视为男子气概关键因素的年代，这种格格不入的性格往往被看做是很古怪的。我只去看过一次足球比赛，也很少打橄榄球，偶尔会打板球。而另一方面，我发现我很擅长游泳，尤其是特别考验体力和耐力的长距离游泳项目。我一直都没有发现自己的极限是多少，不过我可以一口气游好几英里。这是一种独立又坚韧的技能，我喜欢那种在水里奋力向前游的时候包围着全身的一种麻醉感,这种奇怪的麻醉感源于身体耐力要忍受肌肉疲劳而产生的痛楚。尽管一直喜欢独来独往,但我还是对自己获得了波多贝罗业余游泳俱乐部徽章这件事情感到非常自豪,虽说棕色和黄色的统一服装穿在身上让人看起来像只大黄蜂。可是,老师、家长甚至其他的男孩子们都不断地给我施加压力,要我加入团体运动项目,将自己明显的运动天赋投入到橄榄球场上的激烈厮杀中去。每到这时,我就提议大家跟我去游泳池,一边游上个一两英里,一边讨论这个问题,这往往能让那些议论我的人无言以对。

后来,我放弃了抵抗,参加了集体活动,却造成了严重的后果,由于这个后果又为我后来的一些经历埋下了伏笔,所以我记得特别清楚。当时,我参加了第12届爱丁堡皇家高中童子军猫头鹰巡逻队,与其他男孩子一样穿起了棕色的制服。我们每周都要在学校的体育馆里集训。那是20世纪30年代初期,有一天晚上,我们的团长教我们如何用长条棍控制人群,其实这是一种非常没有童子军风范的举动,也是1926年大罢工所带来的影响,或许这也是在暗示说,我们这一代人即将面对的世界充满了抗争与矛盾,就连运动比赛也要为此做好准备。

那天晚上集训临近结束的时候,团长决定进行一次实地演习。我们排好队,形成一堵"人墙",手里拿着长条棍。另一部分童子军假装成"暴民"。

这群"暴民"突然打开门,朝我们冲过来,虽然毫无恶意,但是却依然十分暴力,肆无忌惮地用身体撞向我们。我们控制不住这种混乱的局面,我们的队长也完全束手无策。在与这些"攻击者们"的混战之中,我的胳膊被狠狠地扭到了。我仍然记得当时我感觉自己的右臂向后扭得越来越厉害,最后终于折断了。起初有那么一瞬间,我一下子慌了神,也不相信自己会骨折,但是骨折那种钻心的疼痛立刻就袭遍全身。

足智多谋的团长就算到了最后一刻也临危不乱,他马上把这次失败的暴民控制演习变成了一次急救演习。他可不是每天都有机会向队员们展示如何来处理一次手臂骨折事故。他把一根码尺折成两截作为一副夹板,找来一些绷带把夹板固定住,然后叫来一辆计程车送我去医院。到了爱丁堡皇家医院的急诊室之后,我很快就被推进了手术室。麻醉过程并不彻底,受伤部位的神经根本就没有完全麻醉。我感觉自己的胳膊被反复拉伸,让切削过的骨头恢复原位。奇怪的是,我们总是很容易就记住疼痛。

我不喜欢上学,尽管小时候我在某些科目上还得过第一名,比如有一次拉丁文考试就拿了 100 分,但我还是觉得在学校里上课太枯燥了。慢慢地,我就对学习失去了兴趣。我所喜欢的那些科目都是皇家高中不赞同开设的课程。

第一章

跟很多男孩子一样,小时候我喜欢收集一些物件儿,作为我们对这个复杂世界的一种认知方式。1926年8月,父亲去因弗内斯的邮政局处理一些工作上的事情,顺便带我和母亲去那里度几天假。我们住在尼斯河南岸的摩尔峡谷酒店。为了哄我开心,父亲在因弗内斯市场上买来一大套各国邮票的集合。对于一个好奇而且不安分的小孩子来说,这可能就是一副很好的镇静剂,但是于我而言,这点燃了我对集邮的终生热情。之后,这种收集的热情又发展到了收集硬币、香烟盒,以及之后收集明信片。幸好其他男孩子也跟我有同样的爱好,而且那时候东西也很便宜,所以很快就能收集很多物品。只要是带着工业经济气息的小物件儿,我们都视若珍宝,例如火车票、火柴盒、签名照片、弹珠子。与今天的孩子所面对的外界诱惑相比,我们那时候的爱好并不是那种危险的冲动行为。当时那些想让孩子放弃收集爱好的父母如果知道如今这些收集品价格不菲的话,他们一定会大跌眼镜的。

1932年一个温暖的傍晚,我和母亲一起在波多贝罗区散步的时候,我有了一个重大发现。与此相比,之前收集的那些物件儿都不值得一提了。我清楚地记得那一天是9月12日,我们俩当时正从帕克桥上走过,这是一条长长的步行天桥,连接了一个高尔夫球场和一片住宅区。在桥上的时候,我一时兴起,停下脚步,向下看着这个新奇的世界。眼前是由钢筋木料编织起来的一张闪亮浓密的网,笔直平行的金属轨道突然像被赋予了生命一般，蜿蜒着与其他轨道完美地融合在一起；铁轨就像是被固定在地面上的阶梯，不断地向远方延伸，蔓延、扩张。极目远望，我甚至可以看到被磨旧的银灰色轨道表面，轨座上的黑色精钢以及枕木。黄昏之中，轨道看起来就像是在沾满油污的木材和沙砾之上用水银画出的一条条线。

　　站在桥上，我看到了波多贝罗货运站，这是全国最庞大、最繁忙的铁路货运站之一。在那个宁静的夏日傍晚，货运站里还是一片繁忙景象。大桥附近有两辆蒸汽机车，将火车和未装货的独立货车推进货运站里。我看到这两辆蒸汽机车的编号分别是9387和9388。这是两台非常可靠的机器，运行路线准确无误，左右两侧都有水箱，遮住了锅炉的轮廓。不过这两辆蒸汽机车看起来都很气派，每辆车都有一个高高的烟囱，形状看起来就像是伊桑巴德·金德姆·布鲁内尔站在他设计的第一艘蒸汽巨轮那巨大的桨轮旁拍照时头上戴的那顶烟囱帽。在这张著名的照片当中，伊桑巴德看起来自信满满，对此我一点儿也不惊讶，因为能设计出蒸汽巨轮这样的机器，他完全有骄傲的资本。蒸汽机车慢慢转动那六个驱动轮，坚韧地推着前面好几吨重的火车前行。在这两辆蒸汽机车承接了重量和压力的那一瞬间，我可以听见金属碰撞摩擦发出的刺耳的声音。而且，我又闻到了一股热油和煤烟混合在一起的味道。我记得上一次参观设得兰蒸汽轮船轮机舱的时候也闻到了这种味道。一柱灰色的烟雾从蒸汽机车的烟囱里缓缓地冒出来,几团轻飘飘的雾气向后飘去,掠过火管锅炉,在车厢顶部光亮的黄铜安全阀周边打转。这一串安全阀就像是出租马车前面装的那一串小铃铛一样。当时我并不知道,眼前看到的正是一辆在技术娴熟的驾驶员操作之下运行良好的蒸汽机车。

站在桥上,看着轰隆作响的蒸汽机车,蜿蜒交织的铁路轨道,还有信号台、站台以及红砖仓库,我感觉整个时空都静止了。只有生活在蒸汽时代的人,在晴朗的傍晚看见过这样声势浩大的铁路枢纽站,才能体会到我那种着迷的心情。对当时我这样的小男孩来说,那简直就是一个欢快又神秘的机械天堂。

货运站里面还有几辆更庞大、更威猛的蒸汽机车停在那里,机车巨大的辐条轮被看起来跟步行天桥大梁一样大的连接杆所连接。这些连接起来的辐条轮、连接杆以及活塞中都蕴藏着极大的能量——还没有被唤醒的能量。离波多贝罗不远处一个脏兮兮的木棚旁边就停着一辆蒸汽机车。从机车一侧高高的车门中伸出一个木槽,悬在后面的煤水车之上。一个人穿着背心,戴着布帽子,正把一大桶煤块倒进木槽里。煤块叮叮咣咣地被倒进去,形成一个黑色的小煤堆。另一个人穿着厚重的黑灰色夹克衫,用铲子尽量将煤堆铲平。

这点燃了我对铁路终生不减的热情。从那天开始,我就经常跑到帕克大桥上去。很快我就发现,很多男孩子和我一样对此感兴趣,跑到大桥上,看着蒸汽机车减速进入货运站或者加快速度驶出货运站,驶向爱丁堡和伦敦之间的东海岸主干线。爱丁堡是一个铁路中心,我们家住在巨大环形铁路网的东端,火车在运行过程中会经过很多车站、仓库、隧道、维修站和货运站。我可以看着伦敦东北铁路公司的大蒸汽机车经过,拉着长长的车厢开往爱丁堡韦弗利火车站。韦弗利火车站是伦敦东北铁路公司自己修建的车站,也是火车爱好者们都非常向往的地方。我还会跑到郊区和乡村火车的前面去参观那些又小又旧的蒸汽机车。对我来说,它们都是火车,这就足够了。

我对这些即将走到它们黄金时代尽头的轰隆大机器怀着一种深深的迷恋,就像是一种爱恋。它们非常坚定地向前行驶,它们是有生命的,散发着烟雾和矿物的味道。它们毫不掩饰地燃烧着能量,我们都可以看见那熊熊的火焰。它们相互竞逐,靠燃烧自己运来的煤炭来提供能量,而在这个过程中,散发的热量比它们用掉的还要多。人类则需要不停地挥动铲子,随时注意确保锅炉里的火焰永不熄灭,在整个旅途中恪尽职守,一刻都不能懈怠。它们的废弃物不必被装在衬铅的棺材中埋葬,而是以碳、硫和氮的形式被排放出去,或者化为灰烬散落各处,没有完全燃烧的煤炭颗粒则会轻轻地散落在人们的衣服和头发上。

人类的某些创造物，其意义远远超过其功能。就算是工具，也可以很神奇。我们将火车发出的那种爆炸性、有节奏的声音称之为"喷气声"，这种声音比燃油机车的咆哮声更能让人体会到启程与离别的意义。也许是因为这种"喷气声"很像我们脉搏跳动的声音。虽然如今煤炭资源日益枯竭，气候变暖的趋势愈演愈烈，但在那个时代，还没有人意识到这些问题，而且为了蒸汽机车，付出这样的代价也是值得的。蒸汽机车是如此美妙的机器，堪称工业革命中创造出来的最美丽的机器。

奥德里牧师创作了一系列关于铁路的儿童读物，吸引了上百万的小读者。而这些孩子们的父母也早已遗忘了蒸汽时代。奥德里牧师曾经说过，铁路能够"触碰"到人性，让人们变得很古怪。我们发现，铁路对几乎所有人都能产生这样的作用。我有时候就感觉自己变得怪怪的，不过我觉得在内心深处，所有人都对铁路有一种爱恋之情。

蒸汽机车散发着一种震慑人心的真实力量——它大部分重要的部件都是一览无余的。我们可以从外面看见带曲柄和机械装置的大气缸，可以看见杠杆和大车轮巧妙地连接在一起，看到这些，我们就知道这个机器肯定会顺利运作，我们甚至能亲眼看到它是如何运作的。与汽车和核动力舰船不同，蒸汽机车的驱动装置毫不隐晦。工程师们所说的"转动装置"、连接轴、活塞以及机车的驱动轮都跟手表的运作装置一样让人着迷。联轴器和连接杆就像珠宝一样明亮,因为从铣床上出来之后,它们还要经过锤头和凿子的进一步打磨和抛光。这些蒸汽机车上的很多部件仍然是靠人类手工制作出来,所以难怪驾驶员们说起蒸汽机车的时候就跟在谈论有生命的人一样。实质上,蒸汽机车就是在一组钢轮之上用钢架支起来的一座锅炉。

蒸汽机车简单的工作原理让我着迷。煤炭在锅炉中燃烧,使锅炉周围的水遇热产生水蒸气,蒸汽进入气缸,推动活塞做直线运动,活塞通过连接杆带动车轮转动起来,机车因此能够前行。它就像组装起来的一个大水壶,里面的水绝对不能低于锅炉的顶端,否则就会有爆炸的危险。人们竟然能想到用这种装置产生的强大速度来输送人类和货物,这简直是太不可思议了。如今的电气化铁路,其运行速度都是固定不变的。而蒸汽机车则不同,机工需要时刻关注保持火力与水量之间平衡,稍有不慎,就会破坏这种平衡。因此,如果机工技术过硬,那么火车速度就会快一些,而如果机工能力欠缺的话,后果可能会很可怕。

就跟人类的其他发明一样——比如枪支武器——其简单的工作原理会不断地被改进、发展,使其趋于完美。我是在火车发展的鼎盛时期爱上它们的,那时候加压蒸汽取得了令世人瞩目的成就。人类撰写了大量关于如何改进瓦特蒸汽理念的书籍。更加复杂的阀动装置就能够更好地控制压力,蒸汽可以被进一步加热从而产生更大的压力,锅炉中密集的铜火管加大了尺寸,从而增大加热面积,这样就能产生更多的热量和水蒸气。但最重要的还是所有部件一起运作，天衣无缝，共同谱写了一首壮观、恢弘又带有神秘气息的蒸汽机的史诗。

我学会了区分这些机器，而且更偏爱其中的某一些类别。比如，我比较喜欢威风的大西洋蒸汽机车，这是那个世纪早期最强大的苏格兰蒸汽机车。这种蒸汽机车有四个巨大的驱动轮，被像大挡泥板一样的"防溅板"半遮掩着。小轮子的辐条很多，看起来很厚实。其中有一辆蒸汽机车，走近看去，俨然就是一个庞然大物。巨大的锅炉管子被刷成了墨绿色，车头是光亮的黑色，整个钢铁框架足足有 20 英尺长。一个普通身高的男孩子站在驱动轮的旁边，也勉强刚刚高过它黑色辐条中心的银色轴节。活塞连接杆跟承载火车轮子的钢轨一样巨大。外部气阀的摇杆就像游泳健将停在半空中的手臂一样。往上就是环绕着锅炉的各种黄铜管柱。再往上就是戴着高顶圆礼帽似的大烟囱。

到了 20 世纪 30 年代后期，这种强大的蒸汽机车开始有些过时，看起来就像是蒸汽压路机一样笨重缓慢，而这类即将告别历史舞台的交通工具中的最后一种，也是最厉害的一种蒸汽机车迎来了它的鼎盛时期，其速度和行驶里程超过其他任何种类的蒸汽机车。太平洋蒸汽机车就是其中的一种，它是从伦敦到爱丁堡的快速蒸汽机车，体型庞大，六个巨大的驱动轮前后要分别装上四个和两个小一点儿的车轮才能保持自身重量平衡。这种气势恢宏的大机器看起来仿佛能够跨越整个世界。太平洋蒸汽机车是英国铁路工程公司的骄傲。每当这种太平洋蒸汽机车从我身边疾驰而过时，强大的气流都使我的身体紧紧地靠在我身边的自行车架上。也许只有发现一只罕见老鹰的野鸟观察者才能体会到那时我心中涌起的激动之情。

即使是太平洋蒸汽机车这样的庞然大物也在不断地改进。30年代中期，其中一些机车被改造成了"流线型机车"。整个机车的外形采用当时流行的流线型，看不到圆筒式的锅炉。车身被粉刷上两种不同色调的灰色，另外车身上的钢板颜色呈军队绿，为"银色纽带"又增添了一抹色彩。这种蒸汽机车从伦敦开到爱丁堡只需要六个小时，时速通常达到100英里，这使其成为世界上最快的蒸汽机车之一。轮子上方的挡泥板展开，就像是一头鲸鱼露出锋利的牙齿。巨大的挡泥板很像安装在铁轨上的灰色刀片，火车疾驰的时候就用这个100吨的金属片切割着沿途的风景。看着火车从身边呼啸而过，感觉自己就要被带去未来的世界。

当然，我拍下的第一张蒸汽机车的照片就是太平洋蒸汽机车中最有名的"苏格兰飞人"，我记得是在它夏季第一次从伦敦开往爱丁堡的那天拍下的这张照片。我把布朗尼盒式相机的镜头对准这辆机车，希望能够抓拍下它启动时制造的巨大气流。不过照片洗出来之后,看着就跟大多数铁路上抓拍的照片一样,只是一张画面模糊又严重失真的黑白照片。

不过最重要的是我亲身经历、亲眼见证了那个时代。等我1936年从学校毕业的时候,我对火车的爱好已经演变成一种痴迷。事实上,从1933年开始到1939年我志愿参军的这段时间,我把大部分的空余时间都花在研究蒸汽机车上面。我会去研读铁路工程方面的历史书籍,去了解当时早已不复存在的铁路公司,不停地在爱丁堡乔治四世大桥附近的二手书店里搜寻关于铁路的二手书,然后以每本一便士的价格把这些漂亮的书都买下来。偶尔我也会出手很大方,花上好几个便士淘来一些宝贝,比如一套维多利亚时代的照片集《斯迈尔斯》。

那时候的我就是如今人们所说的"铁道迷",不过我可并不这么认为。因为"铁道迷"一般是指那些性格孤僻的男孩子,穿着滑雪衫,在英国铁路公司的各个车站穿梭,搜集机车号码,而我可不是这样的人。对我来说,这就像是一种对学术的热爱,一种跟数学或者法语一样的"学科",而我就像其他的专家一样认真钻研这个学科。无论如何,垄断性铁路公司那种标准化、统一的高速列车是无法与20世纪30年代铁路上行驶的这种壮观的大机器相提并论的。

我不仅仅是坐在那里空谈火车,同时也跑到外面去观察火车。我会在冰冷的路堤和路堑上等着,希望能看一眼那些罕见而有名的蒸汽机车。为了能看到一辆蒸汽机车，我会毫不犹豫地骑十五分钟甚至是二十分钟的自行车，跑到它经过的乡村铁路线那里，然后再心满意足地骑车回家，就像去见了自己的女朋友。

截至1923年，英国已经有120家铁路公司了，不过当时这些铁路公司形成了四大区域联合。苏格兰东部的区域联合被称为伦敦东北铁路公司。爱丁堡的蒸汽机车与东英格兰的蒸汽机车大不相同，康沃尔的蒸汽机车向北最远只能到达纽卡斯尔。有时候，一些蒸汽机车也可能会在境外铁路线上运行，但还是有些困难，因为大西部的蒸汽机车车身较其他车型更宽，因此在境外铁路线上运行就存在一定的风险，有可能会被夹在一座桥上或者站台上，后果不堪设想。边境处不仅是一个实实在在的界限，同时也是一个历史性的界限，从英格兰东北部驶过来的蒸汽机车通常会在贝里克郡与车厢脱离，然后由一辆苏格兰蒸汽机车继续拉动车厢向北行驶。

如今，这些独立改进的蒸汽机车逐渐驶入了彼此的铁路线。我们可以看见一些来自南方的火车在韦弗利火车站小心翼翼地驶向防撞棚。这时候还能看见不同种类的漂亮机车：老铁路公司的蒸汽机车仍在使用，维多利亚时代开发出的蒸汽机车在飞机的时代也仍在行驶。我是有幸经历这一多元化时代的见证者之一，这个时代虽然有些低效、无序，但却是一个非常伟大的时代。我感觉自己就像是加拉帕戈斯群岛上的达尔文。

就像去原始栖息地寻找物种的起源一样,这些粉刷一新、由气派的钢铁黄铜部件组装而成的蒸汽机车也常常要追溯它们的发源地。我们常常会使用野鸟观察者们的行话,比如说把那些稀有罕见的蒸汽机车形容为"神出鬼没"或者"难以接近"。蒸汽机车的世界与自然界一样神奇复杂。蒸汽机车的种类甚至比洛锡安山区所有鸟类的种类还要多。英国主干线上至少有28 000辆蒸汽机车,此外,私营企业拥有以及从主干线上退役转而为啤酒厂、采矿厂和钢铁厂服务的蒸汽机车还有上千辆。我们家所在地区的铁路归属伦敦东北铁路公司,该公司是由英国北方铁路公司这样的主干线与东西约克郡联合铁路公司等区域性小公司合并建成的,后者起初只有四辆破旧的蒸汽机车,负责将一些小矿井的煤矿运送到海港。

十六岁那一年,我在《铁路杂志》上刊登了一篇小文章,描述了大不列颠群岛上一条非常不起眼的铁路线,从而使其摆脱了被人彻底遗忘的悲惨命运。安斯特岛是设得兰群岛中位置最靠北的一个岛屿,我在这里发现了一条杂草丛生的铁路,其轨距仅有两英尺,从岛屿中心的铬铁矿场通往附近的码头。然而在七月的炎炎烈日下,我们却只能看见矮小结实的小马拉着满载铬铁矿石的四轮马车,摇摇晃晃地前行。在这个岛上的另一处铬铁矿场周围,我还发现了几条铁路线,都已经彻底废弃。轨道上面长满了各种杂草,旁边有一些废弃掉的侧倾车躺在那里,早已锈迹斑斑。我感觉自己来到了铁路世界的最远点。

我想要认识和了解铁路这个人为创造出来的世界,去了解蒸汽机车的发展史、机车的设计以及各个铁路公司的历史。我做事非常严谨,而且必须弄清楚自己身在何处,这也许就是我一开始对复杂的铁路网产生兴趣的原因,也导致我后来在世界上最糟糕的一条铁路上深陷困境当中,不过这种弄清楚自己身在何处并想办法逃脱的本性却从来都没有改变。我对铁路有一种很深的感情,以至于我人生中的每一次具有转折意义的大事都跟铁路有千丝万缕的关系。铁路给我带来了不幸和苦痛,同时也让我体会到人生中唯一真正的满足感。

对铁路的迷恋是一种强烈的个人癖好,但是我一直都知道,我对铁路的迷恋并不是一种深藏于内心当中的情感。在英国,火车研究是最流行的消遣方式之一。我们总是能看见一些男孩子站在站台上、侧轨旁,或者是乡下的平交路口,全神贯注地做笔记,拍照片。我们也会非常谨慎地相互交流一下信息。有时候能听到别人讲述一些奇怪的场景,比如蒸汽机车就像一只被暴风雨吹跑的大鸟一样,从自己的行驶区域中消失。在铁路世界当中,这场暴风雨就是经济风暴,面对世界经济衰退,区域铁路系统开始逐渐实现同一化。当时,大萧条本身以及它所带来的各种效应，让我们看到的只有机会。我们并没有预见到这场暴风雨的来临。

我们获准去参观机车房和机修厂，也可以在周六下午或者周日跑到侧轨去看一大拨停在那儿的大蒸汽机车。我们常常会爬上一辆蒸汽机车那足足高达九至十英尺的上下车平台，站在各种调节如此巨大动力的部件前面，看着那闪闪发光的控制杆、节流阀和活塞，总会给人一种做坏事之后的刺激感。

我们以为自己是在见证这些蒸汽机车的变迁过程，却从来没有意识到，我们其实只是站在站台的一端，目睹着它们逐渐退出历史舞台。我们从不容忍轻浮之人、酗酒之人以及玩世不恭之人。但机器并不能算是良师益友。说实话，青年时期的我大部分时间都是一个人独处，骑着自行车穿过那些秋冬季节里又暗又湿的大街小巷，往返于各个火车站之间，跟其他的火车爱好者之间也保持一定的距离。所以我很容易就入了教会，不过这都是后话了。

与此同时，在皇家高中上学的日子越来越像一种苦修。1924年10月1日那天坐火车来到这所学校读书的男孩子中间，有很多人在十年之后仍然因为这段教育经历而感觉不幸福。很多老师对待学生的态度十分恶劣。他们似乎特别讨厌我们，认为我们打扰了他们正常的生活。那里所有的老师好像都没有意识到，孩子的发展以及他们的兴趣跟老师的引导是息息相关的。

也有例外。当时我们有一位特别敬业的历史老师,他想出了一个很好的教学策略,如果有学生可以在任何历史相关的文章当中发现一处史实性的错误,就可以在学期测试当中获得1%的额外加分。因此,他的学生们都非常卖力地仔细阅读手中的历史文章,以期发现错误。不过也有人说,就连学生家长也参与进来帮自己的孩子找错误。当然,很快这种宝贵的信息就成为市场经济中的一种商品。自信的学生会放出话说自己找到一些疑似错误,然后根据接受概率大小来定价。从某种程度上来说,这也是一种体验生活的方式。

学校将教学重点放在古典学科的研习上,这对即将步入社会的我们来说并没有多大的帮助。到我十五岁的时候,父亲不得不请校长为我重新安排课程,让我能够不仅仅只学习希腊语,同时也能学习历史和地理。可是随着结业考试的临近,我知道我不太可能取得好成绩。

1935年秋天的一个假日,父亲看到一则公务员的招聘广告,是爱丁堡邮政总局要招聘一名邮件分拣员兼报务员。父亲决定让我去参加竞聘。在当时的那个年代,儿子都会遵从父亲的指示,至少我是不敢违抗的。所以在十六岁那年,我去参加了竞聘考试。我和家里人都没有想到的是,我最后竟获得了全市第一名。有天早上,我收到了用棕色信封寄来的聘书,也就是那天,父亲告诉我说,我可以不用再去上学了。

我的校长名叫金·吉利斯博士,是一位非常有学识的人。收到聘书之后,我去办公室找他,告诉他我决定退学。他语重心长地告诫我说,这种做法简直是太愚蠢了,将来我也只能去给屠夫当学徒了,去从事社会上最卑贱的工作。听到这些话,我就把公务员的聘书拿出来给他看,让他顿时无地自容。于是,我的学校生活就这样结束了。

我仍然觉得,就算去给屠夫当学徒,我也会是个不错的学徒。

1936年1月初,我开始在家自学公务员入职要求。离正式入职还有几个月的时间,那段时间里我开始去探索洛锡安山区和海滨地区,汽车去那些小海港、旧码头和隐蔽的铁路侧轨。据说那里还保留着一些早期的蒸汽机车。这也为后来我在工作之余进行环英国自行车马拉松骑行奠定了基础。那时候我就在想,也许工作之后就再也没有这么多可供我完全支配的自由时间了。事实证明,我是对的。

1937年,法国掀起人民阵线运动,西班牙爆发内战,日本发动了侵华战争。也就是在这一年,我踏上了更远的行程。当时,我从工作中并没有获得很大的成就感。利用年假时间,我骑车环行英国,先是沿着西海岸行至英吉利海峡,然后沿着东海岸经由纽卡斯尔和伯威克折返回来,全程1000英里。整个过程都是我独自前行。当时我并不知道在几千英里之外的亚洲土地上正发生着什么。我不懂政治，当时我还只是个孩子。

现在回想起那些当年在学校里跟我关系并不是很亲密的同学们，我的心情是很复杂的。比我小十岁的人都可以很随意地谈起他的同学们，可是在我的成长过程中，中国和欧洲中部的动荡局势夺走了我的这个权利。我很清楚跟我同时代的那些人都命运如何。我最后一年所在的学校班级里一共有二十五个人，其中只有四个人在战争中幸存。但数据当中是体现不出公平的。非常偶然又极其幸运的是，与我一起在卡特瑞克参加军官课程的二十二个人都存活了下来。

就跟父亲在大约四十年以前的境遇一样，我在邮政局必须从最底层的工作干起。于是我成了一个邮件分拣员。经过一周的培训之后，我正式成为公职人员系统当中职位最低的公务员，然后就等着一步一步地往上爬，升为高级分拣员、邮政局长。

后来我偶然认识了那里一位名叫鲍比·金霍姆的老职员。他看我是新来的，就经常帮我，教我如何得过且过。我们每天从早上 7:30 一直工作到下午 3:30，每周工作六天。正是鲍比的建议让我度过了这样难捱的日子。

我每天的工作就是要打开国外寄来的包裹，以便海关检查，完毕之后再费力地把它们重新打包好。有时候我还会被派到足球博彩部门帮忙。那时候有很多好赌之人喜欢参加周六足球比赛分数竞猜,希望借此一夜暴富,广告商们会给这些人不断地寄优惠券。足球博彩部门的分拣员每天的工作就是整理这些上百万张的优惠券。他们把这些投机主义的产物分类、捆绑、打包,等着送往韦弗利火车站,然后火车会把它们运送到那些南方偏远的小镇去。

那时候,我开始绘制爱丁堡周边的地图,初夏的晚上可以骑自行车去到地图上的那些地方。每天下午,我都会抽出时间来绘制地图,沉浸在自己的世界当中。那么远的距离,那么多荒凉的铁路线,还有用这种不同寻常的方式进入我自己绘制的世界时所带来的隐隐的满足感。地形测量图能帮助我们识别那些快要被彻底荒废的铁路支线,或者是某个偏僻的煤矿,其周边有几辆蒸汽机车从来就不为煤矿之外的人们所知。但是有些铁路侧轨实在太不起眼了,根本就没有被显示在地图上,所以出于无奈,只能实地去把它们都找出来。

在邮政局工作的时候,我发现人对某种事物的痴迷可以有多种形式。我后来跟一个年龄比我大很多的邮局职员成了好朋友。在进入邮局工作之前,他基本上都处于无业状态,而且还是一名共产主义者。进入邮局之后,他发现有时候大家对博彩信封上的某些寄送地址一无所知,这立即引起他极大的兴趣。出于严谨的性格特点和他对工作认真负责的态度,他在工作之余花了好几周的时间,将自己所能找到的所有英国地名归纳整理成卡片索引,以协助分拣博彩邮件。很难想象,这是一个共产主义激进分子会去做的事情。不过如果情境不同,这位制作地名卡片索引的共产主义者可能也会通过其他途径来表达自己的情绪。

20 世纪 30 年代,人们对待工作是极其谨慎严肃的。每当我想起当时一位名叫温迪的同事,这种感觉就更加强烈。1936 年后期,我通过了文书主任的考试,从温迪手中接管了汽车运输部门。有一天,到了午餐时间,温迪还是没有回到办公室。当时,人们都非常尊重守时的优良作风,所以我想温迪很可能是遇到了事故,或者是被人绑走了。事实上,这两者都是她没能准时出现的原因:她利用午休时间完成了自己的终身大事。

之后,我的工作就是记录整个苏格兰东南部地区邮政局通信汽车的行驶情况。我们需要关注的事情包括过度消耗燃料、汽车抛锚以及交通事故等。这就是我以后的工作:邮政局通信汽车的信息记录部门,负责详细记录这种公共通信方式以及开车司机的资料。

如果当初我没有趁早逃脱,从那份关于在爱丁堡地区为邮政通信汽车增加停车处的文件中,我接下来的生活可窥一斑。我写下会议记录、备忘录,列出一长串合适场所的名称。1948 年,我在经历了一场战争,从军队中退役之后又回到邮政局去工作了一段时间。在那场战争当中,数百万人无辜惨死,而我在心理上和生理上都遭受了极大的打击。在我回归公务员工作的第一天,一份关于车库住宿的文件就被郑重地交到了我的手上。这份文件已经有将近十年都没有被打开了。在这个陈腐的政府部门里,时间仿佛停止了一般,但对我来说,却是时间在飞逝啊。

1936年,我心里一定是萌生了一丝恐惧感,因为我决定要作出改变了。现在回想起来,我发现,尽管当时自己非常顺从,实际上我还是需要更大的满足感,追求比当时那种既定的人生道路更加引人入胜的生活。按我自己的标准来看,我是非常有雄心壮志的。我决定去上夜校,学习关于电话和电报的课程。父亲认为想要从管理人员转为技术人员,从"监管改为实践"的这种做法简直是太反常了。他认为,我们是行政人员,不用靠技术吃饭。但凭着那股我后来愈发了解的倔强劲头,我还是遵从了自己的决定。

第二章

在我小时候的那个年代,铸补、发明以及做手工都是很体面的消遣方式。虽然父亲并不是一个电报工程师,他却喜欢捣鼓技术设备。20世纪20年代早期,父亲和他的两个朋友韦瑟鲍姆和帕特里克一起制作一台无线电接收器,当时的"工作室"就选在了韦瑟鲍姆的家里。

那个"工作室"里面有一张桌子,就是制作无线电接收器的"工作台",上面摆满了玻璃阀门、电线、电烙铁铜线、钳子、螺丝刀。屋子里充斥着一股奇特的金属灼烧味儿,还有一股胶水和润滑油的味道。每次去那里,父亲都允许我去触摸那些黑色的厚胶卷儿,却从来都不准我碰那些黑色的大刻度盘,上面的指针指向嵌在木底板里的各种黄铜按钮。三个打磨得很漂亮的黄铜圆柱装在擦亮的红木匣子里,当那些我们肉眼看不见的电波进入光线明亮的房间之后,这三个黄铜圆柱就作为检测器将这些神秘的电波检测出来。前面板上镶嵌着看起来很不结实的凸出阀门、开关以及刻度盘,还有闪闪发亮的黄铜接线端子。我可以看见阀门灯泡里薄薄的金属。整个装置看起来既滑稽又气派,就像一个没有制作完工的玩具,也像一种具有美学设计的工具,一种非常精密和复杂的工具。整台接收器的前面板向后倾斜,就像教堂圣坛上倾斜摆放的圣经一样。

父亲把一副大耳机扣在我的耳朵上,我仔细聆听,透过远处机器的嘈杂声,我听到了一个陌生人的话音。仿佛在很远很远的地方,有一个人正在讲话,而他的声音就不知怎地被传送到这里来,进入了我的耳朵。

很多年之后,我落入了那些残暴之徒的手中,他们根本就没有把我当做平等的人来看待,对我以及我的经历没有丝毫的尊重。那时我以为自己会在痛苦与折磨中死去,当时甚至觉得是父亲的这个爱好害了我。但是第一次世界大战之后,技术仍然是非常强大而有魅力的,根本就不会让人感到害怕。有谁能想到,无线电报这样一个简单的传递微弱磁力线的装置竟然会造成如此大的伤害?这本身应该是一个很好的装置,人们可以通过它相互交流。据我所知,在山顶上的爱丁堡城堡里就有一个英国广播公司的广播站,广播员们用标准的英语从容又很权威地向人们发布天气预报以及国家的相关新闻事件。

1940年,我开始学习制作无线电收音机。那一年,我已经可以在父亲的收音机上听见阿道夫·希特勒的声音了。他的演讲从头到尾都是有节奏的呼喊,同时还满是奇怪的抑扬顿挫。当时,希特勒不仅是欧洲最厉害的人物,而且很显然,他已经疯了。但尽管如此,对于我而言,他声音当中传达出来的威胁跟收音机里传来的其他声音一样遥远。

邮政电话局为员工安排了电学方面知识的学习,虽然这被认为是死记硬背的机械学习,但我还是非常专心。我们必须要记下复杂的电路图和阀门的形状。考试中常常会问到这样的问题:"请重新画出2A号配电板的电路图。"这种图非常难画,简直就像个大迷宫。30年代后期的收音机体型笨重,虽然并不像父亲他们在韦瑟鲍姆家里制作出来的无线电接收器那样庞大,也还是比较敦实的。我开始学习这些收音机的工作原理以及保养方式。我们还会学习关于电话、摩尔斯信号和电报。我一直都有进步,但是却并不因此而感到满足。

鲍比·金霍姆是我在邮电局里遇到的一个良师益友,是那种特别喜欢帮助刚刚走上工作岗位的彷徨无助者的人。像他这样的人通常都有一些共性,那就是年长、熟知工作领域中的规则,表现出一种蓬勃向上又有些神秘的生活态度。我知道他对宗教很感兴趣,有一次我把父亲收藏的那本希拉瑞·贝洛克所写的《通向罗马之路》借给他看,这本书记叙了贝洛克自己徒步前往罗马朝圣的心路历程,深受英国天主教徒的欢迎。金霍姆后来一直没有归还这本书,惹得我父亲颇为愤怒。不过最后我的这位同事选择了跟贝洛克完全不同的信仰之路。

第二章

我在童年时代所留下的与宗教信仰有关的最清晰的记忆,就是在十一岁或者十二岁的时候曾参加过苏格兰圣公会教堂的唱诗班。我还记得当时的音乐,也记得整个唱诗班被分为圣坛北侧唱诗班和圣坛南侧唱诗班,我则被分去了北侧唱诗班。这不仅让我自己感觉很意外,而且也让我的父母很惊讶,因为他们虽然不太乐意,但也已经习惯了我成天往外面跑,去寻找那些不太常见的大机器。

夏日傍晚,我们可以看见爱丁堡西边戴瑞路上火车站里各种不同的火车。火车站东西方向的轨道中间有个岛式站台,站台外面是引擎棚和维修厂。有时候在最长的引擎棚外,我们可以看见一连串一战之前的机车,也就是当时已经倒闭的加里东铁路公司运营的那种粗短的六轮机车,首尾相连排成一列,带着高高的蒸汽圆顶和薄薄的、形状有些奇特的烟囱。

在一个周日温暖的黄昏中,我站在这个岛式站台上,身边环绕着往东西方向不断延伸的空铁轨,等待着某辆带有异域色彩蒸汽机的火车从尽头处驶来。古老的铁路系统如今都在飞快地消失,各种新型机车都有可能出现,说不定是前伦敦西北铁路公司某辆奇特的机车。

一个上了年纪的人主动过来找我聊天,跟我谈火车,讲述他在这个车站最近所看到的景象。此人是个瘦高个,穿着一件长及小腿的大衣,看起来就像一根撑衣杆一样。我以为他也只是个火车爱好者,我们俩很礼貌地讨论了一番少见的南方机车和即将消失的苏格兰机车。这个人似乎真的对机车非常了解。聊了一会儿火车之后，我们的话题就转向了宗教。他拥有一种能够将别人彻底洗脑的说服力，从而使话题间的转换变得一点儿都不突兀。在当时的那个年代，我总是把本该没有太多关联的蒸汽机车与上帝联系在一起。

如果换做今天，一个人在火车站里跟小男孩搭讪，一定会被认为是图谋不轨。但在当时，那个人根本就没有任何恶意。他只是想要感召我的灵魂。此人名叫杰克·尤尔特，是夏洛特浸信会教堂信徒，这座教堂是爱丁堡著名的福音教派独立教堂。杰克很善言谈，他会通过用一番关于爱、激情与救赎的言论来打动你，语气中既带些奉承的意味，又要激起听者心中的恐惧，这是所有传教者都会用的一种谈话技巧。当时的我是个孤独又容易受到影响的年轻人，因此马上就被他描绘的那个祥和安宁的世界所吸引，仿佛进入了那个世界我就不再孤独，不再彷徨了。

仅仅在几周的时间内，我就加入了当时的基督教原教派，完全遵从父亲的意愿，离开了学校，进入了邮政局，做了一个好儿子。如今我要做点自己想做的事情了。

我在礼拜堂里遇见了鲍比·金霍姆。这是他的一种秘密生活。我们俩当时属于同一个小教派，现在回想起来，那个教派就类似普利茅斯教友会或者被称为"小自由长老会"的苏格兰自由长老会少数派，对还没有寻找到生活目标的年轻人来说有很大的吸引力。如今我已经不太记得当年在教会当中的场景了,只记得我们都特别骄傲自大,认为这个教派中的成员都高人一等,已经得到了救赎,无需再遵守普通的规则,自然也就不需要同情。当时我并不了解这些,只知道自己和一些感觉可以统治全世界的人生活在同一个火柴盒般大小的空间里。不管怎么说,这是当时唯一可以自己出钱资助传教士去非洲和亚洲传教的教派。

这个教派以其极端、激进的传教方式而声名在外。牧师斯露·巴斯德是一个非常有激情、爆发力十足的演说家,他让我想起了那些如今在美国电视台赚了大钱的帐篷传教士。加入教会之前,巴斯德是一名会计。他非常善于利用人性的各种弱点,然后以咆哮、哄骗、祈祷、威胁或命令的口气来布道。我们平时的礼拜仪式上都是一些常规的活动,宣告、读经、唱赞美诗等,唯一的亮点就是巴斯德的布道,能将整个仪式推向高潮。

这个教派之所以吸引我,是因为它让我感受到了一种之前从来没有过的群体归属感,还有当时我对其教义正确性的坚定信仰。我被《启示录》那种宏大的神秘感给深深地吸引住了,就像之前我被《创世纪》中不容置疑的叙述口吻给迷住了一样。每个星期我都要去礼拜堂好几次:参加两次周日的礼拜仪式,工作日期间参加一次或者两次礼拜仪式。教会也会组织一些比较安静的社交活动,比如说下午茶或者筹款活动。这里自然也跟其他任何一个团体组织一样有自己的"规则",说明成员可以做的事情,同时也列出了许多禁忌,例如禁止去影院看电影、禁止参加舞会、禁止出入酒吧,以及禁止观看电视这种当时还比较新奇的媒体形式。他们本来还想禁止成员听收音机,但是当时收音机已经深入人们的生活,所有人都听,于是才逃脱了被禁的厄运。

教会里年长的成员都非常尖刻,而且很重视身份地位。如果新来的成员或者是访客占据了某位老成员认为是属于自己的座位,这个新成员或者访客就会成为众矢之的。这都是些鸡毛蒜皮的小事。不过尽管这样,他们还是让我感觉在这里很受欢迎。我的劝导者尤尔特仍然是我在这个教派中最亲近的联系人。我发现,他专门招募年轻人,而且他对火车非常感兴趣,这是一种非常奇特的福音传道方式。

然而,教会生活不可避免地影响了我的世俗享乐,我无法再满世界跑地收集那个工业时代发展的信息了。同时,加入教会之后,我和父母之间的关系就越发紧张起来,他们对我这种行为极其反感,也非常担心。在我的一生当中,似乎无论我对什么事情特别着迷,就一定会因此而与那些爱我的人变得疏远。

一直以来,我都住在家里,父母总是希望我能按时回家,而且行为举止得体。我们是一个典型的家教严格的苏格兰家庭。父母很反感我骑着自行车到处乱跑,反感我成天跑出去看蒸汽机车,也不喜欢我总是默不作声地专注于自己的事情。在 1939 年之前,我和父母之间的关系越来越冷淡,我们没办法平静地沟通,距离越来越远。在家的时候,我感觉自己就像是被囚禁在牢狱里一样,我厌恶父亲那按部就班的作息表,因此就更频繁地逃避到教会那个小世界当中去。

在教会之外,我基本上就没有什么社交往来。我没有女朋友,邮政局里的女职工也很少,因为女孩子一般都去从事护理工作或者餐饮工作了,而在公务员这一行里,只要女人结婚了,就得马上辞职。我们邻居家的女儿名叫卡罗琳·乔丹,我曾经给她补习过数学和拉丁语。我感觉她的父亲想撮合我们两个人,但最后还是不了了之。

不过,我在教会里认识了一个女孩,她的父母都是教会成员。我们俩出去约会的时候对彼此非常客气。她的母亲是一位让人望而生畏的女士,非常德高望重。我和这个女孩约会的时候都尽量避开城里的各种诱惑,舞会和电影院这样"罪恶"的地方对我们来说根本就是禁地。我们俩会去到彼此的家中,或者一起在乡间小路上散步,或者一起在教会里忙着各种事务。

我知道自己年轻的时候错过了很多原本我应该去经历的事情。我的学校教育被中断了,我的情感教育也一直处于最初级阶段,直到几年之后在监狱大院中差一点被彻底扼杀。我从学校中被直接扔进了职场,然后又从职场直接送入了军队,接着从军队直接坠入了地狱。

尽管如今我感觉自己早已不是当年那个很容易就被说服而加入教会的年轻人,但在某种程度上,那种被救赎的精神信仰和对上帝的信仰,帮助我挺过了后来的痛苦经历。参军的时候我的宗教信仰仍然非常坚定。在我们被监禁的三年半时间里,我们的个人权威有了重新定位。在当时那种巨大的压力之下,一个二等兵甚至有可能会成为领袖人物,而这种权威地位会自然而然被他人所接受。尽管当时我们似乎回到了《旧约》中所描述了场景,但是我却一直秉持新教教义精神。我甚至感觉自己的道德权威有所提升,尽管当时挨饿受冻,环境恶劣,条件艰苦,但我在精神上却获得了成长。我从来没有感觉自己有特殊地位,但是其他人却对我非常尊重。相反,一些曾经的领导者、高级将领却无声无息地彻底没落了。如果说我要感谢教会的话,那就是要感谢它帮助我养成了一种坚忍不拔的精神,让我度过了那段艰难的岁月。

我并不是一个关心时局的年轻人,我只关注自己的宗教信仰以及对机械的热情。30年代后期,世界局势动荡不安,但我并没有真正地意识到这一点,直到有一天从父亲口中确认了这个残酷的事实。那是1939年春日的一个下午,我和父亲一起走在约帕的路上,我礼貌地询问父亲打算如何安排接下来的暑假假期。父亲非常郑重严肃地回答说,由于马上就要开战,他觉得不太可能有什么暑假可言了。

那年下半年,征兵工作开始了。我决定在英国皇家通信兵部队来邮局招募通讯员的时候加入其后备军,这并不是为了逃避,而是为自己做出最好的选择。在战争正式打响之前,我唯一的职责就是参加一年一度的苏格兰通信司令部训练营。

因此,在1939年5月4日那天,我正式成为驻扎在爱丁堡城堡的2338617号通讯员埃里克·萨瑟兰·洛马克斯。米尔斯山营地位于爱丁堡城堡的北部,站在营地之上,不仅整个城市尽收眼底,而且从福斯湾到法夫山一览无遗。那年夏天的"训练营"成员只有我和一个名叫莱昂内尔的年轻人。

作为英国陆军的新兵,想必没有人比我们的经历更奇特了。我们没有在营地上举行任何新兵入伍培训仪式,也没有接受任何武器使用方面的培训,甚至连个训斥我们的军士长都没有。他们只是让我坐在打字机前接收信息,同时教莱昂内尔如何填好军需官上报的财务报表。莱昂内尔是个保险公司的员工,所以总是忍不住会把苏格兰司令部称为"总公司"。

慢慢地,在这种毫无军事氛围的环境当中,我们还是感受到了皇家通信部队的重大责任。一位名叫摩尔的下士努力要把我们训练成高效的通讯员,他告诉我们,我们的工作对苏格兰北部海岸和斯卡帕湾海军基地所在的奥克尼郡的那些海防军事据点来说非常重要。我们意识到自己提供的情报一定要准确,这样驻扎在远处悬崖上的军事据点就无需浪费火药。同时我们也发现,军队中不同部门之间的准确交流是极其重要的。后来,我曾经希望,当时训练我们的那些前辈们能更专业一些,但当时战争对我们来说还只是纸上谈兵而已。

这样不痛不痒地在部队里待了一段时间之后,我把1939年那个愉快的夏天大部分时间都用来完善自己改进并增加城市通信机车车库的计划,以及游泳、搜寻经典机车、去教堂做礼拜。

1939年8月24日,我收到了调任令,接着仍然像往常一样去上班,收起关于车库安排方面的文件,跟同事一一告别。然后就乘坐23号电车沿汉诺瓦街而上,到达高地,走过草地市场,直抵城堡。洛马克斯自此投身战场。

米尔斯山营地此时已经变成一个人满为患、喧嚣不已的军事基地。皇家通信部队预备役人员从全国各地聚集过来,床位和设备已经供应不足了。但我却仍然受命不断地给其他的预备役人员发调任令。我拿到了部队下发的全套军装,都是粗布和网布制成的。但是没有拿到军裤,因为裤子供应不足。我们的指挥官跟苏格兰部队所有的指挥官一样,没办法跟我们一样穿着平民裤子像半人马一样高高兴兴地转来转去。

之后,我被派往爱丁堡乔治大街上的征兵处,负责管理各行各业、各个年龄段想要入伍成为通讯员的人,这是一项极其繁杂的工作。其中一些人是被英国广播公司、邮政局和私人通讯公司派送来的。他们将成为部队中的技术精英。让我意想不到的是,自己穿上军装之后,一下子变得自信起来,面对着上百人,虽然不知道他们的职位高低,却仍然能够高效地下达命令。

每天晚上我都会回到高地上去,走进城堡那又黑又旧的城墙之内,整座城堡就像一头蹲伏着的野兽,统治着这座城市,直到今天,仍是如此。然而令人难以想象的是,如今这座城堡只是一个旅游景点而已。时代在变,建筑物也在变,然而我发现,人却很难改变。

正如大家料想的那样,营地里随时都开着无线电广播。9月3日上午11点,我们听见了张伯伦用他那特有的尖锐嗓音向德国宣战。

十五分钟之后,空袭报警响彻整个爱丁堡的上空。从米尔斯山营地俯瞰下去,我可以看见城市里的主街道。在王子大街上,电车都停运了,所有的机动车辆都停在了路上。行人们都神情紧张、步履匆匆地朝王子大街公园的防空洞走去,铁路总干线从公园通过。此时周围一片静寂了,几分钟之内,大街上已经空无一人,只有那些沿着王子大街停下来的车辆,有一些车的车门还敞开着。仿佛无形之中有一只大手拂过整座城市,停止了它心脏的跳动——战争就在这种寂静之中朝我们走来。

什么都没有发生。根本就没有空袭。慌乱之中,我把自己防毒面具的带子给缠到了一起,最后幸亏一位名叫丹尼斯·布拉德沃思的军士长帮我解开了。丹尼斯本人就像他的名字那样强悍。之后我们便开始全力准备迎接真正的战斗。

军备物资被大批送到。我们拿到了一台被称为"3号无线电装置"的机器,看起来功能非常强大。前方的垂直平面上有控制键。机身由灰色的冲压钢制成,没有任何国内机器上的那种纹饰。这台机器的作用,是在爱丁堡和伦敦之间的电话线被切断的时候提供另外一种通讯方式。它能够接收到电磁波,其粗糙的工作方式对这一功能毫不掩饰。一看见这台设备,就会让人感觉到战争的紧迫性。机器运行的时候噪音特别大,而且会产生很多热量,可我却得睡在它旁边。后来我好不容易才在城堡西翼的兵营中弄到一个床位,尽管条件也很差,但至少我还能睡着。那段时间里我慢慢地意识到,我们不仅要战胜敌人,还得战胜部队里的艰苦生活。

考虑到这一点,我决定申请成为军官。于是我来到北桥上《苏格兰人报》占据的大楼里接受面试委员会的面试。那天,我穿得格外精神,面试过程中也尽力给出让人满意的答案。面试我的那位少校告诉我说,第一次世界大战中,现役少尉的平均寿命仅有两周。我跟他说,希望我能坚持活下去。

在等待面试结果的同时,我报名去奥克尼群岛志愿服务。"皇家橡树号"战舰刚刚在那里的斯卡帕湾基地被击沉,造成近1 000人死亡。这是自战争打响以来我们遭受的第一次重创,让我们意识到,那些看起来硕大无比的炮台也可能会变得不堪一击。人们很难相信,是敌人击沉了这样一艘"无畏级"战舰,而宁愿相信这是某种阴谋破坏活动,或者是我们自己的失误。但真相的确是德国潜水艇所为。无论如何,我们的情报工作显然有待改进。

我们从苏格兰北海岸瑟索附近的斯克拉布斯特港口乘船出发。那次出海是我记忆中最糟糕的一次海上航行。一整天都刮着刺骨的寒风,海面波涛汹涌,我们乘坐的那艘轮船已经有五十年之久了,根本没有足够的遮蔽物来帮我们抵御深秋北海上的寒冷。后来,我们一行二十人终于在中士弗格森的带领下抵达了斯特罗姆内斯。安顿下来之后,我们就开始通过无线电、电话和电报来帮忙管理当地的通信网络。我们属于北部通信部队,而这也是国家首脑在偏远地区派驻的戍卫部队之一。

在那个阴冷荒凉的岛上,我们住在一家被征用的旅馆里,每天有条不紊地工作。我挺喜欢那种生活。我凭着一种绝地求生的天赋和在大型组织中的灵活应变能力，成为当时我们那群人当中的"企业家"。我跟旅馆的一个厨师达成了一个协议，每天上午，她负责提供煎蛋卷和茶，而我则负责把这些卖给旅馆中的人。我们的生意做得很火。

在岛上的时候，你就会更强烈地感受到人们心中的那份孤独。当我给小分队队员们分发邮件，我总是能够发现有些人在没有收到信件的时候，脸上总会露出掩饰不住的沮丧神情。还有些人在真的收到信件的时候，却看起来一副惊恐的模样。

我曾经考虑过要去设得兰群岛当志愿兵，但是一想起要在大冬天坐着拖网渔船在闻名于世的险恶海域上再向北航行115英里，我就没有了勇气。那里的海盗防哨对我来说有很大的吸引力，而且每当我想起那里环境恶劣的荒野和极光现象，耳边都会回响起母亲的声音。然而，我最后还是屈服了其他更为迫切的声音，结果也就失去了在战争蔓延的时候让我安全地躲在一个小岛上的机会。

1940年3月，我收到了任命书，指示我在去参加皇家通信部队举行的士官学员培训之前，要前去接受先期培训。

三月份一个晴朗的早上，我和中士弗格森离开了斯特罗姆内斯。我们乘坐的"圣奥拉"号轮船就是当初来到奥克尼群岛时所乘坐的那艘老旧轮船。这艘船载着我们哼哧哼哧地驶离港口，驶进了霍伊海口之后，狂风暴雨和汹涌的海浪迎面朝我们袭来。此前躲在斯卡帕湾碗状的怀抱里,周围小岛密布,天气还是可以忍受的。然而一旦脱离了海湾的庇护,驶入朋特兰湾,我们的轮船就像个玩具一样任由狂风摆布。我和弗格森中士躲在烟囱的背风处,在那里还能得到少许的温暖和庇护,可是很快,我们俩就浑身湿透了,感觉快被冻僵了,同时还恶心想吐。后来我吐了中士一身,但是他似乎根本就不介意,仿佛完全置身于另一个世界当中。

于是,我作出决定了:我要当上军官。

接下来的两个月里,我和另外一名中士一直待在爱丁堡一座排演厅楼上的一个房间里,由皇家通信部队的一位中尉对我们进行无线电工作方面的密集式培训。我们当时使用的课本是大部头的理论书籍《无线电报海军手册》,分为两册。每台无线电设备也都自带使用说明。我们学习得很努力,认真尽职的教官对我们的表现也很满意。到五月中旬的时候,我受命前往皇家信号部队在约克郡的总部卡特瑞克营地。

到达马恩岛通信基地之后,我就立刻被剥夺了军衔,成了一名预备军官。白色的肩带和帽带向全世界昭示,我既不是军官也不是普通士兵。我刚一到基地,就与另外250名预备军官一起列队参加了一次葬礼。前一期的一名预备军官在接到"遣送回原部队"的命令之后,忍受不了这种奇耻大辱,开枪自尽了。这样的事情对年纪轻轻的我来说实在是太让人震惊了。

经历了这样压抑的开场之后,我们就开始了长达七个月的培训,旨在将我们培养成为干练的皇家通信部队军官。那是我经历过的最艰苦、最紧张的一段学习时期,相比之下,皇家高中的生活简直就是在过家家。我们接受了无线电、电报和电话通讯方面的培训,知识程度之深是邮政局永远无法企及的。我们还要学习军队的组织结构、如何使用重型机器工具,甚至还要学习情报工作方面的知识。

1940年6月,英国军队从敦刻尔克撤离,那时候我们第一次感觉战火马上就要蔓延到脚下了。我们接到命令,随时准备接收部队和难民,在排演厅、体育馆以及任何有多余空间的大楼里准备好床位和床垫。几周之后,紧急情报终于解除了。部队竟然非常有序地撤离了敦刻尔克,幸存下来。我们准备的床位并没有派上用场,部队撤离到了其他地方。

在那之后,战争的恶魔又悄悄地朝我们逼近了一大步,就像海面马上要掀起的一场暴风雨。我们担心,德国会乘胜追击,打击我们当时已经筋疲力尽的核心部队。那年夏天,有很多个晚上,我都是在一个高木塔的小平台上度过的,受命在那里放哨,提防敌军的伞兵入侵。那些晚上,我都要逼迫自己时刻保持清醒,抬头盯着星空,希望不要看到空中出现敌军的降落伞。不过后来,警报再一次解除,德军退回到大洋彼岸,一切相安无事。

事实上,整个培训期间让我最丢脸的一件事情,就是我差一点儿"毒害"了连长,致使我们整个班被罚多进行一次拉练。诺尔斯上尉一直坚持对我们的装备进行定期检查,而且还喜欢一件一件地挨个儿查看:鞋带、步枪桶,甚至是帽子内里。有一天,他决定来检查我们第13期培训班的装备。我们都梳洗利落、穿戴整齐地站好,拿好步枪、防毒面具、背袋和水壶。一一检查过我们的武器之后,他又命令我们把水壶也给他检查。轮到我的时候,他打开瓶盖,对着瓶口深深地吸了一口气,结果被熏得向后退了一大步,撞进站在他身后的军士长怀里,而军士长不巧又是个身材矮小的准尉。最后两个人一起摔倒在地,十分尴尬。

这是件不太光彩的事情,起因就是我有个习惯,不想丢掉任何可能会派上用场的东西。如果我早知道这个习惯会给自己带来麻烦的话,我肯定会把它改掉。有一次野外训练的时候,我被指派担任炊事员,训练结束的时候,我不想把剩下的牛奶扔掉,于是就倒进自己的水壶。这些牛奶就在英国军队食堂里发酵了三周,严重变质,我强烈建议可以用这样的牛奶作为毒气的无害替代品。

气象员说,营地所在地区气压较低,冷空气入侵,有降雨和强风的威胁。我一直就生活在这样的边缘地带。战争在一步一步地逼近,但是我并不满足于坐等战争来临,而是主动去迎战。1940年岁末,部队的《每日决议》上出现了一条通知,招募派往印度的志愿兵。

经过考虑之后,我报名去做志愿兵。但是我却第二次没能遵守一个老兵的承诺,回想起来至今都感觉有些遗憾。

在部队里随时都有可能接到调令。在报名去印度做志愿兵之后,我要等上一段时间才能得到结果。而与此同时,战事在不停地加紧。1940年12月末,部队突然需要调用大批通信工作方面的军官,甚至包括那些没有经验的年轻军官。因此我们第13期培训班就砍掉了最后两周的培训时间,提前结束了。穿上新军装,配备上新的装备之后,我们就被以军官的身份派往了各个基地。因此我就成为了165340号少尉埃里克·洛马克斯,当时是被派去艾塞克斯的切姆斯福德附近一个军事基地。我们这些人被带到了达灵顿火车站,登上车窗户都被遮蔽得不漏光的火车,奔往英国各地。

我在苏格兰地区通信部队待了几周,当时我的上校是一位很有激情的格拉斯哥人,入伍前是个商人,如今则是一位优秀的将领。在他的领导之下,我感觉自己成了一名真正的士兵,在泰晤士河北部守卫着英格兰的东海岸。然而不幸的是,征兵办公室并没有忘记我一时头脑发热所作出的那个决定。很快,我就被派往驻守在斯卡伯勒的一个营队,准备逐步被召回英格兰北部,然后再踏上前往印度的漫长旅程。部队里的行事风格就是这样。

我们营队负责守卫这个非常容易受到敌军攻击的海边小镇。有天晚上,我在执勤的时候,战争这个恶魔终于越过海峡,将魔爪伸向了我。当时我正在一个公园旁边跟一名警察说话,耳边响起了熟悉的空袭警报和飞机引擎的轰鸣声。以往都会发现这只是我们庸人自扰罢了。但是那天在这种熟悉的声音中突然响起一阵我从未听过的尖厉哨声。我和那名警察赶紧找地方掩护。当炸弹在不远处爆炸时,我们俩一齐扑倒在路上。确切地说,当时我扑倒在一个沙袋上,屁股离地还有几英寸的距离,而这就足以使沿着地面涌动的致命气流从我身后给我重重一击。我感觉就像被一根巨大的船桨狠狠地抽打了一下。那名警察很善意地替我检查了一下臀部,确认我伤得并不是很严重。

我很幸运,也许就差那么几英寸,或者气压再强一点,我可能就没命了。附近公寓大楼里的居民都葬身于大楼的废墟之下。眼前的景象不再是仅仅能从收音机上听到的消息了。我自己就置身于这种尘土飞扬的场景之中。

后来我父母也来到斯卡伯勒,我们三人差一点都死在了那里。父母租住在一位名叫皮卡普女士的家里,我一有时间就会过去跟他们一起吃饭。有一天晚上,我们三人正坐在皮卡普女士家的客厅里,突然听见一阵巨大的声响,就像上面两层的阁楼里有一箱工具被打翻的声音，接着是一声撞击声，然后头顶的天花板崩裂开来，一个带着火苗，滋滋作响的小圆筒掉落到客厅的地毯上，散发着让人恐惧的热量。我一眼便认出那是一枚镁燃烧弹，其威力足以将整座房屋连带我们一起炸飞。我立马冲到屋后的花园里，找到一把大铁锹，然后跑回屋子里，铲起那颗炸弹，跑向花园。在我刚跑出屋子那短短几秒钟里，燃烧弹就已经烧穿了铁锹的钢板，落在我脚边。

这枚炸弹就这样被随意地扔进了平民百姓的客厅当中，不过这次事情又有了让人意想不到的转机。至今我仍然还记得炸弹落到屋顶上，穿过薄薄的天花板朝我和我的父母掷过来时发出的那种卡嗒卡嗒声。幸运的是，也许是这枚炸弹出了点问题，结果并没有爆炸，我们才死里逃生。一枚同样的炸弹在旁边那栋房子里爆炸，燃起熊熊大火，我和另外两三个人本打算去救火，却因屋里面受潮的电气设备漏电，我们都被轻微电击了几下，因此只能作罢。

将我们整个营队派往印度的工作开始了。也许是命中注定，我被委派去负责运送行李。其中就包括要计算出撤离的时候需要多少辆带篷货车。我们将由斯卡伯勒直接奔赴码头，而且事前并不知道是哪个码头。我仔细核对了所需要的货车数量，希望到时候都能供应到位。

1941年3月中旬的一个深夜，我们终于在这个黑漆漆的约克郡度假胜地集合准备出发了。沿街的旅馆都大门紧闭，鸦雀无声，商店大门用木板条封住了。整个营队尽量保持安静，放轻脚步，来到战争纪念馆。穿着厚重大军靴、背着帆布包和枪支的年轻战士们，满脸肃穆地看着为上一场战争中牺牲的战士们竖起的纪念碑。

这次营队的转移理应是一次秘密行动，然而镇上的人还是纷纷涌到黑漆漆的街上来为我们送行，还有像我的双亲那样从英国各地赶过来为自己儿子送行的父母。他们面带微笑地站在那里，甚至还有说有笑，但可以看得出来这种故作坚强的背后隐藏的紧张。他们只不过是决心要让孩子们记住父母最美好的一面罢了，心里却很明白，他们要以至深的舐犊之情做赌注，来与命运进行抗争。我的母亲也站在人群当中，我记得她好像朝我挥了挥手，她看起来非常焦虑。那是我与母亲的最后一面。

黑暗中，我们摸索着向火车站行进，军士用高声耳语对我们发号施令。一辆专用火车已经发动起来，有节奏地朝外吐出白气，蒸汽锅炉里烧的是威尔士煤，散发出一股特有的烟熏味，弥漫到空气当中，涌进我们的鼻孔里，沾附到军装上。车窗上都用黑色的窗帘遮住，车厢前面停靠着我预订的那三辆带篷货车。

我们所有人都在车厢里安顿下来，把所有的装备放在了行李架的网格上，之后发动机就启动了。司机按动调节器手柄，使蒸汽进入气缸当中，推动活塞上下运行，产生巨大的力量,拉动着车身和乘客上百吨的重量。热气经过锅炉内部铜管的循环,经烟囱排出。

火车开出了斯卡伯勒,驶入伸手不见五指的克利夫兰丘陵地区,我们只知道自己正在朝北行驶。当时我猜测我们正在东海岸的主干线之上。在拥挤闷热的车厢里待了一夜之后,我整个身体都变得有些僵硬了。到了第二天上午,我朝窗外望去,认出了离我家只有四分之一英里的约帕站。而那时,我的父母却身在两百英里以外的南方。当时我心里感觉很失落。也就在这个时候,我得知这辆火车要带我们去克莱德,那里有船在等着我们。

我马上就要离开英国去亚洲参战了,去保卫英国的东部边界。我以为我已经学有所成,准备好面对接下来的一切,但是在离开斯卡伯勒之前,我完成了最后一件事情。我与夏洛特街教会中的年轻女子 S 订婚了。

她也住在皮卡普女士的家里,我父母来了之后,发现我们俩已经订婚,只能接受这个事实。他们并不同意这桩婚事,但知道这是我宣告独立的最终方式,也只能接受这个事实了。我的未婚妻当时十九岁,我二十一岁。从感情上来说,我们还都是孩子,虽然教会让我们感觉自己很成熟,但这其实只是错觉。我感觉这么做是对的。我们俩当时太年轻了,而且根本就不太了解对方。

第三章

火车驶过爱丁堡韦弗利火车站，第二天凌晨的时候进入格拉斯哥南部郊区，经过那里一条条铁路侧线和一座座工厂。那天下午，火车减速，慢慢驶入了克莱德河口东端的格陵诺克。

远远的水面上，一支庞大的海上舰队停泊在深冬的寒风之中。看着那些沿着河口排成一列的船只，我突然有种即将出征的英雄主义情怀。其中有四艘漂亮的铁行轮船公司的大船、一艘被俘获的法国客轮"路易·巴斯德号"、几艘驱逐舰和两艘战舰。虽然我只是站在坞边远远地看着这些船，依然觉得它们都是庞然大物。我还记得1938年"胡德号"战列巡洋舰驶入福斯湾的时候，我还特地跑去一饱眼福。发动机发出的巨大轰鸣声，那长长的甲板，还有那跟房子一般大小的灰色炮塔，让我至今难以忘怀。它让我体会到人类的渺小，同时也因为我们拥有这样强大的战斗武器而油然生出安全感。

在经过一番像往常一样的喧闹和嘈杂之后，我们从货车上卸下了行李，然后在码头上列队集合。虽然表面看上去这是一支行军过程中稍显随意、无序的部队,但是我们知道,其实我们是非常有组织、有纪律的。我们感受到了我们强大的力量。我们要先乘坐小船去登上战舰。整支队伍迅速地上了小船,很快我们就在波浪起伏的海面上向前方那一大排战舰驶去。在水花飞溅当中,我们的小船朝着近处的一艘铁行轮船公司大船进发,后来我们知道,那就是"斯特拉思莫尔号"。

我们当中的大部分人从来没有想到自己能够有机会登上这艘像乡间别墅一般大小的轮船。船上的一切都让我们被深深地震撼。船身是由抛光的石头和黄铜制成,但是一尘不染的甲板和船舱窗户散发着一种旷废的气息,仿佛原先船上那些外交家、政府官员和富人乘客们看见我们这批穿着粗卡其布军装的年轻战士们就弃船而逃了。我们感觉自己像一群海盗,很快部队里的高级将领和船员们就把我们分配到各自的船舱。

尽管这是一次军事出征,可我们仍然是这艘船上的客人。船长还是船长,而我们只是乘客。我们所有的活动都要服从船长对船上事务的管理。于是,就在这种特殊的和平时期,我们履行着自己的军事职责。

第二天,由大约二十艘船组成的护航队起锚朝大海深处进发,尽量压低噪音,没有任何仪式性的鸣笛,港口护堤上也没有围观的人群。我们并不知道自己前往何方,离开克莱德湾之后,我们就驶入爱尔兰和苏格兰之间的北部海峡,直到此时我们仍然不知道要去向何方,不过我们至少知道轮船大概是朝西北大西洋深处行驶。想要弄清楚护航队到底有多少艘船也很困难,因为满眼望去,海面上黑压压的全是船。而且我们也不知道海上那些偶尔从大雾中显现出来的战舰都叫什么名字。

就这样,我们对这次航行一无所知,而且每天的时间都被安排得满满的。每天早上,数百个年轻人集合在甲板上进行体育锻炼。过了几天之后,白天的太阳越来越烈,穿着薄底鞋的我们感觉脚下的甲板被晒得滚烫。我们的船改变了航向,由西北转向南航行。再往东,就是非洲大陆了。

信号部队开始进行日常训练,组织了各种各样的课程,帮我们复习巩固如何保持部队通讯工作清晰高效的相关知识。到了晚上,我们就搞些娱乐活动,大家都把自己的看家本领拿了出来:唱歌、滑稽表演、各种粗俗的段子,不过由于没有酒喝,所以大家多少都有些拘谨。自然,船上一个女人也没有,就连护士都是男的。

我们的船一直沿着大英帝国猩红色的版图边缘航行,一路上我们都在猜测自己最终会被送往何处。结果后来事实证明,我们之前对敌情的估计都是错误的。我们一直猜测,德军要经由波斯入侵印度的西北边界,而我们就是去印度西北边界抵御德军。除此之外,我们从没有想过会遇到其他的敌人。

和我住在同一个船舱的是一位年轻热情的通信官,名叫亚力克·布莱克,我们俩的关系非常好。跟其他的士兵们一样,我们俩会在一起聊部队的事情,还会说其他士兵和长官们的闲话。对有些人来说,这种无法选择的友谊简直就是炼狱般的痛苦。但是对我来说,那些年之所以还可以忍受,有一部分原因就是因为在战时我偶然认识的这些战友。我还非常清晰地记得,在那艘船上的时候,我这辈子第一次吃到青姜,还跟我的同舱室友一起分享。

此时轮船驶入了热带气候,湿热的空气扑面而来。终于有一天,船长宣布说我们马上就要在塞拉利昂的弗里敦靠岸了。对此,我们都非常激动。对于我们当中大部分人来说,在那之前从来没有"出过国"。如果说坐着轮船在弗里敦的港口停留一下也算"出过国"的话,那我们就是真的"旅行"了。

可惜的是,只有很小的船才能够停靠在弗里敦的码头周围,大部分的护送舰都只能停靠在距离港口有很长一段距离的海域。不过,我还是可以看见甚至是闻到港口后面的陆地、船坞和棕榈树的气息。微风中还裹挟着潮湿的丛林气味,就像热浪之中蔬菜腐烂的气味。远远地,我可以看见城市的另一端有一辆火车驶过。我知道那就是鼎鼎有名的铁路主干线,轨距有两英尺六英寸宽,也许在整个英联邦这样的铁路线仅此一条了。发动机里冒出的一团团的小白烟雾似乎都悬浮在酷热的空气当中。

天气越来越湿热,船上的生活变得异常憋闷。每天的训练特别累人,由于我们没办法绕着城市航行,海岸对我们来说越来越有吸引力,但城市里产生的那股气味也越来越让人感觉恶心。所以,当整个护航队重新起航的时候,我们并没有特别多的留恋。我们的下一站是南非。

大约五天之后,在我们沿着南非海岸向开普敦航行的过程中,我被选派为通信部队的支付官。因此当众多大船都进港入坞的时候,我却在甲板下给那些急着上岸的战士们发放津贴。

在开普敦的那些日子简直就像过节一样。战士们被当地人迎进家,美酒美食热情招待。在海上航行了四个星期之后,这简直就像是天堂般的待遇。但是有一天下午,我却溜了出去,就像一个期待惊喜的瘾君子一样奔向了开普敦火车站。船上的船员或军队里的战士们似乎没有人跟我有一样的爱好,所以我只能只身前往。当然,我确实得到了这个惊喜。车站的路基上停着一辆古老的蒸汽机车,那是利兹的霍索恩公司于1859年设计建造的一辆小型水柜机车。这是在开普殖民地运行的第一辆蒸汽机车,也可能是世界上现存最古老的苏格兰蒸汽机车。

时值世界大战,我们在海上航行了一个月,不知道自己究竟要驶向何方,而我却从一辆古老的蒸汽机车上寻求慰藉,这似乎有些不可思议。但我要说的是,没有亲身经历此情此景的人,根本体会不到我内心的那种激情。这是一辆很漂亮的老式水柜机车,但车轮摇摇晃晃的,看起来有些笨重,而且连接杆出奇地不结实。整辆车看起来特别危险,根本就没办法行驶,就像是一个疯狂的发明家弄出来的玩具。于是,在那个炎炎夏日,我在这个非洲火车站上逗留了许久,静静地欣赏这辆蒸汽机车。

两个星期之后,我们抵达了孟买,我第一次感觉到了世界的东方带来的冲击。仅仅六个星期之前,我还身在阴冷的斯卡伯勒。如今却被印度这里干热的天气和喧嚣的环境压得喘不过气来。我被安排住进了有空调设备的旅馆里,周边就是贫民区。每天夜里,我都能看见有上百人露宿街头。这种巨大的冲击让我有些承受不了。

在我还没来得及在孟买安顿下来,还没习惯在马拉巴山上散步,欣赏英属印度的美丽景色时,我就被派出去单独执行任务,从而经历了一次奇妙的火车之旅。我乘坐的是整个铁路系统中最大的火车"前沿号"邮车,沿着次大陆行驶了1400多英里,来到喜马拉雅山脚下的拉瓦尔品第,也正好位于旁遮普平原与阿富汗山区之间的岔道上。这一路上经过的车站都是印度的重要城市:拉达姆、纳格达、珀勒德布尔、穆特拉、德里、昌迪加尔、阿姆利则和拉合尔。离开拉合尔之后,再向北行驶180英里,经过旁遮普就到了拉瓦尔品第。之前我们就反复被警告说,一旦进入印度境内,千万要枪不离身,因为那里有很多不安分的革命分子。

如果丢了枪，就等于是丢了自己的性命。然而，尽管我也害怕那些反动分子，但是当我只身一人乘坐火车，坐在数百个印度乘客中间的时候，我并没有感觉到恐惧。这片我们管辖之下的土地还是很安全的。

很快我就适应了作为一名印度军官驻扎在拉瓦尔品第的生活，适应了那里破旧的建筑和看起来一成不变的生活节奏。我被安排住进了一幢通常只有陆军上校才能住的小屋，还给我配备了一名搬运工和一个男洗衣工。作为刚刚从军官学员培训部队毕业的学员，我熟悉最新的无线电通信技术，因此就经常为其他的军官和战士们讲解电信方面的知识。

同时，我还得学习骑马，因为这是印度军队中主要的交通方式。尤其是军队里那些老旧的无线电设备，都是用马匹和骡子运送的。我们还会使用日光反射信号器，就是在日光下看得见的两点之间立一个有镜像盘的三脚架。我感觉自己逐渐回到了旧时的那种军队生活。

印度军队中最让人高兴的一项传统就是战士们可以有很多休假时间。轮到我休假的时候，我决定去一趟克什米尔。我跳上一辆"公交车"，说是"公交车"，其实就是一辆慢得出奇的货车。我坐在司机旁边的座位上，这可是难得的"一等座"。我们沿着山路蜿蜒而上，行驶了200英里，绕过杰赫勒姆山谷的U型弯道，进入斯利那加。这里是我见过的世界上最美丽的地方。

周围的山脉高耸入云,山上是巨大的岩石和皑皑的白雪。对于我这样一个来自欧洲北部的孩子来说,克什米尔谷地就像是繁盛的伊甸园一样:绿树成荫,繁花似锦,还有各种我从来没有听说过的果实。我在达尔湖的南端租下一艘船屋,然后在接下来的那个星期里,我过上了一种惬意的田园生活,吃着丰盛的食物,在夏利玛花园里散步,晚上则独自坐在船上,仰头欣赏繁星璀璨的夜空。

我跟随一批英国传教士,从海拔7 500英尺的帕赫拉伽玛出发,继续向山上进发。我们骑着马,用骡子驮着行李。不远处就是喀喇昆仑山脉和中国西藏了。一连两天,我们都沿着利达尔山谷行进,直到第二天傍晚,我们才终于来到希夏那曲,一片景色优美、海拔超过两英里的偏僻水域。头顶的山谷被冰川封住了。我还记得那天阳光灿烂,气温却很低,上方巨大的冰河在阳光下熠熠生辉。我坐在下面吃着煮鸡蛋,喝着冰块融化之后得到的水。

第二天清晨,山顶上的积雪在初升红日的照射下变成了粉红色,随后阳光慢慢地洒满了整个山谷。周围一片寂静。我觉得自己从来没有感受过这样平和的静谧。在我此后的人生当中,也经历过其他寂静的场景,但都同时充斥着紧张、焦虑以及暴力的气氛。

克什米尔之行让我的内心无比充实。后来,这次经历在某种程度上成为我强大的精神支柱。如果不是这次经历让我体会到什么才是真正的完美,我不知道自己是否还能挺过接下来所发生的一切。

　　我的任命终于下来了,我被调去管理皇家炮兵队第5团的通信工作。当时,皇家炮兵队第5团驻扎在瑙仕拉,位于西北边界80英里处。这个团就是为了在"热带地区开展业务"而组建的。但是对我这个苏格兰人来说,印度的气候实在是太热了。不过,不管怎样,我现在已经成为帝国统治机器上一颗忠诚的齿轮。

　　皇家炮兵队第5团成立已久,本以为这个团会在大英帝国这个最具浪漫色彩的前哨驻扎一段时间,结果却在装备严重不足的情况下被匆忙地调走了,全团只有16枚4.5英寸的榴弹炮,其他装备也都很欠缺。在我抵达瑙仕拉之后不久,军团就接收到装载着枪支的"蜘蛛号"全新装甲车,装甲车被粉刷成绿色,使用卡利亚KT4底盘。有经验的军官猜测说,我们应该是要被派往马来半岛。

　　10月11日,所有的枪支和军用车辆都被装载到三辆专用火车上,从瑙仕拉前往孟买。部队转移都要动用很多辆火车,我越来越发现,铁路在战争中扮演了重要的角色,因此铁路甚至是火车本身到底是正是邪,让我感到越来越困惑。10月17日,我们在军营前面的大广场上进行了辞别阅兵式,驻印度第七部队指挥官韦克利将军接受了敬礼。

　　在阅兵式上,韦克利将军宣布说,我们很可能是要去打击日军。据我所知,在此之前,从来没有高级将领在公开场合对战士们说过这样的话。这让当时的阅兵式增添了一份躁动和好战的情绪。

韦克利将军还说,我们要尽量在夜间袭击日军,因为日军大都有夜盲症。

第二天,我们登上了军事专用火车,林肯郡团军乐队为我们奏乐,送我们驶出瑙仕拉的铁路侧线。当时我们并不知道,其实我们自己才是在盲目的领导之下,贸然走上战场的那一方。

几天之后,我们抵达了孟买港口,在那里看到一艘巨大的班轮。那是东方航运公司最大的轮船"猎户座"。这再一次有力地印证了战争的民主精神:部队转移都是乘坐专用火车以及征用来的豪华客轮。

我是在午夜之后最后一个登上班轮的,船长一开始根本就不让我登船。因为我要负责携带几箱用广口瓶装好的未稀释的高浓度硫酸,我们需要用这种硫酸来为无线电的电池充电。如果硫酸量不足,电池电力就会不足。船长看见我带着这些东西,就像看见了一枚日军的鱼雷一样惊恐,唯恐避之不及。不过我们团的指挥官最后还是说服了船长,告诉他大英帝国在远东地区的稳定就得依赖我和我这些硫酸了。最后,在全团人欣喜的目光注视下,我那些大箱子终于被装在网里,用船上的起重设备吊上了船。

班轮在锡兰的主要港口科伦坡稍作停留,接着就向东行驶。我们一直在猜测那个神秘的"热带"目的地究竟是哪里,但却从来都没有得到证实。11月6日,我们站在船舷向南看,隐约可以看见被丛林覆盖的青山,而向北边看也能看到相似的陆地景色。很显然,班轮正航行在大陆之间的海湾——马六甲海峡。我们的目的地一定是新加坡。

"猎户座"在新加坡南部的吉宝港口靠岸。如果说我们这次出征是秘密行动的话,到港靠岸的那一天却不太低调。等候在码头边的曼彻斯特军乐团充满激情地为我们演奏了《永远的英格兰》以及其他几首乐曲,小号、喇叭和钹的声音让乐曲显得格外欢快嘹亮。当时的场景十分欢欣热闹。还有一群官员也等候在那里:港口官员、公务员、军官。有人认出了马来亚总指挥中将 A. E. 珀西瓦尔。他负责驻守这个要塞,我们就是来援助他的。

一个月之后,我已经住进了马来半岛东海岸附近营地上的卡其色帆布帐篷里。周围环境优美,沙地上种满了椰子树,离海岸有半英里远。营地后面是一大片看似没有尽头的橡胶树林,树上的叶子繁盛而浓密。

在当地湿热的气候下,经常会下起细雨,这反而会给人一种舒缓放松的感觉。这些守卫森严的帐篷就是我们的团总部,整个营地的核心人物就是那三十名信号员。我们把无线电设备安装好,这些机器运作时发出的低声杂音成为这里一种常态的背景噪音。每台机器前面都一直有通讯员在工作,戴好耳机,随时准备好接收或发送信号。大家都投入到紧张的工作当中。这个地方叫宽滩。

我们知道日本帝国陆军和海军随时会发起攻击,他们就潜伏在海上不远处,因为当时我们已经正式对日宣战了。

12月8日清晨,我正躺在战壕里睡觉,一个通信员把我叫醒,递给我一张纸,上面写着一条不祥的优先信号"O ii U"。这是最高预警级别的代码。日本已经在远东地区发起了全面进攻;偷袭了美军驻夏威夷军事基地珍珠港,摧毁了美军所有的战列舰;对新加坡实施了空袭,而且大批日军已经乘小船和登陆艇在离我们驻地以北两百英里远、位于马来半岛和暹罗边境附近的哥打巴鲁登陆了。

这条消息立即在营地里引起一片骚动。电报员以及无线电信号纷纷被送往各个火炮发射阵地。额外兵力也被增派到观察哨和驻点。情况紧急,气氛也非常紧张,但似乎战争离这个表面看起来依然平静的热带营地还很远。仿佛在虚张声势了一番之后,敌方想在发起最后攻击之前先喘息一会儿。

我在营地里没有看见火炮,火炮都被分散地安置在周围,藏在挂满黄色大木瓜的木瓜树和凤凰木当中,火炮与火炮之间相隔一英里,以防日本海军发起大规模密集火力攻击。有时我会走出帐篷,走到一英里之外,或者骑着摩托车去到更远的地方,置身于绿树环抱当中,我甚至都忘了自己还被笼罩在战争的阴霾之下,而是独自享受着这个地方的美丽景色。不过,再走一会儿就会看到树林子里默默立着一台榴弹炮,周围都是沙袋,而士兵们都急躁地拨弄着他们的步枪。

我们尽可能地与士兵们保持联系,与战争时期的其他事情一样,情报工作中理论是一回事,而实际操作则是另外一回事。那些笨重的无线电设备在实际操作中功率并不大,而且很多能量都散失在周边的树林当中了,树干和树叶吸入电磁波,干扰音质,在静态中淹没了讯息。我们只能沿着电话线来发送无线信号,并把这种"即兴的做法"称之为"线路辅助无线"。我们在离头顶上方电线几英尺低的地方设置我们的天线:向外发出的信号被电线吸收,然后电线另一头的无线电设备就能接收到这些信号。后来我们逐渐发现,我们的部队也是整个通讯系统的一部分,机器设备的能力是有限的。战士们仍然需要我们用声音和眼睛来为他们提供情报。

后来,受条件限制,我们只能越来越依靠周边搭建的电话线来相互沟通。那台老式的接线总机让这个指挥中心看起来朴素得有些可笑,但其实这个指挥中心有能力下令对地方展开凶猛的炮火袭击。接线总机上的插头和插座,让它看起来仿佛是个应该出现在某间乡村小旅馆里的物件。

我们部队里大部分都是印度人：来自西边的锡克人和东边的哈里瓦人。我们驻扎在马来半岛中部，马来半岛南端便是新加坡岛，而我们之所以驻扎到这里，就是为了保卫新加坡。新加坡是"要塞"，在其官方介绍中常常被称为"铜墙铁壁"，大英帝国在亚洲的防御系统完全就依赖于此了。新加坡岛上的军事重地是岛屿北部著名的军事基地，皇家海军的军舰可以从这里起航，出征中国南海以及暹罗海湾。南部海岸上安置了巨大的15英寸火炮，因为这就是敌方进攻的方式——从海路进攻。我们希望我们的军舰现在能够从这个海军基地出发去寻找并摧毁日军的一支侵略舰队。我们之前只是守卫着位于内陆的一个飞机场，这是岛屿向路侧防御系统中的一部分。后来我方将领终于意识到，日军也许会从后方进攻新加坡，而且可能会选择在白天进攻。一旦这样，那么这个"要塞"就危在旦夕了。

我很清楚地记得，就在我刚刚抵达新加坡几个小时后，一位非常体面的通信官告诉我说，日军不会取道马来亚进攻新加坡的。他说："马来半岛上什么都没有，从南到北只有大片大片的森林。日军是不会从那个方向来攻击我们的。"

如今，不仅是新加坡政府，我们的陆军上校和每一位士兵都知道，尽管周边仍然很平静，但事实上我们已经被困住了。自从在新加坡登陆以来，我们已经走过了大半个马来半岛,从西边的怡保市横穿马来亚中部,来到我们现在所处的营地。岛上并不全是浓密的森林,而是精耕细作的肥沃土地,还有很多宽敞平整的道路,不仅有利于通商,也有利于行军。

整个马来亚唯一道路不通的是关丹县。如果日军从北面对我们发起攻击的话,我们唯一的退路就是撤往位于身后内陆大约六十英里处的连突镇。连突镇的东部是水流湍急的彭亨河,过河要乘坐渡船。这已经是一个很大的障碍了,可是连突镇内西部一英里处还有一条河流,而且在我们看来,这条河更是可怕。河床很宽,棕黄色的河水里都是粘稠的泥浆。轮渡是由两条锈迹斑斑的驳船捆绑在一起的,靠拉动两端分别拴在岸上的缆绳来移动,这种水运方式就跟爱丁堡古老的电车体系一样原始落后,但是如果出了意外,我们还必须要依赖这种方式来逃脱。

这里弥漫着大屠杀和灾难的味道、糟糕的路况、险恶的河流。我们真想不明白,到底是谁选了这个地方给我们当营地,也想不明白除了死在这里,还能有什么样的好结果。实际上,我们接收到的命令也差不多就是这样:誓死保卫这个军用机场。哈里瓦守军只有可怜的四个连队,却得防御11英里长的海岸线和关丹县。锡克人的兵力也很少。我们南部的海岸上根本就没有防卫部队,周边的主路上也没有哨兵。

但是,我们是军人,军人的天职就是要服从上级命令,准备投入战斗。况且,日军看起来也不是那么可怕。我们知道,日军偷袭了美军,但是我们已经早有准备了。在我被那次可怕的情报从睡梦中给吓醒之后的第二天,日军就对我们发起了第一次攻击。那天清晨,我们听见空中传来陌生的引擎声,这跟我们已经习惯听到的从机场起飞的那些哈德逊和布伦海姆轰炸机的引擎声不同。晴朗的天空中,我看到几拨机翼上印着日本红日国旗图案的双引擎飞机,前前后后一共有三拨,每一拨都由九架飞机组成,就像是迁徙中的大雁一样。日军的飞机在我们所知道的军用机场所在地上空来回盘旋,朝下面扔炸弹。从远处看,那些炸弹又小又黑。空袭中还夹杂着轻机枪和大炮的声音,因为锡克连队朝日军的轰炸机不停地开枪,但是日本的轰炸机仍然镇定而有条不紊地在地面上空盘旋,向下投掷炸弹,之后就掉头飞走了。

下午,我们听见我方飞机接连起飞,在上空盘旋了几圈之后就向南飞去。接着,在阳光普照的寂静当中,我们好像听见汽车开过丛林,逐渐驶去的声音。部队的副指挥芬内尔少校带着我和一小队人马前往军用机场去查看情况。

我们开车来到从树林中开辟出来的那条又长又宽敞的飞机跑道上。那里除了几架残破的飞机之外,空无一物,而且周边极其安静,我们甚至都能听见林子里的虫鸣鸟叫声。我朝林子里走去,那边是我们的临时营地,而无线电发报室则设置在更隐蔽的树林深处。周围的环境总是让人感觉毛骨悚然,仿佛丛林暗处一直有枪对准我们的脑袋。营地的小屋子里也是空无一人,背心夹克这样的衣服乱七八糟地散落在地上,衣服里还夹杂着一些女人和孩子的照片。无线电发报室里的设备已经被炸毁了,电线从破碎的控制板上支棱出来,阀门的玻璃碴散落一地,穿着靴子走在上面,脚底下嘎吱作响。飞机跑道上,之前机修工维修的那架飞机旁边还有留着茶水的马克杯。我捡起一个薄薄的信封,上面盖着一个澳大利亚的邮戳。这个信封还从来没有打开过。

我们本应该誓死保卫的地方就这样莫名其妙地被遗弃了。总部并没有给我们透露任何消息,当地的空军指挥官在撤离之前也并没有跟我们商讨过。我们就这样被扔在这个糟糕的地方,没有任何空军支援。

从那时起,形势似乎对我们越来越不利。当天傍晚,沙滩上一个哨兵报告说,日军的登陆艇在海边一个小村庄附近准备登陆。天黑之后,我将杰夫森上校的命令发给各个炮台。在我的话音传进送话口,并听到炮台那边传来沙哑的确认声音之后不久,我就听见榴弹炮发射低沉的爆炸声,接着炮声越来越密。那天夜里,炮声就像是大门上的螺栓被重重地拨来拨去那般沉闷而猛烈。偶尔我们可以看见一道亮光闪过,一截橡胶树树干在黑暗中被炸飞,但是仅此而已。我知道,炮弹的打击范围会转移,就像扫雷一样扫遍周边的海域和沙滩,日军的登陆艇及士兵会在我军炮台指挥官从地图上所划定的区域内爆炸、沉溺。

黎明时分,我们已经发射了一千多枚炮弹。整夜的密集炮火攻击并没有得到任何回应。哨兵出去勘察了一番后回来报告说,杰夫森上校一直都在朝海上放空炮。根本就没有登陆艇。

那天上午,我来到海滩上。前一夜,我和其他通信员一直在值班,基本没睡觉。这里的海滩特别美,岸边有椰子树和棕榈树,干净的沙子又细又软,绿色的海水暖暖的。我站在树下看着海浪优雅地涌上来。我就这样站在荒无人烟的沙滩上,身后立着一长排棕榈树,一切都如此平和宁静。我仿佛感觉那一刻我是独自一个人在等待日军的攻击。突然,海上又传来了巨大的轰隆声,比前一天夜里的炮声更低更远,就像沉闷的雷声,但又显然不是雷声。轰隆声持续了大约一个小时。

我之前就听说,大英帝国开始衰落了,如今我已经切实感受到。我站在那里,看着海上天际处,看着世界上最强大、最坚不可摧的两艘战舰"威尔士亲王号"和"驱逐号",以及它们的护航驱逐舰遭受日军鱼雷轰炸机的摧残。这两艘战舰没有空袭防御,跟新加坡的其他无畏级战舰一样,跟我们一样,在这场过时的军事对决中扮演了一个悲剧角色。它们的辉煌时代结束了。我现在还记得,当时我就站在那儿听着震耳欲聋的爆炸声,与此同时,我那些通信员战友们却被困在舰楼之下。

起初我们都把这两艘战舰看成是我们的救命稻草。然而,不久我们就接收到无线电报说,这两艘战舰都在距关丹县几个小时航程的海域上被击沉了,我们的希望也就随之破灭。海军上将菲利普斯下令将他巨大的武器对准了我们营地所在区域,因为他也相信我们遭到了日军袭击。他还听说,日军已经大批上岸,进入我们营地所在区域。而我们自己的哨兵,由于太过慌张,也无意中促成了这一关键的历史性的终结。结果真是太荒唐了。实力薄弱、目光短浅,而且还有夜盲症的日本军队竟然摧毁了我们最后一道屏障。我们第一次意识到失败的可怕后果。

12月10日,我们得到了增援:来了几辆装甲车,还有一支边境部队存活下来的士兵,另外还有从马来半岛北部撤下来的一些强壮的锡克人。尽管我们在关丹县的军用机场已经没了,但至少我们还有一个神父,名叫皮尤,人非常和善。珀西瓦尔命令边防部队以及所有驻守在北部的士兵誓死抵抗,"拖延住"日本人,沿着马来半岛边抵抗边撤退。后来我们才发现,这种追赶式的掩护撤退真正实施起来远比想象中要难得多。

我们在向北的道路上安排了哨兵,由来自马来亚林业服务部门熟悉当地路况的平民来组织。哨兵会向我们通报,有哪些神秘的队伍穿过森林,每一天,我们都严阵以待。后来发现都是虚惊一场,让人白白紧张。就这样度过了两周。我们开始庆祝圣诞节了。皮尤神父在我们营地和森林里的炮台上主持了宗教仪式，场面很宏大，参加的人很多。我们宰杀了很多当地的鸭子，美美地吃了一顿。

我们部队收到的特殊命令仍然是留守在那里，保卫那个废弃的军用机场。我们有些不太情愿地听从了组织的安排，心想如果珀西瓦尔看到树林里又开辟出飞机起落跑道的话，他会怎么说。但是圣诞节结束的两天之后，上级命令我们立即撤退，然后在河西岸重新集合。我们的指挥官认为，突然进行这样大规模的撤退，肯定会造成混乱。全面负责我们临时营地的佩因特准将也向他的上级少将极力地反对这个决定。最后，上级只好收回撤退的命令，让我们继续留守在那里。在这整个过程中，我都尽职尽责地在我的上级之间传递着这些相互矛盾的消息。

就在上级们仍然在对于下一步的计划而争执不下的时候，我们前方的一个哨所发来消息称，他们已经遭到了日军的攻击，我军的一些车辆都被摧毁了。毫无疑问的是，我们现在已经身处战区当中，日军也希望我们继续留守。他们企图炸毁我们老旧的渡轮，但是没有得逞。

我第一个牺牲的战友是炮兵长官泰非·戴维斯中尉，我们俩在瑙仕拉相识，在那之后就成了好朋友。他跟另外两个通信员卡特莱特和豪骑着摩托车去护送一辆给炮台运送弹药的卡车。后来我听说，他和卡特莱特在任务结束之后独自返回。几个小时之后，我们在路边发现了泰非的尸体和他摔得粉碎的摩托车,尸体已经被敌人用机关枪和刺刀弄得面目全非,靴子、绑腿和身上的装备都不见了。卡特莱特的摩托车也被扔在现场,但却不见他的尸体。沿着同一条路再走一会儿,就发现了三十具哈里瓦骑兵的尸体,躺在他们被烧毁的货车旁边。

上级再一次更改了给我们下达的命令,这已经是三天之内第三次更改命令了。这次要我们把所有的枪炮和车辆都撤到河对岸去。

使用轮渡过河那简直就是一场噩梦。这条窄路走起来比我们之前想象到的要糟糕得多:等待通过的车辆排成一列,足足有一英里长。士兵们拉紧老旧的缆绳,将炮台设备两两接力式地送到棕黄色的溪流对面。我骑着摩托车走在队伍的后方,心里希望前面的货车能赶紧过去。我记得自己当时特别害怕,因为恰好路过的日军投弹手将会看到这里聚集了这么一大拨敌军目标。

1942年新年的第一天,凌晨三点钟,最后一名关丹县驻防部队的战士终于跨过了这条河,周围还是一片漆黑,只能靠油灯和用货车电池来维持的灯泡给大家照明。

刚一过河,我们就集合点名。我非常惊慌地发现,坐在一辆无线电卡车上由我负责的三个通信员都不见了。大家展开搜寻工作,希望他们能出现在另外一辆卡车上,但是在我们这一侧的河岸上都看不见他们的身影。我和一位名为沃森的中士骑上摩托车搭轮渡回到河对岸去找他们。一上岸,我们俩就启动摩托车引擎,在黑暗中,朝关丹县驶去。沃森在我身后,跟我保持两百码的距离。低沉的引擎声在静谧的月夜下显得格外大声。虽然日军有夜盲症,但我希望他们的听力不会因此而优于常人。在路旁的空地上以及空地之外大片的橡胶种植园里,听不到任何声音,除了车辆的残骸以及柏油路旁黑色粘土上留下的轮胎痕迹之外,没有任何迹象表明我们曾经来过这里。我们骑着摩托车驶过这片被弃置的土地,虽然听不到海浪的声音,但我依然能然觉到大海的气息。我知道,就在我们前方,敌人正开着坦克四处巡逻。我还没有见过日军士兵,不管活的还是死的,都没见过。那天晚上我很幸运,虽然没有找到一辆正常行驶的卡车,也没有找到我们失踪的战友,但我也没有碰到日本兵。

我们俩掉头回去了,最后一次乘轮渡过了河。几个小时之后,失踪的那三个人竟然又出现了。原来,过河之后,他们找错了集合地点。他们已经做好了最坏的打算。而我却早已激动得说不出话来。炸毁了轮渡和浮桥之后,我们撤退到大约六英里之外的一个军用机场。两个小时后,日军就追到了轮渡那里,而两天后,飞机场就受到了日军从各个方位发起的猛烈进攻。而此时,我已经跟随一队行动缓慢的牵引车、炮车、卡车踏上了去往连突镇的路途。我们听见身后不停地传来枪声和炮声。为了掩护我们离开,势单力薄的边防部队在指挥官 A. E. 卡明中校的带领下英勇抗战,为我们断后。

　　撤退过程中形势有些混乱。三四天的行军之后我们突然接到命令要我们停下来,安装好大炮,支援在我们背后的一个步兵团的反击战,结束之后,我们再继续前进。我们知道我们是刚出狼窝,又入虎口,而且还是一个血盆大口。我们也知道,前方要去到的那些大炮台,根本就没有找准敌人的方向,只是对着大海放空炮。

　　我坐在卡车上,穿过一片橡胶种植园,沿着一条笔直的大路前行。坐在车上,我想到,天底下所有的橡胶树似乎都是一样的,在一个撤退的士兵看来,这一大片橡胶树也让人格外压抑。突然,前方飞来一架飞机,飞得特别低,在阳光的照射下,机身呈银灰色。我们赶紧靠边停车,跳进橡胶树林旁边僵硬的黑泥沟里。飞机朝下扔来几枚炸弹,其中一枚差一点砸中我们。我又一次感受到了无形的气流带来的强大冲击感。这是我第二次死里逃生,而这一次是被地理环境给救了:离我们最近的那枚炸弹陷进了黑泥里,没能爆炸。如果土壤再坚实一点,我们早就没命了。

　　我们在新加坡与马来亚之间的堤道被炸毁前的一周抵达了新加坡。行进过程中,我们经常看见一群群面露惊慌的马来人和华人难民。他们之前就目睹过日军的军车大炮从他们眼前开过。岛上的大街小巷到处都是这样的难民。他们无家可归,只能在树下或田地里搭帐篷。没人知道到底有多少这样的难民——有人告诉我说大约50万人。士兵们晚上都睡在他们进岛时乘坐的车辆里。岛上有一股浓重的腐臭味和一种强烈的焦虑气氛,这就是失败的气息。

不过,我们这批士兵有将近十万人,全副武装,准备投身战斗。鉴于我的职责,我被派往珀西瓦尔将军在新加坡的工作总部,也就是位于岛屿南部的福康宁基地。那边是英军的地下指挥部,需要通信员。我去了之后,就一直在那儿工作了三个星期。新加坡被围困之后,我不停地通过无线电向外发送求助信号,以及一则则简短的坏消息。

在指挥部的时候,我大部分时间都是待在地下,接收并传达命令,收发情报,指挥败下阵来的将士们重新整合队伍,再次投入战斗,力图挽回局势。2月8日,日军对柔佛海峡一线展开猛烈的炮轰攻击。9日清晨,我听说日军已经在西北岸登陆。我们大部分的兵力都集中在东部。三天之内,日军就如潮水般涌来,占领了我们西北方向武吉知马山周边的村落,距离我们只有十英里远。北海岸上的海军基地存有大量的石油,战斗持续的最后几天,岛上那个方位的山头上都被浓浓的黑烟笼罩着,看起来就像是火山爆发了一样。

我并不能经常看见太阳,每天我们都得工作十八个小时,夜里就在指挥中心的地板上睡一会儿,躺在无线电设备和电话中间。我们的办公室都设在一些连通房里,所以送报员总是来来往往,跨过我们这些疲惫的身躯。我们根本不知道外面的情况如何,听到的消息也是极其混乱的。我们听说日军已经占领了水库,并且切断了供水。每天我们都能听见日军的飞机旁若无人地四处投弹轰炸。大船带着出逃的平民百姓驶出吉宝港口,市内到处是溃败的英军四处游荡。最后,指挥官们甚至都无法做出明智的决定了,因为基本上得不到任何情报。我有几次看见珀西瓦尔将军在基地的走廊上或通信中心走来走去,他身形高大,但面容憔悴,看起来特别沮丧。他已经绝望了。很快,他就要成为英国战争史上最重大失利的指挥官了。

1942年2月15日,星期日,一个军官告诉我,他听说我们准备投降了。那天傍晚,整个基地陷入了死一般的寂静。通信室中,我们在一大堆电线和地面通讯线上铺了床垫,就瘫倒下去了。大家心里非常沮丧,最终敌不过疲惫,都睡着了。几个星期以来让我们夜以继日不停工作的那股紧张的弦终于断裂了。

我一口气睡了十个小时。第二天早上,我走出办公室,看见外面有四辆车正缓慢地朝山上爬。车上插着日军的"太阳旗"。车上的人坐得笔直,两只胳膊僵直地放在身侧。他们在大门口停下来,一群日本军官从车上下来,他们身穿墨绿色的军装,身侧挂着带黑色刀鞘的军刀。这是我见过的第一批日军。他们昂首阔步地走进了基地。

如今,这些人占领了马来半岛,统治着从印度到波利尼西亚的大片海域,在亚洲至少摧毁了三个欧洲帝国的势力。我成了他们的阶下囚。

第四章

在我看见那些日本军官的第二天,留在市里的英军被迫前往樟宜监狱以及那附近的殖民地,位于岛屿的最东段,离我们有十五英里。

我们从福康宁基地出发,把营地里所有能打包带走的东西都带走了,开走日军给我们留下的为数不多的几辆车。我们的队伍足足有半英里多长,走在路上的时候,我们看见还有其他几队士兵,迈着整齐的步伐,从各条小路汇合到通往樟宜监狱的唯一一条大路上来。人越来越多,很快我们就变成一大群身负重物、跌跌撞撞的残兵败将,却仍然想尽力保持良好的秩序,维护自己的尊严。这是英军的屈辱之行。

身为败兵中的一员是一种很奇怪的感觉。我们强大的致命武器现在却听从敌人的使唤,而我们甚至都见不着这些敌人。樟宜监狱那边驻守的日军似乎从来都只有十几个人。到了那儿之后,我们被安置了住处,我们的炊事员来到当地居民逃跑前居住的小屋子,把炊具安放在屋子的小厨房里。食物和药品也送了过来。日军热衷于让我们所有人都"有事可做",很快,除草、清洁下水道、园艺成为了士兵们主要的日常活动。当地还开起了小工艺品作坊。我还定做了一个木质眼镜盒,那是我做过的最划算的一次交易。每一个人都知道自己的直接领导是谁。没有人不知道自己应该归谁管辖。但是我们作为一个整体而存在的目标——保卫海军基地以及英国在远东的势力——却被彻底地粉碎了。

之前的这种动机被扼杀了,取而代之的是一种前途未卜的恐慌。这种恐慌悄悄地潜入我们心中,并且日渐强烈,是一种因焦虑和恐惧而产生的消极情绪。之前,敌人的突然进攻迫使我们不断前进,而现在,一股时而袭来的紧张情绪让我们止步不前。我们仍然想抗争,但是这种痛苦的冲动情绪必须被压抑着。就这样,我们开始过上战俘那种屈辱压抑的生活,长期精神焦虑,内心有一种彻底的无助感和沮丧感。我们无法摆脱这些负担,就连在睡梦中也做不到。因此,我们每天就自己组织士兵列队,同时心里感觉到一种大材小用的愤懑。

这种怪异的平静生活持续了三个星期,在这段时间里,我没有看见过任何日本兵。我们在樟宜的时候还配备一些左轮手枪和步枪,看起来仍然是一支部队,但我们都只是百无聊赖地闲逛,等待我们的主人来决定我们的命运。他们颁布的第一个命令就是要磨灭我们的时间意识,宣布说要开始使用东京时间,也就是说要把钟表拨快一个半小时。这样我们每天天不亮的时候就得早早地起床。我是个非常有时间观念的人(而且看着时间表,我都有一种很享受的感觉)。对于该在什么时间做什么事情,我一向都非常准时。对于这种剥夺我们时间观念的做法,我感到很厌恶。这将成为我和日军之间一个严重的问题。

我和其余的基地通信员在一间小平房里得过且过,从平房的窗户向东望去,可以看见一片美丽的海景,看到这无边无际的海洋,我们有一种彻底迷失的感觉。这里有上万名盟军战俘被困在海边,根本就没有机会逃走。

这种看似平静的奇怪生活终于在有一天早上集合练兵的时候被打破了。南部地区通信部队指挥官波普上校对我们说,我们当中有很多人还没有见过日本兵,自从我们宣布投降之后,日军就彻底不理睬我们了,这就让我们有一种非常安全的错觉。

然后他还说,他从刚刚抵达樟宜的一批战俘那里得知了新加坡最大的战地医院亚历山大医院那边的情况。在英军宣布投降的几个小时之前,日军就占领了这家医院,他们残杀了医院里的医生、护士和病人,就连那些正躺在手术台上的病人也不放过。剩下还活着的人再被拖出去用刺刀杀死。

上校还讲述了他从苏门答腊岛和周边小岛来的战俘那里得知的另外一件事情,并希望能对我们有所触动。就在新加坡沦陷之前,有几艘小船载着医护人员和伤员离开了新加坡。其中一艘小船在邦加岛附近被击沉。生还者中有很多都是澳大利亚军队的战地女护士,她们上岸之后被日军集中到一起。日军命令她们转身朝海里走去,然后从背后用机关枪把她们全部射杀。上校说,据他所知,日军残杀了不少人。

关于这些护士被杀害的消息让我们从此陷入一种对厄运的恐慌当中。不过,我们很难想到,也并没有理由想到,也许我们很快就要在最大的程度上体验人类的残暴了。但是,在军队里,带有神圣光环的护士都是备受尊重的。日军如此残忍杀害护士的行为堪称骇人听闻。波普上校要表达的意思很简单:虽然我们没有见过几个日本兵,但这并不意味着日本兵不残忍。

波普上校讲话过去不久,日本兵就对我们进行了一次大规模的正式侮辱。所有四肢健全的战俘都必须在路边列队,范围基本覆盖了樟宜区域的所有主要道路。我们这里五万名战俘在营地道路两边排列开来,队伍长达数英里。一队敞篷车沿路开过,前面有一辆敞篷卡车载着一批摄制组人员。日军要给国内民众制作一部宣传影片,而我们就是临时演员。我敢肯定那场面看起来特别气派,那么多战俘穿着已经有些破旧的军装列队欢迎,有些战俘甚至只穿了件脏兮兮的短裤和背心。几个日本军官乘坐征用来的英国车经过的时候,所有的战俘都被迫向这些人致敬。

第四章

瓦解一支军队是需要时间的。日军实施的每一种新的控制措施都是对我们人格的侮辱。整个过程看起来似乎缓慢而隐匿,但是现在回想起来,我发现,日军还是很快就瓦解了我们。例如,三月底的时候,日军下令,盟军军官不准再佩戴军衔徽章。相反,我们要在体恤衫左胸口袋上面戴一颗星。日军用这种方式告诉我们,我们努力获得的军衔对他们来说毫无意义,在他们眼中,我们只是两种不同级别的战俘而已。

事实上,随着春天的到来,日军用行动向我们明确表示,对他们来说,我们只有一种利用价值,那就是劳力。把我们集中起来之后,日军开始选派我们当中的战俘去执行任务。日军往新加坡派驻越来越多的工作队,到四月初,已经有一千多名战俘被派去执行"海外任务"了。第一支劳动队在一名英军上校的指挥下被迫派往一个未知地点。

对待这类侮辱性待遇,我们根本就无能为力。仿佛是要让我们更深刻地体会到这种无力感,4月14日,当我和另外几个通信员站在小屋外面的时候,我们看见海上出现一大队日本军舰,向西航行。舰队纵列前进,船上的大炮骄傲地挺着炮筒,灰色的大船从我们眼前驶过,继续向新加坡海峡进发。长长的舰队似乎没有尽头——战列舰、巡洋舰、驱逐舰、小炮艇。这整个舰队趾高气扬地驶过新加坡要塞,仿佛已经拥有了这整个海域。我还记得,就在此一年以前,我看着克莱德河上的英国战舰时,感到特别震撼,仿佛天下无敌。而如今,我却身穿破旧的汗衫,胸前缝着一颗星,站在一片草地上,看着敌军的无敌舰队从眼前驶过,那种感觉实在是太痛苦了。

那个月的月底,日军再一次召集一个劳动队,要派去新加坡修建一个"日本工程"。我主动报名参加了。我又一次打破了士兵的黄金法则,但我实在是太焦躁了,被派去未知的目的地也比在樟宜过这种压抑的生活要好。

日军命令我们步行二十英里,来到皇家海军原先在市北面克兰芝设立的一个小型海军基地。在之后的两个月里,我们每天早上都列队走出营地,取道武吉知马路,走过福特汽车公司的工厂——之前珀西瓦尔将军就是在这里正式宣布投降的——最后我们爬上武吉知马山。

一天早上,离开营房之后,我们看见路边有六颗被砍掉的人头挂在木竿子上。那是六个中国人的脑袋。远远看过去,那几颗人头就像是万圣节时那种恐怖的面具。每天早上,我们都要经过这几颗人头。据说,日本人正在新加坡清洗国民党分子,但是如今想想,令人不可思议的是,当时日军这种类似中世纪暴行的举措并没有让我们感觉很震惊。相反,我们感觉自己是绝对不会受到牵连的。这些人头只是亚洲内部矛盾的战利品,而我们是英国士兵。我们当时并没有想到的是,这种暴行一旦开始,就不会区分对象。

武吉知马山上覆盖着浓密的灌木和树林。我们得把那些灌木丛和藤蔓之物都清理干净,修一条通往山顶的路,然后削平山顶。日军要在山顶上修建他们在新加坡的巨大战争纪念碑,俯瞰整个小岛。让我高兴的是,我从来都没有见过完工之后的战争纪念碑,就连照片也没有见过。1945年,这座战争纪念碑被炸毁了。在修建纪念碑的那八个月里,我相对来说比较自由。除了教来自布拉德福德的工作队如何正确地挖沟渠而不至于让脚踝陷进淤泥里之外,我可以出去逛逛。这已经是俘虏所受到的最好待遇了:日军仍然沿用英军的管理层,只要我们完成任务,日军就不会对我们有过多限制。但是日军分配的体力活非常重:我们得把热带果树那些牢牢嵌在泥土里的根须全部拔除,每一下都得攒足力气,猛地一使劲才能把像蓬乱头发一样的根茎拔出来。偶尔,我们还会被树林里那些像刀片一样锋利的竹叶给割伤,而且伤口很快就会化脓。如果长期干这种活,任何人都会受不了的。但我们从来没有觉得日军是想用这种方式来消灭我们。

不过当时,我在忙另一件事。我认识一个名叫怀尔德的战俘,他之前在上海当警察官,后来不知为何去了新加坡,正好被俘获了。有一天晚上,我们俩一起离开营地,去找一个名叫门多萨的葡萄牙人(葡萄牙是中立国)。他是一个向我们卖鸡蛋的名叫林的中国男孩介绍的。那天晚上,我们俩小心翼翼地穿过之前属于欧洲居民区的花园和种植园。

门多萨住在主路边上一座很漂亮的小屋子里,这条路一直通往我们正在修整的那座大山。见面之后,我们双方谨慎地闲聊了一会儿,然后怀尔德掏出一枚金戒指,轻轻地放在门多萨面前的桌子上,并说明了我们俩的来意。我们想让他帮忙联系当地的中国国民党支持人士,请他们把我们俩偷偷地送往中国,或者至少把我们送到经由暹罗和缅甸能够到达中国的滇缅公路上。

这是一次疯狂的冒险,比我当时所想象的还要危险得多。不过怀尔德精通多种语言,汉语就是其中一种。我们以为这样就能帮我们实现愿望。但是后来,我们逐渐意识到,困住我们的不仅仅是心理因素,同时还有外部条件。我们可以在克兰芝附近的菠萝种植园上走上数英里而碰不到任何日本兵,我们也可以把偷来的日军装备卖给当地的华商。可是到头来我们还是无处可逃:北面就是狭长的半岛,与缅甸分离,同时被掩映在森林里的大山与印度隔开来。南面和西面是荷兰殖民地爪哇岛和苏门答腊岛,东面就是茫茫的大海。

军营后面是一座小山。每天傍晚,太阳刚一落山,就有一个体型魁梧的战俘非常庄重地爬上小山顶部,然后像默剧中的童子军一样,把手放在额头上,郑重地极目远眺,接着非常大声地喊道:"该死,一条船也没有。"

某些宗教相信存在地狱边境的存在,认为这里挤满了处于人间和地狱之间的那些鬼魂,到处充斥着无助的嘲弄和绝望情绪。我感觉我当时就身处这样的境地。

六月份的时候，我们完成了铲平山头和搬土的工作，然后就被送回了樟宜。我们再也没有联系门多萨，当然他也没有办法联系上我们了。回去之后，我发现营地里的人越来越少了。在我们离开的这段时间里，日军加紧了对战俘的钳制政策，不断地向外征派大批战俘，每次多达数千人。二十五辆带篷货车满载战俘驶出新加坡车站，大船带着三千名澳大利亚人驶出港口，还有一千人被送去了日本。每个月都会有更多的战俘被带走。

我们每天听到的都是半真半假的小道消息，还有各种传言。营地里散布的这些消息更是加剧了我们原有的焦虑。而我们一直都希望最糟糕的情况不会发生。

眼下有消息说，日军要把我们这些劳力派去执行一项宏大的工程——修铁路。日本帝国的某位官员幻想着开辟一条新的道路来躲避同盟军在马来半岛周边部署的驱逐舰和潜艇。不难猜测，日军需要将军用物资从日本送达缅甸，再运送到印度，因为他们下一步的计划就是要侵占印度。所以日军决定穿过崇山峻岭，修建一条铁路，连通缅甸和泰国。这条线路的修建难度实在太大，我后来从文字资料中读到，我们英国殖民地的工程师都因为其修建难度大而拒绝参与这个项目。我真不敢相信这个消息会是真的，更不敢相信的是，在我还没有成为俘虏之前，火车给我带来了那么多的快乐，而如今当我成为战俘之后，我却要被迫去修铁路。

　　夏末的时候，日军对我们采取了最终的削弱政策。首先就是革除我们的将领。珀西瓦尔将军、新加坡总督珊顿·汤姆斯爵士以及所有陆军中校级别以上的将领都被一次性带走了。最后，一共有四百名将领被派往了不为人知的神秘去处。

　　我们剩下的只有一万八千人了。日军派来一个新的指挥官福西新平将军。新官上任三把火，这位新指挥官一上任就下令留下的每个战俘都要签署一份"不逃跑协议"。最后只有四个战俘签了这份协议。为了给我们一个下马威，福西新平在樟宜附近的海滩上枪毙了四名战俘，声称这四个战俘企图逃跑。当然，我们听说了这个残忍的全过程，福西新平故意让我们知道这些。9月2日，接近中午时分，他命令余下战俘中级别最高的霍尔姆斯上校带着另外六名军官到海滩上去。那四名战俘被绑在沙滩的柱子上，几个印度国民军的射击手已经准备就位了。这是一批在日军支持下叛变的印度民族主义分子，如今成了眼前这出处心积虑设计出来的政治秀中的棋子。讽刺的是，对这四个英国士兵行刑的竟然是英国之前的殖民对象。第一轮扫射之后，四个战俘还有呼吸，接着射击手又朝倒在血泊里的四人开了几枪，让他们彻底断气。

　　不到一个小时，这件事就在营地里传开了。日军下令把所有的战俘都转移到樟宜附近的史拉兰军营。后来又追加命令说,在下午六点之前没有到达的战俘都要被送到海滩上。于是那个炎热的下午,我们背着伤员,背着沉重的炊具以及我们的物资,前往为戈登高地人团修建的现代化军营。军营围绕练兵场的三面修建了七座三层建筑。很快我们一万六千多人就挤到一个原本只能装下八百人的地方。还有两千名伤势很重的士兵仍然待在罗伯茨大医院里。有组织有纪律就意味着每一支队伍都有固定的位置。所有的地方都被挤满了。整个练兵场上都是人,平屋顶上、阳台上、楼梯井上和营房屋顶上都坐满了人,连公共厕所里都挤满了人。我们把练兵场上的碎石路面弄平整,想腾出更多的空间。但是不管怎样,都驱散不了粪便堆积起来产生的恶臭味和人堆里的汗酸味,更掩盖不了这种悲惨的生活景象。大家每天只能发到一点点食物,周围没有像样的厨具,所以我们只能发挥想象力,就地取材。那里所有的人加起来差不多有一个小镇上的人那么多,但是只有一个水龙头可供大家用水。

到那儿的第二天晚上,正好也是战争打响的三周年纪念日。澳大利亚士兵组织了一场音乐会。借着油灯的光亮,他们的"合唱团"站在练兵场的一边,唱起澳大利亚人的孤独民谣《丛林流浪》。全广场上的人都跟着哼唱起来,这个一万六千人组成的"合唱团"将这种充满渴望、蔑视的歌声穿过营房,送入黑夜之中。接着大家又唱了《永远的英格兰》,最后高声演唱了一遍《希望与光荣的土地》。数千人跟着作曲家艾尔加的交响曲节奏高歌,与此同时,日本卫兵手拿刺刀在四周巡逻,不知艾尔加看到这样的场面会作何感想?

第三天,我们的生活情形显然已经到了让人无法忍受的地步。部队中的医护人员指出,这样的生活条件存在很大的隐患。然而更糟糕的是,日军领导层宣布,他们打算把罗伯茨大医院里的伤员们都转移出来,跟我们安置在一起。他们准备让流行病在我们这一大群人当中肆意传播,置那些老弱病残者于死地。霍尔姆斯上校下令让我们签署那份"不逃跑协议",于是大家就在一张小桌前排好队签了这份文件,文件中这样写道:"我,本文件的签署人,庄严发誓,我在任何情况下都不会有逃跑的企图。"

之后,我们又徒步回到了樟宜的营地。在接下来的一个多月里,我似乎又重获了一定的人身自由和个人空间。不过,我们在史拉兰营地的遭遇是一个分水岭,是日军对我们残忍迫害过程中的一个转折点。经过这次事件之后,一切都跟以前不同了。我们得到确切的消息说,日军的确是在修建一条工程浩大的铁路线。我也亲眼目睹了又有一千多名战俘被带走去修铁路了。终于,在10月25日那天,我也加入了这个行列。

日军命令我和另外大约二十五个战俘坐上一辆带篷的货车,然后就开上了绿树葱郁的泥土小路,为了保持空气流通,开车的过程中,货车车厢的大门一直敞开着。一

第四章

路上，我们偶尔会经过一片整整齐齐、让人看起来有些压抑的橡胶树林。我们坐在钢制车底板或者行李上，一路闲聊着，打着盹。货车沿着西海岸一路向北行驶，偶尔停下来解决我们所谓的"生理需求"。最终我们来到位于东海岸的暹罗，海滩就出现在我们眼前。远处的海面上可以看见岩石堆砌起来的烟囱，上面长满了绿色植物，远远看去，就像一颗颗发霉了的大牙齿。

我们沿着这个有英格兰岛屿两倍长的地峡缓缓而上，在这个过程中，我读了奥托夫·斯塔普尔顿在1930年写的一本预言未来的书《初代与末代人类》。在那个闷热拥挤的车厢里很难集中精力去欣赏这本书中雄辩的科学幻想，但是斯塔普尔顿在书中对全球冲突的预测给我一种很强烈的预感。他认为全球冲突最终会陷入愈演愈烈的情报战，欧洲最后被摧毁了，世界进入了黑暗时代的周期。作者以末代人类的口吻对几十年之后处于混乱时代中的我们发出警告，说届时地球将会在一颗"疯狂的星星"的强大辐射之下彻底毁灭。对于作者来说，预测世界末日是一件很简单的事情，但置身于世界末日当中却是极其痛苦和悲惨的。

车在布莱车站停下来补给食物，我就跑上近前去仔细看了看火车，发现这是一辆日本C56机车。我对这种机车有一些了解，它是在大阪建造的，为了适应马来半岛和暹罗境内轨距更窄的火车轨道，这辆机车必须要经过改造。

日军把火车都运送到他们新占领的这片土地上了，很显然，他们是没有尽快离开的打算。尽管我四肢酸痛，疲乏不堪，尽管前途未卜让人很焦虑，我还是跑去欣赏这辆制造精良的火车，观察大发动机的表面处理，查看锅炉前面那一圈挡烟板，以及六个巨大的驱动轮。即使是在那种情况下，我还是抑制不住自己对火车的喜爱之情。

当车行驶在马来半岛西北部双溪大年和亚罗士打之间的狭长地带时，我突然特别想上厕所，而且实在是憋不住了，货车里连个救急的桶都没有。我只能向身边的人求助。很快，四个英国军官便扶着我，站在车厢敞开的大门口，货车一边行驶，我一边撒尿。我并不是一个身材很好的人，在这种公开场合下暴露自己，简直是太尴尬了。直到现在，我仍然觉得那是我 生中最丢人的经历。

火车从新加坡出发，行驶了一千多英里之后，到达了万磅县。日军命令我们下车，因在车厢里面这么长时间，我们已经四肢僵硬了。现在，不管我愿不愿意，我已经成了一名铁路工人。

万磅县是个很大的村镇，其地理位置对日军来说非常重要，因为它是暹罗铁路系统上离两百多英里以外的缅甸南部海岸平原最近的一个地方。日军决定将万磅县作为一个重要枢纽，修建一条新的铁路，连接新加坡和曼谷，然后经过金边、西贡、越南，直达中国。最终所有的铁路线将汇集到缅甸,最终通往印度。万磅县如今一片热闹繁荣的景象,到处都盖起了营房和棚屋,火车站上停满了火车,河面上也有很多船只。廊普卡车站附近有很多铁路侧线、调车机车、奇怪的四轮小车,一片喧嚣。

随着时间的推移,我们对这里的情况有了更多的了解。起初,我们只看见那些柚木和红木建筑、亚答屋以及殖民时期修建的石质建筑里有些大门敞开的商店。小孩子和小鸡满街乱跑,打扮精致的小个头女人们守在不大的摊位前,摊位上摆满了红辣椒和绿辣椒、芒果、木瓜。我们在车站附近的一片树荫下就路过这样一个小市场。万磅县好像是有一条长长的主街道,其他的街道则由主街道四下蜿蜒扩散开来。村镇的外围就是耕地、灌木丛和树林。

日军带着我们沿路走了一段距离,来到长长的一片低矮亚答屋。站在马路上望一眼,我们就知道每个亚答屋的一端都陷在泥泞的积水湖里,附近肯定是臭气熏天,疟疾肆虐。这些亚答屋就是分给我们的营房。我们进去之后,为了避开被水浸湿的地方,只能都挤在地势比较高的那边,睡觉的时候相互之间距离只有几英尺远。我们都很无奈地把这里当成"湿地营地"。很显然,这里就是地狱。

几天之后,日军又把我们当中大约一百人送去了四分之一英里以外的另一个营地。去了之后我们发现,那是一个工厂,里面住着日本的机械师和工程师,我们的任务是协助他们进行维修工作。这让我们暂时松了一口气。

我们组有四位军官：比尔·史密斯少校、比尔·威廉姆森上尉、吉尔克里斯特的中尉，以及我。我们还有一位高级准尉，那就是皇家军火供给部队的军士长兰斯·休。

我们并不是一个组织特别严密的小组。史密斯和吉尔克里斯特比我们年长许多，都曾经是海峡殖民地上的志愿兵，经常与新加坡农场主、商人以及他们的雇工打交道，并且得到了历练。很多像他们这样的志愿兵都在战斗中英勇抗战，但他们与正规军之间总是有些隔阂，大家始终感觉当初是这些人在新加坡沉迷于享乐而玩忽职守，最终导致新加坡的沦陷。我也从来没有发现自己与这两位军官有任何共同语言，但是我却不得不跟他们俩住在同一个营房里。

史密斯少校是一位级别较低的殖民服务官，瘦高个，头脑不太灵光，所以在当时那种极端情况下，他就比较吃亏。他对自己的处境都不太了解，每次大家需要讨论做任何决定，他都被自动排除在外。我们都喊他"老爹"。吉尔克里斯特五十来岁，身形小巧，在军队里没有什么辉煌的战绩，也没有什么技能。像他这样的人，一旦沦落为战俘，敌人很快就能判断出他根本没有什么利用价值。

我跟比尔·威廉姆森还是挺投缘的。他性格随和，为人谦逊，而且还很有能力，担任营地副官。他善于帮大家解决问题。当我发现他在自学日语的那一刻，我就知道我们俩会相处得很好。他把他的日语语法书借给我，日军警卫经过营房或者在外面朝我们大喊大叫的时候,比尔就帮我分析里面包含的基本语法知识。在营地里,我总是喜欢让自己的床铺挨着比尔的床铺。

军士长兰斯·休是一位能力很强的技术员,对他来说,军队只是一个让他发挥对机械的终身热情的一个途径。他在桑德兰有一家很小的无线电商店。在被俘获之前,他一直在为皇家陆军军需部队制造和修理无线电。休看起来身形魁梧,脸上还有伤疤,不过这伤疤是在战时的一次事故中造成的。他这种街头恶霸的形象掩盖了他其实非常平和的性格。休深深地热爱着无线电报技术,会像我迷恋火车那样迷恋无线电。他是个非常优秀却很不幸的人。

长长的营房里可以容纳大约一百个人,说是营房,其实就是用当地的植物,也就是把竹子和肥大的亚答树树叶用像绳子一样的藤蔓绑在一起搭建的帐篷。地板就是土地,不过已经被踩踏得特别坚实了。然而床底下还是松软的生土,虽然不见阳光,上面竟然还有植物发芽,然后这些杂草就会从床板的缝隙里探出头来。床底下这种阴凉的环境也特别适合那些爬虫和蠕虫的生存,其中最可怕的就是蝎子和蛇。我和威廉姆森之前常常在营地周围散步,聊聊读过的书和会说的几种语言。有一次,我聊天时无意中扯住从树上悬下来的一根"藤蔓",定睛一看才发现自己抓住的是一条蛇!幸好,那只是一条无毒的蟒蛇。

最让人恶心的莫过于那种毛茸茸的蜈蚣，还一直在蠕动着蜿蜒前行。如果这种蜈蚣能够直挺挺一动不动地让人量一下的话，估计能有一英尺左右长。还有其他的小生物，我们已经见怪不怪了。蟑螂就像披着金属盔甲的小老鼠一样窜来窜去，如果不小心用长满老茧的光脚板踩到一只，就会听到一声像塑料瓶爆破的声音。茅草屋顶上爬满了甲壳虫、蚂蚁和蜘蛛，夜里睡觉的时候时常会掉落到我们身上。

廊普卡是新铁路线的起点，因此院子里堆满了铺轨设备，由于这些设备成天高速运转，所以经常要送到万磅县去修理。这些设备当中有既可以在平坦路面又可以在铁轨上行驶的路轨卡车，还有那种用来堆放铁轨的车，乍看上去很像低矮的长马车。事实上，这种马车就是两个四轮转向架靠两根普通的铁轨拴在一起，这样就形成了一辆不太灵活的八轮马车，上面可以堆放铁轨和枕木，跟随着这群修路工人沿线而上。如果车上的铁轨和枕木都用光了，修路工们就会拆掉连接马车的两根钢轨，然后把这奇怪的交通工具放在轨道旁边。接着无敌的拖拉机就会推过来另一批装满铁轨和枕木的马车，直到最后所有的马车都空了。然后这些马车就会被置换掉，拉回廊普卡，装载下一批铁轨和枕木。

修铁路的工作强度非常大，战俘们在日军的逼迫下顶着炎炎烈日，拼命劳作，每天吃的食物仅够果腹而已。在万磅县的时候,食物还算充足,在营地周围很容易就能找到吃的。但是随着铁路线的延伸,食物就越来越匮乏。我们这些修路工人就这样不知不觉地把自己送上了死路。

一码长的平底钢轨大约有七十磅重,通常有二十四英尺长。因此,对于一群饥肠辘辘的人来说,要扛起这样一段钢轨,把它安放到正确的位置上实在是一项浩大的工程,何况还是这一路上都要不停地铺设。这些钢轨是用大钢钉直接钉在枕木上的。这是一项极其繁重的体力活儿:筋疲力尽食不果腹的城里人和那些被征用来的亚洲劳工根本就承受不了。休息时间很少,一旦有所怠慢,就会遭到谩骂甚至是一顿痛打。

铁路总是会让其修建者们身心俱损,这一点我已经很清楚了:巴拿马铁路的建成是以其五分之一修建者的生命为代价换来的。穿过落基山脉的铁路也是建立在惨痛的代价之上的。阿尔卑斯山隧道的修建也是非常艰难,就连身强力壮营养充足的农村劳工都将其称为"死亡陷阱"。不过,缅甸—暹罗铁路线的修建难度确实独一无二,想起这条铁路的修建过程,脑子里就满是圣经中修建金字塔时的场景。这条铁路是蒸汽机车时代最后一个残酷的工程,同时也是历史上最重大的人类工程灾难。

当然,这些都是后话了。可是当时在我到达万磅县的时候,我就知道这个工程邪恶而非人道的地方。我还是挺走运的:我要做的就是帮忙修理卡车、转向架和发动机。

我们给日本铁路装配工、车工、焊工们打下手。他们大部分都很仁厚,只专注地做好自己的工作,而且把自己的工作坊整理得很好。我还是很敬重他们的,他们也不找我们的麻烦。

然而,走出营地之后,人工修建铁路的残酷现实还是扑面而来。到达营地之后,我被史密斯少校,或者是说威廉姆森通过史密斯少校任命我为膳食官,因此我就行动比较方面,可以出去找点儿吃的。有一天,我走出营地,来到一座小山脚下,数百个光着膀子的劳工正在山上挖沟渠,他们用篮子把挖来的土传递到沟渠一端,然后用这些泥土在那儿修建一个堤坝。装土用的篮子特别大,两个人传递起来非常吃力。他们基本上没有什么机械可以使用,只有锯子、斧头和凿子。这些劳工要把五十码宽的矮竹林清理干净,竹子枝叶茂盛,根部深深地嵌在泥地里,他们必须借用绳子,徒手把它们拔出来,然后用并不锋利的工具砍掉热带硬木。由于在武吉知马山上待过,我知道这是什么感觉,就像一场与工具之间的战斗。也许斯大林时代的一些运河都是这样建成的,但很少有铁路线如此修建。

每天日本人给我们发十美分左右的伙食费,作为膳食官,我就用这些钱从当地的农民和商人那里给大家买点儿大米、食用油、一些鸡蛋和一点儿鱼,如果还有余钱的话,再买一些新鲜的蔬菜,有时候还能买几只鸭子,甚至是一头猪。如果想要吃上好一点儿的肉,恐怕就只能去偷去抢了。我找来一个容量为四十四加仑的桶,把一端打开,做成一扇可以活动的门,当做烤炉,然后用很大很浅的铁碗来煮大锅米饭。

有时候我得和另外几个人以及一名日本兵一起到镇上去。这名日本兵就利用这些时机来寻求另一种"生活安慰"。到了镇上,他让我们在一个咖啡店门前停下来,把他的步枪递给我,然后就跑到咖啡店后面找妓女寻欢作乐去了。于是我这个战俘就这样站在咖啡店前面的阴凉处,拿着敌人给我的步枪,炎炎烈日下,我眼前不断有暹罗村民经过,长长的街道一直延伸到小镇的另一头。那个日本兵和我自己都知道,我拿着那把步枪无力轻举妄动,也根本就无处可去。

也就是在万磅县的时候,我发现了一种神秘而又怪异的官僚主义作风。有一天,我和比尔·威廉姆森被叫去了日本军官的办公室。那个日本军官的办公桌上堆着一大摞的战俘登记表,约摸有数千张。我看到自己的那份登记表被放在那一大摞的最上面。我的战俘序列号是1号,排序一直排到了20 000多。这让我感觉很没有安全感,同时又觉得自己还挺重要的,不过这种重要的方式我宁愿不要。在战争这场彩票竞猜中,士兵们经常开玩笑说下一个猜中(牺牲)的就是自己的这个数字了,这种奇怪的说法是个让人很不愉快的玩笑。

我们确实保住了姓名,但这远远不够。从宣布投降的一刻起,我们体内的力量就被压制住了,其实我们的反叛精神都很强,而且非常想知道当时的战势如何,想知道胜败的趋势是否有所扭转。我们也想赢,就算不能亲身参与到战争中也没关系。我们都很年轻,很聪明,而且熟悉机器,大多数人都靠着对大众机械的热情支撑着,喜欢谈论交通和通信。于是我们就自然而然地做了这样一件事:开始组装无线电。

无线电狂热者从樟宜带来了大量无线电设施的零部件,然后分给了很多人,这样每一个人都只负责保证一个小零件的安全即可。我们甚至还有双耳式耳机。不过组装一台无线电设备仍然像是在完成机械拼图一样困难。我们最后只能迫于实际条件,降低要求,打算组装一台靠电池运作、能够收到新德里那边全印广播电台信号的设备就可以了。但即使这样也还是不简单。我们得重新设置无线电报系统,翻遍了整个战俘营地寻找我们需要的材料。我们把从日军那里偷来的工具拿去与当地商人交换电子管。为了能接收到电台的正确波段,我得计算出天线的最佳长度。可我们又不能把所有的天线都暴露在外,所以也只能退而求其次,安装"四分之一波长天线"。我们大家都得去完成一些很奇特的任务,比如:去找一块平整的银纸,或者找一些平整的小铝片,或者是找一段特定长度的电线,再或者就是找来很多蜡。没有人生疑,战俘们都非常小心谨慎。

休就是我们的无线电工程师。他很像一个疯疯癫癫的业余科学家,平时总是一副心不在焉的样子,而且没有危机意识。那时候组装一台无线电设备需要大量的焊接工作,于是大家都非常小心地偷偷在厨房里加热烙铁。但是怎样才能偷偷地把烧红的烙铁送出去呢?休有一次是这样解决这个问题的,他干脆就不管自己当时身处何地,直接拿着烧得通红的烙铁大摇大摆地穿过主广场,仿佛在这个世界上,对一个战俘来说,最自然的事情就是手里拿着这样一个组装电子设备的必备工具招摇过市。

我们在主要的安装场地之内设置了安全系统。战俘们在指定的地方以看书或者做手工活为掩饰,帮我们盯着日本兵,同时休在其他人的帮助下在自己的床位那边秘密工作。

终于,一天晚上,无线电设备组装完成了。休躲在被窝里,开始调试他这台原始的无线电接收器。我记得当时他手里拿着一根铅笔,等他从被窝里探出头来的时候,我们看见他手里拿着匆匆记下的几页笔记,脸上带着大大的笑容。无线电接收器运转非常顺利,他已经从接收器里听到了英语广播员调频之后清晰的声音。

这台机器非常简陋,比矿石收音机好不了多少,只能接收到一个频率,而且还发不出信号。不过同时,这台机器也是一个简单的杰作。长大约九英寸,宽四英寸,被隐藏在一个咖啡罐里,上层用别的物件掩饰一下。当时我们在上面铺了一层花生。这个罐子就摆在休的床头,这个看上去有些粗糙的银色罐子能够很好地遮住真空管和电容器。

每天晚上,我们都派一些战俘守在营地周围,一看见日本人过来,就给我们通风报信,其中很多战俘甚至都不知道为何要安排他们把风却依然积极配合,天天如此。休把无线电设备与藏在梁橼上的天线连接起来,打开装置,然后躲进被窝里,戴上耳机。设备一直都由休来操作,因为当时如果信号丢失或者不清晰的话,能解决调频方面的最好人选就是他了。收音机里的新闻播报时间大概是十分钟,他就一边听着一边用铅笔把主要信息记录下来。之后等休开始拆分装置,再次把零部件都藏起来的时候,一小波人就开始传看这张珍贵的便笺纸。我仍然记得他对待这台简陋小装置时的那种坚定、细心的表情,那是一个真正的手艺人才有的温和。

就这样,我们从日军那里偷回不少情报,先是关于我方在所罗门群岛、新几内亚和瓜达康纳尔岛上取得的胜利,然后又得知德军在俄国遭受重挫,被赶出了北非地区。从1942年11月开始,只要我们一打开收音机,就会感觉到自己可能很快就要解放了,感觉我方已经势在必得。

兰斯·休有时候就是一个莽莽撞撞的笨蛋。当时,我们可以自由地在营地附近转悠,因此经常就会看到一些暹罗小村落。休有一次偶然看到一座"空着的佛寺",他自己后来有些惊异地回忆,他看到一个落满尘土的壁龛,里面有一尊贴满金叶子的小佛像,躺在一些已经干枯掉的花里。他就自作主张地拿走了这尊小佛像:这是暹罗当地很好的纪念品。后来我们在他床铺上发现了这尊佛像,就坚决要求他要还回去。我们害怕接下来会有一系列可怕的因果报应,更可笑的是,我们一看见那尊佛像脸上挂着的那丝笑容就不寒而栗,感觉它身上带着一种不好的征兆。我后来才意识到,接下来发生的事情似乎就是对这种亵渎神明行为的惩罚。

也许休当时的那种做法也正是我们无所顾忌的心态的一种真实写照,表达了我们对日军和身陷囹圄的蔑视。我们仍然觉得自己无往不胜。宣布投降并没有让我们变得懦弱或屈从。

然而,整整一个冬天,不停地有火车驶入我们营地西边一英里的万磅站。带篷的货车从新加坡载满蓬头垢面、面黄肌瘦的劳工运送到这里来。轰隆隆的日本火车和英国火车都得用当地的木材代替煤来做燃料,产生的烟雾不浓,而且还有一种特有的香气。每周至少有两次,我们都能在火车进站熄火之后,看见烟雾从树林中飘起来,进站停稳了的火车就静静地在那儿喘息着。这条铁路正在把人一点一点地耗尽。

第五章

在万磅县负责与监狱警卫和战俘之间沟通的官员是一个年轻的日本翻译，说话时带点儿美国口音。我们把他叫做"美国佬汉克"。汉克一直都挺友好的，1943年2月初，他来告诉我们说，要做好第二天转移的准备，这项命令像往常一样立刻引起了一阵骚动和焦虑情绪。

不过这次我们至少知道前往的目的地：北碧府。北碧府位于万磅县西北部大约三十英里处，也正好在经由三塔山口通往缅甸的新铁路线上。我们现在很确定的一点就是，这条铁路线一定会修到缅甸的毛淡棉市，萨尔温江在这里注入马达班湾。因此，我们一下子如释重负，知道不会被送往铁路线的上游。就在我们这些劳力向毛淡棉市的深山荒野中挺进的时候，还听闻铁路线上游不断传来的噩耗。大家兴致高涨地打包行李，收拾好厨具和一些所谓的医疗药物设备，以及仅有的一些家具——矮板凳或者自制的桌子、用废弃箱子做成的小架子。这些都是在过去几个月里我们搜寻来组装到一起的小物件，这样能把小屋子收拾得整齐干净一些。

当时我们都很自大,愿意承担风险,还嘲笑我们的警卫,然而我们并没有真正意识到自己面临多大的风险。当年轻人被关在一起之后,他们根本就不知道自己已经被困住了,反而把生活当成了某种游戏。我们几乎成天在炫耀我们那些偷来的物件儿。我曾经把一把锯子绑在一个我离开樟宜之前偷来的帆布包外面,我们的行李包里藏了整整一箱子的工具:凿子、锤子、螺丝刀、烙铁……如果砍断窗户上的铁条就能越狱的话,我们早就逃跑了。

我们挤进一辆由英国列兵驾驶的卡车上。我坐在前面,一个日本警卫坐在我和司机中间。这一小队卡车就离开营地,向西驶去,离开那些竹篱笆和长长的营房。在去北碧府(英国战俘一般都将其称之为"北碧")的半路上,我们的司机脚下一滑,没有踩住离合器,结果撞上了前面的那辆卡车。那个日本警卫暴跳如雷,朝着司机大喊大叫,把他推出了驾驶座。我从另一侧车门下了车,跟他们保持一定的距离,但还是专注地看着那个日本警卫。

这个人满腔怒火,心怀恐惧与愤恨。他跟我年龄相仿,在这么多战俘面前显得有些势单力薄,但是他对我们有绝对的领导权,而且眼下他马上就要失去控制了。不管我们做什么,他都会报复的。他不停地呵斥那个司机。这让我想起了在邦加岛上看到的那些护士的尸体。这个日本警卫紧紧地抓住他的步枪,指甲在黄褐色皮肤的映衬下显得格外苍白。不过最后他还是平静下来了,没有对我们开枪。他命令我们回到车上,整个车队又继续前行了。

直到那时候为止,我们也只是间接听闻日军的残暴行径,并没有亲历过,就连在新加坡看到的那些被砍掉的中国人头也并没有对我们这些英国战俘造成威胁。虽然我们这些铁路劳工工作强度非常大,备受煎熬,但是在此之前,我从来没有见过任何一个同伴战俘受到日军的武力威胁。我只见过有些战俘由于违反了营地的纪律,被罚在烈日下站上好几个小时,但从没见过遭受直接身体攻击的案例。那天早上,我感觉自己离暴力袭击已经非常近了。我们不知道,眼前的这个人是否是个情绪不稳定的人,或者他是因为日军在前方受挫而变得暴躁不已,也可能是他已经感知到日军大势已去必败无疑,所以才如此疯狂。当时,路边都是浓绿的大芒果树和棕榈树,我们双方就在这样的背景之下上演了一场奇怪的对峙,这似乎带走了双方之间仅剩下的一点儿文明和安逸,让我们离危险又近了一步。这条铁路线的零里程碑就在万磅县的东部。我开始担心,随着里程的增加,铁路线修建规模增大,工作强度越来越大,情况也越来越糟糕。

起初,我们似乎再一次化险为夷。当时的北碧府是一个小镇,周围是一些防御工程的断壁残垣。镇上有一条主街道,夜功河与主街道平行,流淌在小镇的边缘。镇上有商店,还有大量的木制建筑、波浪形铁皮小屋和一些早草丛生的荒地。一些房屋是傍水而建,庭院就在河岸上,低矮的河床中流淌着浑浊的棕色河水。

小镇外不远处就是日本人所谓的"机场营地",小镇的南边是铁路修建工厂,在那儿,我们的技术知识又一次成为了我们的保护伞。日军把这个铁路修建工厂称为"坂本部队",意思是这个营地听从坂本少校的指挥。这里与其他营地一样,有一些竹篱屋,屋顶用亚答树的树叶覆盖,这些小屋用来做厂房、商店和办公室,战俘们集中住在一片类似这样的小屋子里,而日军则住在一些条件更好的小屋子里。每两个小屋之间都有一段大约小屋那么宽的空间。公共厕所在小屋的垂直方向,说是厕所,其实就是很深的沟渠(其实根本就不够深),上面搭着几块厚木板,然后外面用竹子和亚答树叶搭一个棚子遮掩一下。整个营地外围围了一圈根本就不起作用的竹篱笆,路口附近的大门处设立了一个守卫室。一个表情呆滞的守卫站在营地外围的另一头,离铁路线有几百码远。

小镇附近已经铺设起铁路侧线,再近一些,有一个机车场,里面有一座木制水塔和一大堆木柴。所有的发动机都要燃烧木柴,蒸汽机车更是大量消耗木材。我们的营地再一次成为修理厂,修理铁路劳工们的拖拉机、铁路卡车,甚至后来还修火车。

我们这里还从其他营地调来一些军官和军士。其中一个是皇家炮兵中士弗雷德·史密斯。他是个正规兵,一流的技术人员,虽然看起来身体壮硕,但是他性格温和,而且还很幽默。后来我才发现,他是我遇到过的最让人印象深刻的人之一。另一个新来的是吉姆·斯莱特少校,入伍之前是个纺织机械制造商,后来成为一名炮兵。他来了之后就迅速取代比尔·史密斯成为我们的长官,他有些古怪,而且特别悲观,因此成了营地里耶利米(《圣经》故事人物)式的人物。还有来自马来西亚矿业公司的哈利·奈特,是一位特别随和的澳大利亚工程师,也是一个有能力而且可靠的人,以及另外一位炮兵军官亚历山大·莫顿·麦凯,他出生在苏格兰,但是在加拿大待过很长一段时间。莫顿当时四十出头,精力充沛,与人友善,心态比他这个年龄的人要年轻得多。在我所有的狱友当中,莫顿后来跟我的关系最好。

在北碧府跟我们同住一个屋的另外两个人,我现在必须要一起提及,尽管他们俩根本就毫无共同点,这两位就是杰克·霍利上尉和斯坦利·阿米蒂奇中尉。后者是一位非常勤奋的爱尔兰人,但霍利却与他截然相反。霍利生性圆滑,喜欢卖弄,并经常效仿罗纳·考尔门这样浪漫风流的电影明星。战争打响之前,他曾在新加坡供职于英美烟草公司,享受着那里灯红酒绿的安逸生活。

在工厂里,我们找到一些微妙的方法,让那些超负荷工作的卡车看起来保养得挺好,但是往往在离开工厂一周后就很可能会再坏掉。我已经学会了找托词,学会了沉默

第五章

地抵抗,同时我变成了一个很厉害的小偷。

我成为营地里的非专业木匠,负责用木材搭建一些小路,这样下雨天我们就不用费力地在泥浆中涉水而过了。那时候我发现弄到原材料和工具最简单的方式就是在大白天直接走进工厂里,然后拿着自己想要的东西再大摇大摆地走出来。从来没有人质问我。我并没有意识到,是因为他们的疏忽大意我才能安全逃脱,也没有意识到其实这背后有更大的隐患。

日军让我们使用东京时间,这就意味着我们通常得在天没亮就起床。日军还宣布,英国军官也得参与劳动,还让我担任计时员和信号员。我的工作就是在大厂房里敲锣,作为开工和停工的信号。我每天要敲八遍锣,遵照的时间指示就是挂在发电机旁边架子上一个小小的日本钟。

我很快就发现,虽然每天的工作时间应该是十个小时,但实际上可以少于十个小时。每天早晚,我都会严格按照钟表提示发出开工和停工信号,但是在这中间,我就开始调拨钟表,随着时间一天天过去,每次间歇休息的时间越来越长,实际工作的时间越来越短。这样,我们不仅从警卫那里偷走信息,还偷走一些时间。这种控制工作量的创新做法非常受欢迎,就连一些日本机械师也赞同这种做法。然而不幸的是,我这种做法最终被发现了,然后一个日本兵接替了我的工作。我没有受到什么惩罚,仅仅是被告知以后只做好制作标识和涂刷的工作就可以了。

我们最想做的就是拖延时间,阻碍工程进展,所以干活的时候都消极懈怠,但同时又确保日军不会将此归罪于某一个人或者某一群人身上。就连那些承担碎石这样被视为"轻松活儿"的劳工也把工作进度拖到最慢,尽量不参与合作。我感觉每一个战俘都变成了懒蛋和怠工者。有些人甚至直到今天都保留着这样的习惯,因为我们年轻的时候一直在这样暗中搞破坏。

我们没有放弃逃跑的希望。在某种程度上来说,那整个国家就是一个巨大的开放监狱,我们一直希望,如果走运的话,可从暹罗的北面逃出去。但是为了逃出监狱之后能有清晰的路线,信息是非常重要的,尤其是地图信息非常关键。

对我来说,知道自己身处何方,具体地理位置在哪儿,这是非常重要的。我都会尽可能地记录、分辨我周围的事物。这样可以在一个充满不确定的世界里给自己一些安全感。所以在营地里所有的战俘中,理所当然就要由我来制作地图了。作为营地里的标示制作员,我能够使用铅笔,同时工厂里一直都能找到做机械画图的纸张。我从主工程师的办公桌上拿来一大张大约两英寸宽的纸张。我还在储藏室里发现一小本地图集,里面有暹罗和东南亚大部分的地势图。于是我就把这本地图集给"借走了",用铅笔把相关的页面临摹下来,按照大约一英寸比五十英里的比例。这样的地图对实际应用来说还是太小了,但是开卡车的战俘可以沿着铁路线驶出一段距离,我能从他们那里收集一些信息,然后添加到地图上。我还从遗留在工厂周围的日军计划书和文字材料中看来一些关于当地地形的信息,这让我多了一些希望。

从地图上还可以看出铁路线的走向,因为我们沿着整条铁路线都安排了线人。铁路线有很长一段都是沿河而建,如果我们沿着铁路线逃跑的话,就更有可能在途中找到食物。不过绘制铁路线地图也有其内在的快乐。

这幅地图就是我们秘密打造的一件艺术品,但是当时那种保密性是一种本能的反应,是战俘们小心谨慎的习惯使然,而并不是真正意识到我到底冒了多大的风险。没有人告诉我们说不能绘制地图,但是很显然,这肯定是犯死罪的行为,所以我行事都非常小心。我把地图放在一节竹筒里,然后小心地藏起来。地图上都用铅笔工整地写上地名,画好暹罗的边境线,还尽可能认真地画出了河流。绘制地图的纸是那种很软而且质地有些老旧的纸张,由于我的摆弄,纸张边角稍显卷曲,在潮湿的空气中变得有些发潮。

如果有谁想到营地外面去走走,也基本上没有人会阻拦,因此我们很快就摸清了周边的整个地形。大部分地方都覆盖着浓密的竹林,到处都是高大的果树,满树的芒果、榴莲和木瓜,我们不知道该怎么办才好。远远的北面和西面,我们可以看见一段一段绿意盎然的小山丘。我们距离北碧府和集市有不到一英里的路程,因此可以获准去镇上买食物,这样我们就不会挨饿,虽然主食仅仅是大米和简单的炖菜。有时候,我们也会买些暹罗当地的小吃,比如农家妇女在一个热油锅上煎炸的香蕉糊糊,或者是鱼干。

我们越来越肯定的一点是,日本工程师决定采用铁路线修建难度最大的那个方案,而且他们要尽可能地贴近奎诺伊河。这样他们就能够用小船来运送劳工,同时也给我和我的同伴们增加了更为繁重的劳动量,因为这段蜿蜒的河流两岸都是石灰岩山地,要想在这儿修铁路,战俘和劳工们就得把这些山都打通。为了铺设轨道,需要搭建高架桥和栈桥来作支撑,而这些都只能靠斧头、锯子、铁锹和双手来完成,别无其他工具。尽管如此,我们并不后悔来到了这里。

在日本警卫当中,不乏通情达理之人。在北碧府的时候,我们遇到一位很有人情味的警卫,名叫伊志。据他自己说,他毕业于剑桥大学,但不管是真是假,他的英语还是说得非常流利。他喜欢跟我们一起聊工程方面的问题,甚至还会让我们就战争各抒己见。我们可以从他那里得知一些当时的战况,他也会告诉我们新几内亚那边的一些实际情况,他还承认,日军在所罗门群岛中的瓜达卡纳尔岛已经失守。有一天,他用英语慢吞吞地跟我们说,既然我们对战况这么感兴趣,为什么不订份报纸来看?还说可以把钱给他,他来帮我们订报纸。日本人那种不动声色的幽默感跟我们不同,我们原以为他是在开玩笑,但还是半信半疑地从节省下来的"工资"里拿出他要的数目。然而不到一个星期,我们真的收到邮寄过来的英文报纸《曼谷纪事报》。这份报纸已经成为日军的喉舌,里面满是误报,但是仔细甄别之后,我们还是能从中得到不少有用的信息。其中一篇激动人心的文章里写道,德国军队正在北非"向西挺进",但是对于一直想占领苏伊士运河的隆美尔将军来说,这样的转移路线实在是说不通。因此,带着这样的疑问探究下去,我们惊喜地推断,轴心国部队正在撤出俄国、非洲和亚洲。

然而,我们当时真应该对快要穷途末路而且腹背受敌的敌人更加小心谨慎才对。在工厂里,我们接触到的日本人大都通情达理。他们身不由己地被卷入这场战争,并因此背井离乡。但并不是所有人都是这样。当时营地里有一只流浪猫,全身都是黑色的,散发着一种魅惑力。大家都很宠爱它。在我们看来,它比我们更无助,需要我们的照顾。有一天,这只小猫正在场院里玩耍,一个韩国警卫正好经过,他解下带有尖利长刺刀的步枪,一下子捅死了那只小猫,就像要把它烧烤了一样,拿刺刀穿透它的身体。

我们的无线电收音机又能工作了,而且这台设备还经过了几次改良。弗雷德·史密斯成为我们第二个无线电工程师。他在新加坡武吉知马路上的一座房子里偷来一台老旧的交流电源收音机。回到樟宜之后,他又弄来几个真空管,把这台收音机修理好。在他被送到铁路线上游去干活之前,他把自己组装的这台设备拆散藏起来,以躲避日军的搜查。兰斯和弗雷德从野战电话上卸下一个蜂音器,并进行了一下改良,可以使用旧电池来运作。在经过好几个小时的调试之后,他们终于用这台收音机找到正确的频率,然后又消除了一下杂音,这样英国广播电台里传出来的声音终于清晰了。

每天晚上的程序都是一样的:有些人在小屋外紧张地防风,休蜷缩在被窝里收听收音机,之后是大家就听来的消息展开热烈的讨论。我们还相继听到了曾经在隐约在地图上看到过的那些不熟悉的地名:哈尔科夫、库尔斯克、特罗布里恩群岛。这些胜利的线路以及失败的线路将我们与外面战火连天的世界联系了起来。

这些消息通过可靠的人们一传十、十传百地在工厂营地里传播开来,接着又沿着铁路线传到了上游,直至最后传到真正的死亡集中营。我们让一个名叫甘纳·汤姆林森的可靠战俘跟随食物补给火车去到铁路线上游,让他把消息带给正在那里遭受折磨的战俘。他们和我们一样,很难区分开哪些是真消息,哪些是传言,也不知道究竟该相信谁。谁知道在口口相传的过程中,原本的消息会被扭曲成什么样子?真相是否就会变成不足以信的传说,或者传言被认为是事实？但就是这些片段式的消息，让我们士气大增，感觉自己不再与世隔绝，而是与外界取得了联系。这台收音机对战俘们来说太重要了，可以毫不夸张地说，它让我们觉得生活回归到了正轨，活着变得有意义了，我们感觉找到了生活的目标。

阅读是我们回归正常生活和尊严生活的重要部分。我有一本经常读的钦定版《圣经》，后来我拿它跟一个名叫哈克尼斯的澳大利亚人换了一本 1926 年莫法特版的《圣经》。至今我仍保留着这本书，它也是历经了战争的洗礼，最终幸免于难。原本黑色的封皮纸板被磨成软塌塌的灰色纸张，上面还留有黑色墨迹斑点，书脊纸板也不见了。书里到处都是哈克尼斯用蓝色圆珠笔划的线，小巧精致的大写字母标注着《圣经》每一章、每一页，甚至是每一栏的内容。书后面的空白页上写满了蓝色字迹。我自己在万磅县和北碧府期间连续不断地读《新约》，借助书签的帮助，也同样在书上做了这样的标注。

《启示录》总是能让我获得精神上的提升。"我是阿尔法，我是欧米伽，是昔在今在以后永在的全能者……"礼拜堂里和夏洛特街上那些长长的布道重点都是宣讲《启示录》对未来的预警，包括对世界末日的预言：接二连三的大灾难，世界朝向毁灭发展的末日光景，以及最后审判和耶稣的再临为世界带来光明和欢乐。自从我来到马来半岛之后，所经历的一切都让我感觉，灾难随时会降临，帝国随时会崩塌,人类在极端情况下也会陷入绝望。

也许只有没有固定期限和规则、任由敌人摆布的战俘才能理解《圣经》中约伯的绝望:

> 我若行恶,便有了祸。我若为义,也不敢抬头。正是满心羞愧,眼见我的苦情。我若昂首自得,你就追捕我如狮子,又在我身上显出奇能。你重立见证攻击我,向我加增恼怒,如军兵更换着攻击我。

我们这些战俘在一起的时候不会谈太过私密的话题,但我们还是会讨论宗教信仰问题。不过,大部分的战俘都信奉英国国教,而我是浸礼会教徒。我还记得营地里的年轻人给彼此写下的那些激情澎湃的信件,劝诫彼此去寻求更强大的精神支撑,以此激发出我们最大的勇气,支撑我们活下去。

在那种情况下,我仍然有想学习和提升的愿望。我记得自己当时在绿色的便条纸上认真地记下印度斯坦语的笔记,整齐地写下一栏栏词汇和时态。我甚至还和我的朋友威廉姆森一起学习日语。我们掌握了一些基础的日语词汇,足以帮助我们听懂那些日本警卫平时的对话。

1943年仿佛过得特别慢,芬芳的春天终于被炎炎夏日所替代。我们差不多已经适应了这里潮湿的气候、连绵不断的雨水,以及雨水造成的黑泥浆。我们仍然继续保有自己神秘的内心生活,这是日本人永远都触及不到的世界。

我们也已经习惯了在营地里裸着上半身四处走动,单薄的身躯被太阳晒成了棕褐色,由于营地里没有足够的肥皂,所以皮肤上一直都有陈垢积污,而我们也已经习惯了因此带来的那种奇痒感和生硬感。

北碧府的营地条件较差,而且气氛压抑。但是,从整体上来说,这还是个"不错"的营地。几乎所有的工作都是技术活,我们很少被叫去室外劳动,因此几乎不用干什么特别重的体力活。与万磅县那里的情况一样,这里管事的日本人都是工程师出身,而不是帝国军队的职业军官。在那些军官之中,有些人是意识形态的狂热分子,还有些人是韩国警卫,这些韩国人自身受到日本兵的歧视,但他们反过来又把这种歧视转嫁到战俘身上。从营地这里,我们只需要半个小时就能到达北碧府镇上,偶尔还能碰上卖菜的集市。

而其他人就没有这么好的运气了。四月份的一天晚上,我在营地大门外北向的那条大路上看到一些蓬头垢面、神情沮丧又筋疲力尽的英国士兵,他们瘫倒在自己的行李上。当我走过去的时候,发现这批英国兵有上百人。他们直挺挺地躺在那里,让人感觉他们已经身陷绝境,而且也知道接下来的命运会更惨。其中一个人告诉我,他们刚刚在一群心狠手辣的韩国警卫驱使下,从万磅县走了三十英里来到这里,路上什么都没吃,只喝了很少的水。他们说还得继续赶路,但是没有人知道要走多远,也没有人知道当他们到达目的地之后,等待他们的将是什么样的命运。

这些衣衫褴褛、受到非人类待遇的士兵们横七竖八地躺在路边的草地上,这样的景象就是在残酷地提醒我们,日军对他们犯下的人道主义罪恶根本就毫无顾忌。这些疲惫不堪的士兵作为"F"部队和"H"部队的先锋部队,乘坐专用火车从新加坡被送到了万磅县。"缅甸—暹罗"铁路线就要竣工了,因此载满新轨道和设备的火车昼夜不停地从万磅县开出,驶向铁路线的上游段。这些士兵中的一位声称他们是被从日统马来政府那里"借调"过来的,被命令驮着设备赶到山里的工作地点。

在接下来的两个月里,一队队衣衫褴褛的士兵从北碧府工厂的门前经过。我们尽最大努力来帮助他们,把自己的食物和水分给他们,但是他们已经迷失方向了。由于某种让人无法置信的疏忽,他们一直都没有被转移到日统暹罗政府,而日统暹罗政府也没有感觉自己有义务对这些人负责。而那些应该对这支部队的补给负责的人则远在千里之外的新加坡。

故事讲到这里为止,我都一直尽力不去展望未来,也不去过多地回首过去,但是这些已经处于半昏迷状态的士兵们的命运值得一书。"F"部队和"H"部队在整条铁路线上的战俘中死亡率是最高的。他们就是被派来给整个工程做最后加速的,使铁路线能够提前竣工,这支部队其实就是被当成了牺牲品。他们当中有些人徒步走了两百英里上山,三分之一的士兵会死在这个过程当中,而余下的很多人最后都因为染上疾病或受伤而终身残疾。

当时我们就觉得日军这种疯狂的行为太残忍了。就在"F"部队和"H"部队被派去支援铁路线末段工程之前,为日本策划了珍珠港偷袭的山本上将于4月18日在所罗门群岛的布干维尔岛阵亡了,他可能是日本历史上最优秀的海军上将了。"F"部队和"H"部队的遭遇是否是日军因此而进行的大规模报复行为?日军上将的死是否使日军产生了进一步折磨战俘的欲望?我们的心里一直在纠结这样的问题,而直到今天我也没有得出答案。

路过营地的这些士兵们通常会在户外住上一晚,夜里没有任何遮挡,尤其是对那些一到晚上就折磨我们的蚊子无能为力。当他们继续前行的时候,往往会为了减轻行李重量,留下一些物件。我一直在想,等他们到了目的地,他们还会剩下什么?

几乎就在同一时间,第一批民工也抵达了。一开始,可以看见一小拨一小拨亚洲人,中国人、印度人、马来人和印尼人零零散散地沿着主路从万磅县去往北碧府。后来就是大批神情黯淡的男工,有时候甚至还有女人和孩子,朝奎诺伊河上游地带以及铁路线上最远的营地行进。与战俘们一样,这些民工也是被召集来加速铁路线的修建过程。与战俘不同的是,这些民工没有严格的组织单位。他们都是以个人或者家庭为单位，没有领导体系。

当时，虽然我对我们所有人身处的环境并不是很了解，但是不难猜想，这些可怜的民工将会大批地死去，他们将成为修建这条铁路线的最大受害者。

然而，就算身处战俘集中营，周围的日军毫无人性地大规模残害战俘与平民，我还是能在我深爱的火车上找到快乐。不过，如今我已经不想再跟火车接近了。我们其实比人们想象中的更加单纯，甚至在有生命危险的时候依然如此。有一天，就在"F"部队和"H"部队离开后不久，我看见在新缅甸线路的那个方向上升起一股烟雾。在那之前，那些新轨道上是没有火车的，所以这马上激起了我的好奇心。那是一辆三层或四层的运货列车，直接开到了集中营里。这辆火车的牵引发动机是我见过的最棒的一台蒸汽机车。它是由慕尼黑的工程师克劳斯所建造的，保存良好，而且在当时那个年代是绝无仅有的。它的来源被详细地记录在一个漂亮的黄铜盘子上。我至今还记得，当它突然出现在棕榈树下尘土飞扬的破旧侧线上时，我心里激起的那种喜悦之情。机车的高筒烟囱下骄傲地杵着机车排障器，黑色锅炉闪闪发光，还带着黄铜边。机车带来了经过温泉小镇时留下的气息，带着香气的告别，以及失去的那些生命。

1943年8月，我被迫从事的专业铁路劳工工作突然中断了。

究竟是我们被人出卖了,还是日军碰巧发现了我们的秘密,至今我也没弄清楚。在过去的这半个世纪里,我常常在夜里辗转反侧,回忆当时的点点滴滴,想要找到事情出错的原因。也许是某个战俘在兴奋地谈论同盟军打了一场胜仗的时候正好被日本警卫听到了;也许是哪个愚蠢的战俘把充当送信人的司机告诉他的消息都记在本子上了。曾经有一段时间,我们都特别想知道到底是谁泄露了秘密,因为在我们看来,此人就跟故意告发我们的叛徒一样可恶。如果我们确定知道是谁的话,等战争结束以后,存活下来的战俘一定会让他偿命的。可是,我们所有的线索都是那些无尽的痛苦的不确定性,就像砂纸不断地摩擦细嫩的肌肤一样痛苦。

1943年8月29日,清晨照例点名之后,日本警卫没有像以前一样直接把我们解散,而是让我们所有战俘都在集合地点站好。当时天还没有大亮,太阳才露出半个脑袋,站在那里有些冷。有一群日本警卫走进屋子,剩下的那些警卫都是比较警觉和凶残的,他们把我们围起来,用尖利的刺刀对准我们。我们能听见日本警卫在屋子里走动的声音,一开始比较随意,之后他们突然发现了什么东西,一下子就把他们激怒了。接着就传来一阵拖拉拽和摔打的声音。

一个小时过去了,此时已经日上三竿,可日军还是不让我们动。一百多名战俘就这样穿着背心和破烂的工服僵直地站在那里。屋子里的日军还在继续搜查，他们不断地从屋子里往外扔东西，我们身后堆起来的东西越来越多。我看得不是特别清楚，被扔出来的东西很快就堆成了一座小山。而且似乎日军在休住的那个角落里翻腾了很久。

大约三个小时之后，一个日军警卫大声地喊休的名字，把他叫进了屋子里。我们其余人都可以解散了，转过身，我们看到一堆机车电池、发电机、木匣子和锡制盒子，还有各种各样的日本工具，以及我们通过营地围墙与当地暹罗人和华人交易剩下的东西。一辆卡车开了过来，这些所有的违禁品都被带走了。休被放了回来，他受了不小的惊吓。日军警卫已经发现了那台收音机。

一个日本警卫一直站着，这样能够看到我们屋子里发生了什么。一开始，搜屋的那些警卫似乎也只是随便搜搜。他们在黑暗的屋子里走了一遍，只是随意抓起几个新奇的物件儿。有一个日本警卫经过休的床位时，看见叠好的黑色毯子里有异样的东西，像是白纸折叠成的小三角形，在微弱的晨光下，大小看起来就像一枚邮票。但是在休折叠整齐的羊毛被褥的衬托下，这个异样的纸角容易让人产生怀疑。这个警卫起初也许并没有在意，只是用手拨弄了一下，把这张纸抽了出来。我很了解那张纸上写了些什么。上面是一幅非常清晰的所罗门群岛手绘地图。之前我们从一个日本警卫那里偷来一份日本报纸,然后照着上面的插图画了这幅地图,这样我们就能跟着全印广播电台了解所罗门群岛中伦多瓦岛、门达岛和新乔治亚岛上进行的恶战。接着被褥被一把扯开,一切都尽在眼前了,一副无线耳机躺在那里,还有绿色的帆布带子和耳机的黑铁壳,就像一只睡着的小动物蜷缩在床上。

我们知道,日本警卫在搜查过程中不只找到一台,而是一定找到了四台组装到不同程度的无线电设备。第一台无线电设备组装成功之后,我们一直都没闲着,而是非常小心地接着组装。与第一台设备一样,新设备同样小巧精致,最后被装进锡制咖啡盒子中。每个锡制盒子底部都是可以拆开的,作为收音机的底部。如果不仔细观察的话,这些设备完全可以瞒天过海,但是此时日本警卫已经开始变得非常小心谨慎。

等我们回到屋子里的时候,发现那里已经是一片狼藉。大家赶快跑去看看自己藏匿的违禁品还在不在,结果已经空无一物。屋子里的每个袋子和盒子都被翻过,每个床位都被仔细地搜查了。就连军官营房外面墙上的百香果藤蔓都被扯了下来。

天仿佛一下子塌了下来。那些以吉姆·斯莱特为代表的悲观主义者们认为,集中营里所有的战俘肯定都得被枪毙。而比较乐观的人则说,找到了无线电设备日军也许就满足了,但是说这话时,他们显得毫无底气。那天我们还继续干活,但是大家都一言不发,心里非常恐惧。在这样一种恐怖和无助的氛围当中,休自然成了大家关注的焦点。那天他表情紧张严肃地在车间里的一台柴油机上工作。夜里,大家也都睡不着,躺在床上小声议论着,猜测接下来可能会发生什么。窸窸窣窣的耳语声就像从房顶落到木底板上的小虫子快速跑开时的声音。

第二天清晨,日本营地指挥官派人带走了休和另一个战俘,这个战俘藏了大量从日军那儿偷来的物件儿,比其他人都要多。他们俩在指挥官的屋子里待了没一会儿就出来了,走到太阳底下站着,当时,就算是在阴凉处,温度都已经达到华氏100度了。他们俩立正站直,一个日军警卫在附近看着他们俩,就这样站了好几个小时。我们知道,这就是惩罚手段,可能会持续整天甚至更久。

那天下午,休消失了一会儿,但是很快又回来了,手里拿着一把大铁锤。他跑到远离阴凉处的太阳底下,站在一大块木头旁边,挥起大锤就开始砍木头,一次一次地,砍了好几个小时。金属与木头碰撞发出的沉闷重击声传遍了整个营地,与人们进出车间产生的其他声音混杂在一起。听起来就像是鼓点,在向人们宣告某种可怕又说不上名字的厄运的到来。

休并不是一个体弱的人,但是终究我们没有任何人能受得了这样机械重复地捶打一块死木头。那天晚上,日军警卫的指挥官让战俘食堂为休准备一点儿吃的。厨师们的所作所为让我们非常骄傲:他们准备了好几个人配额的肉和蔬菜,以及我们原本就不太多的蛋白质食品,把它们放进一个大饭盒里,然后用一大堆白米饭完全把这些菜盖住。那个指挥官检查了饭盒,最后同意了,那些黏糊糊的白米饭一定看起来像是给休的又一个惩罚。最后,休终于吃上了这顿饭。

那天深夜里,休被放了回来,不仅筋疲力尽,身上满是水泡和瘀伤,而且被太阳晒得通红。可我们总觉得这件事情并没有到此了结,我也不知道我们为什么会有这种强烈的感觉,也许是一种本能的预感,也许是久而久之我们已经了解,日军习惯把比较严重的事情层级向上汇报,而每一个部门都会做出相应的反应,也就是给出惩罚措施。我们感觉,这件事情也要经过这样一个程序。

很难形容,在等待日军进一步惩罚措施到来的情况下,战俘们的精神状态是怎样的。表面上我们仍然继续吃饭、干活,仿佛什么都没发生一样,实际上到处都弥漫着一种绝望的恐惧,本来战俘们心里一直都感觉前途未卜,现在又加上了这层恐惧。战俘们三三两两地坐在屋子的角落里或者院子里,不停地猜测自己会面临何种不幸的命运。

日军采取的第一个措施是针对比尔·威廉姆森的。他被日军叫过去,让他跟随一队士兵一同前往铁路线上游。当时他的这种待遇是应该被羡慕的,因为这就意味着，日军认为他对我们来说并不是很重要。我和威廉姆森一直是好朋友，但是在战争时期，友人分别得按规矩来，还不能显露太多的感情。沉默不语总是比较安全的选择。

一周之后，休连同他所有的行李都被从营地里带走了。尽管在接受了第一轮的惩罚之后，日军还允许他跟我们一起干活，但是他知道日军并没有彻底放过他。

休离开的两天之后，一个通信员从大约一英里之外的北碧府主营地赶来，去了军官的小屋。我们听说，休一到那里，就被审讯了很长时间，接着被暴打了一顿。之后休几乎都站不稳了，日军依然命令他立正姿势在警卫室外面站五十个小时，不分昼夜地一连站了两天。9月10日，费雷德·史密斯继休之后也被带去了机场营地。他没有遭到暴打，但是也被迫长时间立正站立——不少于四天，如果睡着了，就被踢醒，一次次地被拽起来。史密斯身体非常强壮，但是要这样被迫持续一百个小时保持清醒，这是任何人都无法承受的。

与往常一样，这些消息被间接地传了回来，而且经过大家一传十、十传百，整个经过听起来就更加可怕了。我们没有亲眼看到当时的场景，所以就在脑子里胡思乱想。未来可能会发生的各种情形像细线一样在脑海里杂乱地交织在一起，一种比一种可怕，就像一座迷宫，无论哪个出口都不会有好结果。我之前写道，对未来的不确定性每天都在啃噬战俘们的心,让我们陷入焦虑紧张,而在那三个星期里,我们简直就是跌入了不确定性的地狱——唯一确定的事情就是,我们就站在万丈深渊的边缘。

任何安全感都是自欺欺人。我们想象着日军在忙着整理文件,给各部门打电话,研究下一步该怎么办。这种感觉就像是被关在死囚牢房里等待宣判的犯人。与此同时,对细节极为关注的日军又很蹊跷地表现得漫不经心:他们没有再进行搜查。日军应该知道,如果我们还有其他的收音机,这几周的时间里我们可以很快处理掉。

另一件让我们无法忘记的事件,就是波默罗伊、霍华德和凯利的遭遇。2月份的时候,两队战俘企图逃跑,一队是波默罗伊上尉和霍华德中尉,另一队则是由凯利中士带领的三名战俘。他们从北碧府附近的铁路线上逃走了。第一队的两名军官逃得比较远,但是要想彻底摆脱日军,他们就得穿过满是粗糙石灰石的村庄,跌跌撞撞地躲过藤蔓枝桠,走过浓密崎岖的草地、灌木丛和竹林。他们可能连一幅我们那样的地图都没有,怎么逃得出去?

凯利中士的那队战俘先被日军抓获了,接着是波默罗伊上尉和霍华德中尉。他们六个人全部都被杀害了,没有经过任何审问或者军事法庭审判程序。有人说他们是被一枪毙命,还有人说,日军先让他们把自己的坟坑挖好,然后被一个一个地用刺刀慢慢地捅死。没有人知道该相信谁的话。

每天坂本部队的战俘军官们都在屋子里唉声叹气，忧心忡忡，反复想象或者推翻各种可能出现的糟糕情况。我不知道为什么在这种情况下，我还是留着自己那幅地图。我把它藏在一节空竹筒里，然后放在屋后厕所的后墙里。我想，也许是因为它代表着希望——一线微薄的希望。据我所知，这是战俘们手中唯一一幅比较清晰全面的地图。我留着这幅地图以备不时之需，如果我们也得被迫踏上前往滇缅公路的千里之行，这幅画得很漂亮的地图就能派上用场。

9月21日，我们终于知道日军要如何处置我们了。

清晨，四个胡子拉碴显得有些邋遢的日本兵排队进入战俘军官的屋子。我记得其中有一个人特别胖。另外三个人中的一个说，他们是来把五位军官转移到"另一个营地"。我们屋子里住着九位战俘军官，他们来的时候我们正好有七位军官在场。这就是我们一直在等待的结果，一群脏兮兮面无表情的营地警卫给我们带来了最后的审判。我们彼此不用交流就已经心照不宣，都知道这意味着什么。我坐了下来。胖胖的日本兵开始喊五个军官的名字：史密斯少校、斯莱特少校、奈特少校、麦凯中尉和洛马克斯中尉。

就在他点名的时候，一辆卡车开到了门前。屋子里，另外两名战俘军官霍利上尉和阿米蒂奇中尉呆呆地坐着，一言不发，因为他们无能为力。日军命令我们立刻收拾行李,然后坐上等在外面的那辆卡车。除了他们之前提到的"另一个营地"之外,我们根本就不知道自己要被送往何处。

接下来的几分钟我们安静却慌乱地收拾行李。我解下破烂的蚊帐和老旧的帆布行军床,把它们卷到一起。其他所有东西都放进行军背包里,一些衣服和小一点儿的物件儿装进了一个大双肩包和干粮袋里。这么长时间以来拼凑起来的小家具立即都被抛弃了,比如摇摇晃晃的小桌子、竹凳子、晾衣绳、夹子和架子等,这些都没有用了,眼下唯一重要的就是活命。

我一边忙着收拾行李,一边在心里飞快地盘算,虽然想的都不是乐观的事情。我们如今面临的情形非常危险,如果听任日军摆布的话,我们活下去的希望就很小了。我知道,被他们押上卡车之后,很可能就有一支行刑队在终点等着我们。我考虑了一下(如果你认为这种冲动的决定也可以称作是"考虑"的话),认为如果我们可以趁机逃跑,一路北上,朝滇缅公路的方向出逃,到时候手边这幅地图就能派上用场了。我决定不论被带到哪里去,我都要带上这幅地图。它就是能带给我一丝安全感的护身符,我们马上就要踏上一条未知的道路,这幅地图能给我一种方向感。

于是,我向那几个日军警卫提出说要去趟厕所,然后就绕到亚答屋和竹屋后面的茅厕。我的口袋里装着我的

"日记",那是我在一些小张的厕纸上面简短地记录下自从新加坡沦陷以来发生的事情,以及我的一些读书笔记。我想过把这些记录直接扔进厕所里,但我实在舍不得,而且感觉这些记录应该不会带来什么严重后果。我已经无法理智地思考了。我假装站着撒尿,同时去摸索后墙上我用空竹筒藏匿地图的地方。我很快就摸到了那节竹筒,同时带出来的竟是一只黑色的蝎子。它烦躁地扭动着身体,亮出它的"凶器",我把它从地图的折角处一下子甩到地面上,它那带剧毒的尾刺挥舞着,却没能刺中目标。别人跟我说,这种黑色的蝎子毒性更强,更危险。我一直在想,如果当时我被它蛰了,结果会怎么样。

没有人看见我取回地图,我把它塞进汗衫里。回到屋里,我偷偷地把地图放进一个皇家通信部队设备机械皮革包,这个包里都是我干活用的一些小工具。那几个衣着不整的日本警卫跟我们保持一定的距离,他们对我们根本就不感兴趣,这反而让我们更加紧张。就好像我们是被某个更大更懒散的组织叫去接受工作面试。

我们五个人上了那辆卡车,坐在我们那堆乱糟糟的行李上面。那几个日本警卫也上来了,坐在我们旁边。他们警告说,如果想逃跑的话必死无疑。卡车启动,载着我们出发了。

战俘们整天遇事就唉声叹气,整个英国军队似乎都在不停地抱怨。这是用以挨过战时苦闷生活以及被俘获之后单调生活的一种方式。但是我们的士兵没有意识到,他们的军官已经尽力了,战俘军官常常得为了所有士兵铤而走险,与日军在集中营的管理层抗衡,当然,他们也知道搜出了收音机这件事情。不过,出事之后,尤其是像眼下这种时候,他们知道一定是出了大事,这些普通士兵还是会站在我们身后,给予我们坚定的支持。我们营房周边的战俘都来跟我们挥手告别。有些人示意性地给我们敬礼,还有人非常郑重地给我们敬礼。他们当中的大部分再也没有见过我们了。

卡车载着我们很快就经过警卫室开了出去,一路颠簸,我们坐在硬木板凳上不停地摇晃。之后卡车右转,开上了北碧府大路。我完全陷入了恐慌和紧张之中。当一个人离危险越来越近的时候,头就会剧烈疼痛,四肢也格外沉重,虽然有逃跑的冲动,无奈身体沉重僵硬,根本就迈不开步。大家几乎都没说话,也没有时间说话。开了一英里之后,我们进入了北碧府主营地的大门,之前休和史密斯都是被带到这里来的。主营地有好几百人,这里的日军负责掌管铁路线下游地段所有的战俘集中营。

卡车进入主营地大门后,立即在警卫室外面停了下来。日军命令我们下车,把我们的行李也扔到了地上。他们让我们找好自己的行李,于是我们都各自把那些破烂的行李收拾好,每一件都不准落下。过了好一阵子,几个韩国警卫来搜查我们的工具袋,不过就算是对最警觉的警卫来说,现在工具袋里剩下的东西都不会让他们产生太大兴趣——除了我的那幅地图。不过搜查我的工具袋的那个韩国警卫并没有发现这幅地图。

警卫带着我们五个来到大警卫室,到了之后,他们就直接命令我们到屋前几英尺处立正站直,没有阴凉或者任何可以遮蔽阳光的遮挡物。警卫室是一个三面用木头搭起来的不牢靠的茅草屋,前面敞开,摆了一张桌子。一名警卫立正姿势站在离营地大门最近的一边。还有几个警卫坐在桌子后面,其中有一个身宽体胖、穿着考究的白发男人,此人接着就用流利的美语开口跟我们讲话。他命令我们走上前去,要查验我们的身份。在这个过程中,他的态度非常强硬、嘲讽、充满敌意,还不停地用轻蔑地口吻嘲讽西方人阴险狡诈,胆小怕事。

他随后命令我们回到太阳底下。我们就这样笔直地站在一条大长沟的旁边,整齐划一,就像是路边上竖起的五根电线杆子。当时是上午十点。

熬过了上午,接着熬过下午,每一分钟都像一个小时。当一个人被迫立正站在炎炎烈日下的时候,他不能干别的,只能胡思乱想。本来一个人的思想应该是听从意志的指挥,但是在那种承受了极端压力的情况下,思绪便挣脱主观意志,随意发挥,就像一台失控的机器,跑得越来越快,不听使唤了。

此时我们已经无能为力了:我们站在那里,知道最坏的结果马上就要来临。那个简陋的小警卫室就跟家里的客厅一般大小,里面坐着的几个警卫以及在我们身后盯着我们的那几个警卫主宰了数百人的命运。这么少的人竟然掌控了如此多人的生死。

我们背对着警卫室站了十二个小时。当背对着敌人的时候,后背的神经和肌肉会变得极其敏感和脆弱。我感觉随时会有枪口顶住我的脊梁骨,或者一把刺刀穿透我的肩胛骨。我们只能听到背后他们聊天的声音,以及偶尔爆发出来的笑声。

烈日的暴晒,汗臭味招来的恼人的苍蝇和蚊子,发痒的皮肤,被阳光刺痛的眼睛,以及对惨死的恐惧,这一切的一切在傍晚的时候都被口渴如焚的痛苦所取代。一整天,日军不给我们水喝,不过允许我们偶尔去一次厕所。其中一次去厕所的时候,我很遗憾地扔掉了我的"日记"。那些单薄的纸片上满是整齐的关于书籍、语法以及邮票收集方面的笔记,然而就这样被冲进了臭气熏天的粪坑里。

黄昏时分,我们五个人被命令转移到警卫室前方,五个人彼此站得更近了。夜幕仿佛突然一下子降临了。身后警卫室里微弱的灯光照亮了我们。后来我们听到一声报时,黑暗中一群日本人和韩国人从营地办公室的方向走来。他们看起来像是军士,身上的军装皱巴巴的,其中一两个人连走路都不太稳当。每个人手里都拿着警棍。他们停下来跟那些警卫交流,仿佛是在商量拿我们怎么办。

接着他们命令史密斯少校出列,让他把胳膊举过头顶。史密斯少校个头很高,身形瘦削,举起瘦弱的胳膊,就像个稻草人一样,看起来不堪一击,特别可怜。他站在光圈的边缘。我当时想——也是最后一次希望——也许日军要换个方式,继续让我们站下去。这时一个体格健硕的日本警卫走了上来,举起警棍,朝着史密斯的后背重重地一击,就算是头公牛,也早就被撂倒了。史密斯瘫倒在地,日军接着对他拳打脚踢,然后把他拉了起来。还是那个健硕的日本警卫,他又一次重重地击打史密斯。接着其余那些残暴的警卫们则一拥而上。警棍在这群人头顶上起起落落。当警棍落在史密斯那痛苦扭动的身躯上时,就会听见传来恐怖的重击声,他们还不停地把史密斯拽起来,然后再把他打倒在地。比尔·史密斯不停地喊叫,告诉那些日本人说自己已经五十岁了,求他们手下留情,可是根本就没有用。

全身上下鲜血淋淋的史密斯在地上往外爬,那群暴徒就跟着他挪动,最后一起都消失在黑暗里,到了警卫室那微弱灯光照不到的地方。但是,我们仍然可以听见木棍击打身躯的声音从黑暗的练兵场上传来。

他们使用的是鹤嘴锄形的警棍,就像英国军队发放的那种警棍,也许用的就是英国军队的警棍。我们身后的警卫没有动。我们自己就更不指望能动一下,或者去帮帮史密斯,或者是逃走了。我们只是慢慢地意识到,自己被困住了。那第一记重击就像是一个劳工开始进入工作节奏，然后其他人就加入进来，接着杂乱的棍棒如雨点般重重落在史密斯的躯体和骨头上。日军警卫就这样对他拳打脚踢，把他拉起来，再把他打倒，直到最后史密斯一动不动地瘫倒在地，到底是昏过去了还是被打死了，我不知道。而且我也不知道日军暴打了他多长时间。怎么会有人去关注这段时间的长短呢？之前大家都空虚地数着秒来过日子，而彼时彼刻我们的关注点全都在那一次次重击上面了。不过，我觉得史密斯被暴打了大约四十分钟之后，彻底瘫倒在地了。

那群日本警卫又回到了灯光下。我的好朋友莫顿·麦凯被叫了出去。下一个就是我了。当他们开始暴打麦凯的时候，我看见另一边有一群警卫把一个跌跌撞撞极度虚弱的人推到警卫室的后面。史密斯还活着，他被扔到大门口旁边的一条沟里。

麦凯被打倒在地的时候发出像狮子一样的吼叫，结果又被拳打脚踢地拽了起来。在不到几分钟的时间里，麦凯就被踢到了灯光照不到的阴暗处，棍棒像雨点一样落下来。我还记得自己当时想，在昏暗的灯光下，那些起起落落的棍棒一定看起来就像是风车的叶片，一刻也不肯停歇。后来，麦凯也被拖了出去，扔到了那条沟里，挨着史密斯。

在等着轮到我被打的那段时间，是我生命中最难捱的一刻。那种煎熬是无法形容的:我脑子里闪过小时候读过的关于基督教殉道者看着自己的朋友们被酷刑折磨而死的故事。亲眼目睹其他人受折磨,看到自己即将遭到怎样的暴打,这本身就是一种惩罚,尤其是在根本无法逃脱的情况下。这种经历就是把人逼疯的开始。

终于轮到我了。当时一定已经是半夜了。我仔细地摘下眼镜和手表,转过身把它们放在身后的警卫室里。我很仔细地把它们弄平整,放在桌子上,就像我是要去游泳池游泳一样。我当时应该是后退了好几步,才有条不紊地完成上述动作。但是没有一个警卫阻止我,甚至没有人开口说话,也许他们都太惊讶了。

我被叫了出去。我立正站好。他们面对着我,气喘吁吁。大家都停顿了一会儿,感觉有好几分钟。接着一记重击袭来,我就被打倒在地,感觉所有的骨头都被打散了,一股灼烈的疼痛感像一股液体一样袭遍了我的全身。接着一次次的重击朝我全身袭来。我感觉自己就像是坠入万丈深渊,一道道巨大的闪电像利剑一样灼烧我的身体,痛苦万分。我能感觉出不停地有人用穿着军靴的脚来踹我的后脑勺,把我的脸重重地碾压在石子路面上;我能感觉到我骨头的断裂,牙齿的断裂,以及我的身体不自觉地回应那些重重的拳打脚踢,我能感觉到自己重新被拽起来,结果又被打倒在地。

在这个过程中,我意识到我的臀部被打伤了,我记得我抬起头，看见棍棒不断地朝我的臀部落下，于是我就伸出胳膊来挡一下。这似乎让那些警卫把击打目标集中在我的胳膊和手部。我还记得把我的手腕儿打折的那记重击。警棍正好打在手腕儿上，随之而来的就是脆弱的骨头被打断的剧痛感。

不过最剧烈的疼痛感是髋骨和脊骨底部被暴打的时候。我觉得他们是想打断我的髋部。我全身的每个部位就在这个残忍的过程中得到了我的关注，就像是我的身躯骨架被一点点痛苦地蚀刻出来。

日军不停地暴打我，我根本就记不得有多久。有些时候一个人会完全没有时间概念，当时就是这种情况。荒唐的是，我脑子里经常把这种折磨与一次糟糕的工作面试相比较，两者都很奇怪地模糊了时间概念，结束之后，我们都不知道这个过程到底是五分钟还是一个小时。

我记得当时以为我要死了。我永远都不会忘记，从那一刻开始，我开始喊"上帝"，开始喊"救命"，陷入了彻底的无助与绝望状态。后来我被推进了一个积满恶臭死水的沟渠里，而在我完全失去意识之前，那些流淌过我身体的臭水却让我感觉到了甘泉的清爽与甘甜。

当我再次醒来后，我发现自己是站着的。我不记得我什么时候从那个臭水沟里爬了出来。太阳已经升得老高。我浑身都剧痛无比，到处都是血迹斑斑的伤口和被打折的骨头。阳光残酷地刺痛我肿胀的神经。史密斯和斯莱特都躺在我旁边的地面上,全身乌青,血迹斑驳,基本上没有意识了。麦凯和奈特在离我们几码远的地方,他们的状况也差不多。我们离警卫室只有几英尺远,距前天晚上我们站着的地方很近。斯莱特几乎全身赤裸,身旁的地面上扔着一条短裤和一些撕破的衣服,上面沾满了泥土和血迹。

那些警卫根本就不管我们。他们站在一群被暴打之后又暴晒在烈日下几乎一动不动的战俘前面,却表现得仿佛我们不存在似的。

快到正午的时候,我应该是感觉好一些了,因为我开始琢磨为什么我自己是站着的,而另外四个却倒下了。我屈下膝,爬到史密斯和斯莱特旁边。日军警卫仍然没有反应。

中午时分,那个说着一口美语、身材魁梧的日本翻译从营地办公室那边晃悠过来了。他在我们身边蹲下来,仔细地审视了我们一遍。他让一个警卫拿来一大桶茶水,然后用饭盒盛着给我们每一个人喝了点儿。其他几个人都有些苏醒过来的迹象,他们躺在地上,也喝了很多茶水。我当时是坐着的,想尽力接过饭盒,但是发现我的手腕和手部都肿胀得特别厉害,已经失去知觉,根本就握不住饭盒。那个日本翻译把温茶水倒进我的嘴里。我大口大口地吞咽着微温的酸性液体,这极大地缓解了我的干渴。

第五章

那个日本翻译开始跟我们讲话,他轻蔑的声音在我们头顶嗡嗡作响。他告诉我们,不久之前,他刚刚审讯过休和史密斯,说必须要给他们一点"教训",还告诉我们说休和史密斯供认了制造无线设备和接收以及传播新闻的事情,说日军已经知道我们五个人也参与其中,很快就会来审讯我们。他说,如果我们能全部供认不讳,日军可能会手下留情,如果我们拒不合作,前天晚上的"场景"就会重演。然后这个日本翻译用一种有些恭敬的奇怪方式看着我们,语气非常庄重地说:"你们都是非常勇敢的人,真的,你们都是非常勇敢的人。"

那个翻译走后,我们又瘫倒在地上。太阳升得老高,但是我们一点儿遮挡也没有。斯莱特后来告诉我,他知道自己全身裸露地躺在炙烤的阳光下,动也动不了,只感觉有人想用一件破烂的汗衫和一条短裤来帮他遮蔽一下身体。我记得是我用断裂的手臂费力地抓起他的衣衫,盖在他身上。裸露着的斯莱特看起来特别脆弱,当时他对此没有任何反应,看起来像是昏迷过去了。我们就这样躺在那儿,直到傍晚时分。警卫指挥官突然觉得我们已经休息够了,就朝我们大喊,让我们起来。此人态度非常凶暴,不停地朝我们大喊大叫,满嘴脏话。我们尽力想从地上爬起来。我和斯莱特最后起来了,其他人还是一声不响地躺在那里。于是这个警卫指挥官又不理睬我们了。我们继续待在警卫室的门外,一直待了整整一夜。那天是9月22

日。第二天清晨,营地里的战俘劳工大部队集合成小分队,朝着他们正在搭建的桥前进,准备去到铁路线上。

日军命令每个营房里走出来的小分队在经过警卫室的时候都要敬礼,向右看齐或者向左看齐。每个战俘在此时都尽力表现得懒散懈怠,通常会故意大声咳嗽或者故意装作打喷嚏,离那些警卫远远的。战俘们觉得这样做能让自己感到无比骄傲。

那天早上,从警卫室门前经过的先锋小分队看起来就跟其他的战俘小分队没有什么区别,所有人都饿得面黄肌瘦,表情愤怒,身上穿着奇奇怪怪的衣服:有人穿着褴褛的短裤,有人穿着我们所谓的"丁字裤",有人穿着肮脏的汗衫,或者军队发的那种条纹背心,大部分人都戴着破旧的帽子或者自己做的帽子来遮挡直射的阳光。他们慢吞吞地走来,想要像往常一样表达他们的不满。但是这次,小分队还没走到警卫室,而是快要走到我们五个人身边的时候,领队的人大喊"向右看齐"。这群拖沓着脚步的战俘们脸上那种愤怒的表情都消失了,所有人都表情严肃,直挺挺地从我们面前经过,每一个人都把"向右看齐"的动作做得极致完美。桑德赫斯特军校学员都不一定能做到这种水平。随后的每一支小分队都心领神会,以同样庄重的方式从我们眼前走过。世界上还有其他的军官能得到如此隆重的敬礼吗?

那天快中午的时候,我们看见一支送葬小队似的列队走了过来,在警卫室门前停下。这时我们才看清,其中有一位袖口上印着一个红色十字架的战俘,还有两队担架员和一个日本警卫。这个警卫跟指挥官交接了几句之后,担架员就把我们当中看起来情况最糟糕的两位抬上担架,剩下的三个人要步行跟在后面。袖口上有红色十字架的那个战俘介绍自己是爪哇岛荷兰部队里的医生。他把我们带到营地医院,告诉我们,他的工作就是要治好我们。

这个"医院"其实就是一个小小的亚答屋,脚下是泥巴地,屋子中间有条道,两侧是用竹子搭起来的低矮平台。沉默不语的医护人员把我们抬到平台上,让我们像沙丁鱼一样一字排开。我们身上剩下的褴褛衣衫都被扯下去了,他们用温水轻轻地帮我们从头到脚冲洗身体。他们还给我们喝下新鲜的酸橙汁,同时又不能让我们一下子喝太多而反胃。那是我们喝过的最清爽的饮料。

当我们身上大部分的泥土和血迹都被冲刷干净之后,医生就可以来查看伤情了。我的两个前臂都骨折了,肋骨也断了好几根,臀部的一边已经被打烂,后背几乎完全血肉模糊。就连医生也被吓到的是,从我的肩膀到膝盖,包括两侧胸部、臀部和腿部这一部分,基本看不到颜色正常的皮肤了,虽然没有血肉模糊,但已经全部变成了乌青色,就像天鹅绒一般肿胀得老高。我浑身剧痛,根本就说不出具体是哪儿疼。其他四个人的情况也差不多,每个人都断了好几根肋骨,但只有我一个人四肢有骨折现象。

医护人员很快就用绷带帮我们包扎好,医生将我的胳膊骨折处归位,然后用夹板固定好。虽然根本就没有麻药可用,但是这些额外的疼痛也算不上什么了。当时我想起来,这是我第二次没用麻药就把折断的骨头归位。相比之下,爱丁堡的那个童子军团长根本就不值一提了。

那天余下的时间里,我们尽力躺好,想睡一会儿,想喝水的时候就喝点儿酸橙汁。但是剧烈的疼痛感差不多让我们陷入了半瘫痪状态。这种有止血作用的酸橙汁几乎就是这个医院里唯一的药物了。与此同时,有人把我们散落在警卫室周围的行李收拾好送了过来。我的眼镜和手表都还完好无损。

我们后来得知,日军下令除了医生之外,不准任何人在任何情况下与我们交流。而医生与我们的交流也仅限于讨论伤情。于是,我们就跟那位善良的医生聊了很久。我们得知史密斯和休受到了何种"待遇",两人是如何"消失"的。他们对我们的暴打是经过精心策划的:那天晚上,日军下令,营地里任何人都不能出屋,凡是违反命令者当场枪毙。一整夜,全副武装的日本警卫都在营地周边和屋子之间的道路上巡逻。

当他们开始暴打我们的时候,这个医生就做好治疗我们的准备了。他一整夜都坐在那里听外面的动静,以此来大致判断如果把我们送到他这里来的时候伤势会如何。他数着警棍重击的次数,在天黑之前暴打结束的时候,他数了大约有九百下。

　　下午我醒过来,得知外面又有几个战俘军官站在警卫室的外面,他们是从坂本部队来的。从旁人的描述当中,我确定这次是霍利、阿米蒂奇、吉尔克里斯特以及一个我不太熟悉的名叫格雷格的军官。他们在那儿站了一整天了,来往的医护人员都说,他们僵直地站在烈日下,忍受着蚊虫的侵扰。果然,到了夜里大约十点钟的时候,日军那些暴徒又开始动手了。

　　我们虽然看不见,但是听得很清楚。我们听得见警棍击打身体发出的沉闷声音,听得见拳打脚踢的声音,听得见痛苦的喊叫声和尖叫声,听得见那些醉醺醺的日本警卫的吼叫声。这些声音持续了很久很久,我们也一直都睡不着。

　　第二天清晨,医生被一个日本警卫叫了出去。过了一会儿,医生回来了,告诉我们,有两个军官伤势太严重,他只能尽力去救治。医生说话的声音很低沉,虽然我们自己还是疼得厉害,可我们仍然看得出来,他有事瞒着我们。我们一直在等着这四位受难的军官被带进来,但是他们一个也没来。

　　这位荷兰医生对霍利和阿米蒂奇的伤势已经无能为力了。他只能看着一队日本兵把这两具血肉模糊的尸体抬起来,扔到日军营地那边一个很深的厕所里。

　　也许是因为吉尔克里斯特身形矮小,或者是因为他年事已高,再或者是因为那群暴徒令人费解的反复无常,他竟然没有挨打。第四位军官格雷格也逃脱了被暴打至死的厄运。那个医生再次等到深夜,数着警棍重击的次数,这次在他数到四百下的时候,日军停手了。

接下来的两三天,我们躺在这个避难所里,全身僵硬酸痛,根本动弹不了。但是,脑子里却不停地闪过各种念头,一个接一个的猜测,直到我们觉得脑袋都要炸裂了。我们知道,日军并没有彻底放过我们。我们一动不动地躺在那里,等着他们随时过来取走我们的性命。这种悬念比身体上的摧残更让人痛苦。我们知道,接下来还有一连串的"程序",而每一个程序都是极其痛苦的,但我们却不能向前看,没办法跟自己说"已经结束了,我们已经到达最终的避难所了"。我们感受到的只是无尽的痛苦和对将要到来的厄运的恐惧。

我们吃的食物挺好的,是集中营里最好的饭菜。其他战俘都偷偷给我们送来很多吃的,我们还喝下很多酸橙汁。随着时间的推移,我们感觉自己慢慢好起来了。身上的淤青慢慢褪去,随着身体的好转,皮肤的颜色也逐渐恢复正常。身体上的伤口恢复得非常快,但心理上的伤痕却需要很长时间来愈合。

一天早上,一队穿着精神的日本军官突然来到医院营房。其中还有那个白头发的翻译。他们仔细地查看了我们的伤情,跟医生交流了几句,得知没有造成永久性的伤害之后又离开了。很显然,我们还是他们重点"关注"的对象。

当我和麦凯以及斯莱特一起整理我的工具包的时候,我发现丢失的只有一件东西:我那幅"缅甸—暹罗"铁路线以及周边地形的手绘地图。

第六章

  1943年10月7日凌晨四点，我们五个人被从睡梦中叫醒。有三四个人静静地站在医院营房门口的阴影处。在他们来回踱步的时候，我瞥了一眼。我不太熟悉他们的肩章，但是毋庸置疑，这些人的出现比那些醉酒之后残暴至极的日本警卫要可怕得多。他们代表的是一个更加冷血、更加狡诈的组织，是所有铁路劳工所能想象到的最可怕的遭遇。日本宪兵队跟盖世太保一样臭名远扬，而前者对我们来说更可怕，因为我们对这些日本秘密警察于20世纪30年代在中国的所作所为早已耳闻。

  外面有一辆卡车在等着我们。我是最后一个走出医院营房的。我尽力把所有余下的行李都带上，而双臂上固定的长夹板让我每一个动作都特别痛苦。麦凯帮着我把行李整理好，那段时间他一直帮助我。最后我出去跟大家一起爬上了卡车。天刚朦朦亮的时候，我们就坐着卡车快速地驶出了北碧府战俘集中营的大门。那天早上清冷的阳光很美，我们想，这很可能就是我们最后一段旅程了。

  结果，那又是很短的一段旅程，我们正在极其缓慢地经历日军的惩罚程序。卡车载着我们开上与美功河平行的一条狭窄的街道，驶入北碧府镇上。街道两旁是一长排的大房子，那都是暹罗商人和华商的房子。我之前在白天的时候已经见过很多次。一层通常用作商铺、仓库和办公室，而上层则作为生活住宅。我们在这样一座商人房屋前停了下来。这座房子很高，临街的那边有一面特殊的防护墙，狭窄的入口处有武装哨兵站岗。直到那时，我们才意识到，日本宪兵队在那里是有总部的。而这场战争也突然变成一场充满秘密、怀疑和猜忌的战争。

我们很快就被带下车，穿过一段阴暗的通道，进入屋后的一个院子里。这个院子又窄又长，似乎能一直延伸到河岸边。尽管我们似乎离那条宽阔平静却浑浊的河流很近，但是河岸地势很高，河水其实是在我们脚下很远的地方流淌。院子的左边围着一堵墙，顺着院子的延伸方向，有一排小屋子一样的牢房或囚笼，看起来就像是档案橱柜里的抽屉。我们每个人都被推进一个大约两英尺宽的低矮小门，分别进入这样的一间牢房。每间牢房大约有5英尺长，2.5英尺宽，不到5英尺高，前脸都是竹子网格，顶部很结实的一个平面，就像一个热板一样接受太阳的直射。

我们每个人只准带一条毯子、一个饮水杯子以及身上当时穿的汗衫短裤进入牢房。余下的行李和脚上穿的鞋子都被收走了。他们剥夺了我们仅存的一丝尊严，把我们像牲畜一样给关在笼子里。

小门被锁上之后,我们每个人都只能与自己的思想为伴了。我沿着牢房地面对角线方向躺下来,因为我有六英尺多高,只能蜷缩地躺在那里,为了防止自己的身体压到还没恢复好的手臂,我就得半举着两条骨折的胳膊。困在这里,什么事情都干不了。手臂上笨重的木夹板和绑带特别束缚人,直起上身蹲在牢房里也没有什么用。太阳升起来之后,仿佛把牢笼里的空气都吸走了,热得让人窒息。

我们不能彼此交流,相互喊一声就更不可能了,因为院子里有一个表情凶狠的哨兵站岗,他手里那支步枪枪口处有一把长长的刺刀,阳光下,刺刀的影子正好投射在牢房前方的地面上。每天上午,他们会给我们一小碗又咸又硬的米饭团,晚上的时候再给一碗。我很怀疑日军这么做的动机,所以尽可能少吃点。我觉得日军可能是想通过这种方式让我们极度口渴,从而瓦解我们的意志。可是在我们待在那里的那段时间,每天我们能得到的所有食物就是这两碗又咸又干的米饭。我越来越饥饿,同时也越来越渴。

英语中有句谚语说"与魔鬼喝汤,调羹要长",指的是和坏人打交道必须提高警惕。至少在这里我真的有一把长勺子。北碧府集中营的一个医护人员帮我把一把勺子绑在一根木棍上,整个勺柄大约有十八英寸长。只有这样,我才能自己吃饭,因为用普通的勺子,我的胳膊无法抬起那么高,日军也不想让我饿死,所以就准许我使用这个特殊的"装置"。

第六章

下午的时候,牢房简直就成了一个烤炉,一个满是热量的密闭空间。里面爬满了大个儿咬人的红色蚂蚁,不断地往我身上爬。而我的胳膊被夹板夹着根本就动弹不了,也没办法把这些小虫子从我腿上和后背赶走。

我已经记不清接下来那几天里究竟是怎么过来的,我甚至都已经没有了白天和黑夜的概念,整个思维都是混乱的,有时候甚至都丧失了意识。

我感觉在审问过程开始之前,应该是过了整整一天一夜。但是在那之后,我就没有了时间概念。有时候是一大早,我就被两个警卫带进大楼里,经过其他囚笼的时候,我能隐约看见里面有人斜倚着,但是却一动也不动。有一次在大楼里,我被推到最前面,进入一个完全由木头建造的屋子,那是一种深色的热带硬木,因此整个屋子都一直昏昏暗暗的。屋子里还有一张同样是用深色硬木制成的桌子,对面坐着两个日本人。

其中一个剃成光头,身材魁梧,肌肉发达,穿着一身日本军士制服,从他脸上和粗短的脖子就能明显看出他是个残暴成性的人。另一个则穿着普通列兵的制服,相比之下有些矮小,甚至是瘦小。此人有一头乌黑油亮的头发,嘴巴很宽,颧骨很高,坐在身材魁梧杀气汹汹的同事身边,显得有些不像个军人,而且从他拘谨的态度,很明显就能看出他们两个人谁说了算。

那个小个子的日本人先开口说话,他操着一口口音很重、咬字不清但还算流利的英语。他介绍自己是一名翻译,主要是来协助这位"特别警卫队"的军士调查这周边的战俘集中营里出现的"大范围反日活动"。他说,他们知道这些非法活动是由坂本部队的军官们领导的。

接着那位军士开口讲话了,更准确地说是朝我大喊了几句,那个小个头日本人就开始翻译。整个过程中,他们两个人的表达方式都截然不同:那个军士咄咄逼人,来势汹汹,用审讯罪犯和蝼蚁一样的轻蔑语气不停地质问我;而小个子的日本人就像机械的传声筒在履行自己的职责,语气平淡,几乎不带任何情感。他看起来有些害怕那位军士——或者说我感觉他跟我一样有些害怕。这时,翻译用不太连贯,略带威胁的句子翻译了那位军士说的一大段话。大体意思是说:"洛马克斯,我们已经审讯了你们的同伙休和史密斯。他们已经对自己在坂本部队制造和使用无线电设备的事情供认不讳。他们已经承认在集中营里传播情报。洛马克斯,他们已经告诉我们你也参与其中,帮忙筹钱从曼谷购买收音机零件,而且还把情报传递到其他的集中营。我们肯定你是有罪的,此前也曾经有战俘使用过无线电设备,被发现之后都被枪决了。洛马克斯,不管怎样,你很快就会被处死的。但是如果你能把全部实情都说出来的话,肯定会对你有好处。你现在已经见识到了如果我们想对付一个人的话会做出什么样的举动来。"

"你很快就会被处死的……"一句语气平淡的话,就像是说话时不经意间给出的一句评论。我就这样被一个跟我年龄相仿的人判了死刑,他看起来跟这个环境很不搭调,而且似乎对我命运如何根本就漠不关心。我没有理由怀疑他的话。

我知道我是北碧府方圆几英里内唯一的一位皇家通信部队军官,我已经想到了,由于我显然掌握通信方面的知识,所以日军肯定对我尤其怀疑。因此这个翻译把日军对我的最后审判传达给我的时候,我既无言以对,同时又一点都不感到惊讶。

审讯过程开始了。他们想要了解我的家庭情况,问了很多关于我的祖父母和其他亲属的详细问题,以及我父母的情况以及他们的职业。那个屋子很压抑,而且我已经很疲劳,全身酸痛。这种无聊的审讯简直要让我承受不住了。我竟然要在这个暹罗小镇上,对两个不明所以的日本人解释我们家族拥有兰卡斯特和苏格兰血统的祖先是如何移居迁徙的。

他们还问我入伍之前是做什么工作的,我受过的教育情况,以及在1942年2月日军占领新加坡之前我在军队里的情况,而且对那段时期的所有情况都盘问得特别详细。经过几个小时的艰难审讯之后,他们终于开始问到我在坂本部队里的情况了,对此我必须详细陈述,几乎要精确到小时。

他们问我在入伍之前的业余时间都喜欢做什么。我尽力跟他们解释我对火车及铁路线的热情，希望能让他们理解生活在工业革命发源地国家的魅力。那个年轻翻译一脸疑惑而冷酷的表情。听完我的回答，他们俩交头接耳了几句，然后又继续审讯我。

接下来，他们对我提出一些在当时看来更宽泛、更抽象的问题，比如谁会打赢这场战争？为什么？盟军会在哪里登陆？然后他们又突然毫无征兆地转向更加具体的问题，问我为什么想要用收音机收听新闻，为什么不相信日军公告栏里贴出来的以及当地报纸上登出来的英语新闻。其间还会问些无聊的问题，比如"你喜欢吃米饭吗"，整个过程一直这样延续下去。

他们其实真正感兴趣的是集中营里的反日活动，尤其想知道我们是否跟集中营外的抗日力量或组织有任何联系。他们在这个问题上穷追猛打。我能看出来，对他们来说，我就是一幅拼图上的重要一环，攻破了我，他们就有可能把新加坡、马来亚、泰国以及其他任何让他们碰壁或者遭遇抗日力量的地方都连接起来。我也知道，只要表露出任何跟抗日组织有联系的迹象，结果都会必死无疑。当然，我们根本就没有这方面的联系。

他们想要从我这里验证史密斯和休给出的本来就不多的供词是否属实，所以他们就问我第一次用收音机收听新闻是哪一天，那次都听到了什么新闻，之后多久收听一次。我故意把日期说得很模糊，同时还啰啰嗦嗦，模棱两可。之后,那个翻译无意中透露,实际上弗雷德和兰斯仍然被关在这座房子里的某个地方。得知他们还活着的时候,我心里一下子燃起很大的希望。

当我知道在某个问题上,他们早就知道答案的情况下,我就直接予以证实。不过这反过来自然也让他们发现我的口供与之前其他人提供的口供存在一些明显的差别,因此又带来了新一轮的盘问。

似乎是在第二天下午,虽然那时候我已经完全失去了时间概念,他们又开始了对我无穷无尽、让人压抑的审讯。在那个过程当中,我突然想到,转移话题可能是个不错的应对方法。那个年轻翻译身上有一种认真好学的劲头,而且不知道是不是我自己的臆想,我总感觉他很喜欢跟我谈论英国的生活和文化。对此我也不敢肯定,因为我讨厌他不停地质问我,讨厌他那种喋喋不休的架势,讨厌他一本正经地与别人合伙来折磨我。我感觉我们都在这个小屋子里待了好几个月似的。然而尽管如此,当他们询问我的教育背景的时候,我还是主动请他讲讲日本的教育体系。但是他们不愿回答,还是把矛头又对准了我,仿佛对外谈及皇家中学的教学情况就会导致他们帝国的崩塌似的。不过,那个翻译主动讲了一下他自己的受教育经历,我们俩就语言学习饶有兴致地聊了一会儿。在那一时刻,他仿佛既是我的死敌又是我的朋友,变成了我的一种救生索,仅仅因为我们语言相通,而且对彼此有一种好奇。

那个日本宪兵队的中士逐渐起了疑心,于是开始责问那个翻译,并让翻译提醒我说,应该由他们来提问题。翻译的工作就只是为双方的沟通搭建桥梁,当双方谈话受阻或者曲解对方的时候,那个中士同样会朝着翻译大吼大叫。虽然我感觉那个翻译在某种程度上跟我是一样的处境,但我还是痛恨他们俩,甚至更痛恨这个翻译,因为是他的声音让我感觉特别烦躁,不得安宁。

当然,他们最关心的还是收音机,但是等了好长时间才把话题转移到发报机上。然后他们就开始盘问我:"你有发报机吗?告诉我们你是怎样组装发报机的。你需要什么材料?既然你们都组装收音机了,为什么不组装一个发报机?洛马克斯,你会组装发报机吗?你组装了一台发报机。告诉我们你都发送什么情报了。"正是从这些问题当中,他们暴露出自己对基本的无线电设备一无所知,比如说,他们想知道一个简单的收音机如何能被改装成发报机,而这是根本不可能办到的事情。

回答这些问题很简单,但是要让他们相信我说的是实话却非常困难。我在我们双方之间的知识鸿沟中挣扎,自己突然成为自身教育和文化的受害者,因为我的这些审讯者们来自一个相对落后的国家。如今的人们可能很难想象当时的情况,因为这半个世纪以来,日本的技术取得了突飞猛进的发展,但是在 1943 年,日本军队的技术非常落后,这也反映出当时日本半封建化社会的国情。我想告诉坐在我对面的这两个日本人,组装一个发报机是要克服很多技术难题的,根本就没有战俘能够用手边那点材料创造出这样一个奇迹,但是这两个日本人欠缺这方面的知识,因此根本就无法判断我说的是真是假。

后来,他们找来另外一个日本军士,因为之前的那个军士没能问出他们想要的答案。到那时为止,他们并没有对我实施武力威胁,但那个日本军士不停地通过那个冷漠的年轻翻译传达出来的谩骂,以及接二连三的可笑问题,加上严重缺觉,这些就已经够残酷的了。一连好几个小时,我就坐在那里,用大腿支撑着骨折的手臂,渴望能赶快休息一下。周围的一切都变得模糊不清,从大概清晨开始一直到天黑,每天就这样被审问十八个小时。有一两次,他们夜里把我叫醒,带进了审讯室。他们重复不停地问同样的问题。翻译的声音基本上没有语调的变化,我甚至在梦里都能听见这些语气平淡的重复性问题。

我想,我一定是在他转业训练结束之后,跟他对话的第一个英国人。而他第一个要用外语去对话的人也是他要帮忙打倒的人:这会让他感觉很自豪吗?我越来越厌恶他了。一直是他在提问,逼我回答。我对他简直无法直视,真想杀了他,听着他不停地提问,机械单调的语气中却带着对我所讲内容的好奇,但我觉得他永远都不会听明白。

我记得之前我们那些战俘们一起聊天的时候说过,等到知道自己必死无疑的那一刻，一定会拉上一个日本人陪葬。可是我现在双臂都骨折了，真是说起来容易做起来难。不过如果真有机会的话，我也想这么干，拉上这个翻译给我陪葬。

当然，我不能给他们瞎编故事，或者凭幻想说得天花乱坠，因为我害怕被发现之后再遭暴打。我不确定他们都掌握了哪些信息，只知道他们想要哪方面的信息。我的任务就是给出让他们满意的答案，同时又不会连累其他战俘。每次我只有不到一秒钟的时间来思考答案，生怕一个不小心说错话，那就必死无疑了。他们想知道我们都跟谁联系，消息是如何被送到铁路线上游段的，我们从什么人那里买来的零部件，因此我就说，联系我们的那个人穿着没有肩章的汗衫，看不出来他是属于哪个部队，还说传递消息的人不是我，而是另一个营房里的一个战俘，我也不知道他的名字叫什么，我们会在营房门口放一张纸条，一直没有见过拿走纸条的那个人。

我被困住了。当时我并没有觉得自己拒绝向日军提供信息或者拒绝连累战友的行为非常伟大，我只是性格很固执而已，而且永远都警惕性特别强。我不得不回答日军的问题，但是如果我影射到大联络网上的任何其他成员，日军就可能会顺藤摸瓜，彻查到底，折磨每一个人，让他们说出自己的联系人。日军会迫使甘纳·汤姆林森说出从他那儿订阅报纸的人都是谁，还有那些间接听到英国广播公司电台新闻节目的战俘们也得遭殃了。到那时为止,我似乎是我们那群人中被盘问得最仔细的一个,我之所以成为了他们的目标,是因为日军认为皇家通信部队就是这些通讯活动背后的组织者。

在二十出头的年纪就被判了死刑,这是一种很奇怪的感觉。在某种程度上,知道自己是在借日子活命之后,我反而更释然了。但是日军对我们的心理折磨还是日复一日地继续。波默罗伊和霍华德的遭遇我至今还记忆犹新,我觉得自己到时候的结果也差不多,最好的情况就是我被绑在林子里的一棵树上,面对着几个日本兵,被乱枪打死。我想那样的话,我的家人就永远都找不到我的坟墓了。

日军任由我去想象,而这是最折磨人的。我知道早晚会死,但就是想象不到死的时候是怎样的一种场景。我生活在一个没有规则的世界里——日军可以随意制定他们自己的规则,没有任何坐标或参照。在我所熟知的世界里,规则几乎是神圣的,任何事情都是可以预测的,组织非常严密,所有的到来和离别都是重大却完全可控的事件。在我所熟知的世界里,所有的沟通交流都是很受尊重的,而我也以我自己的方式努力地去改善和理解这种沟通方式。但是这一切都被日军的暴力给破坏了。如今在我身处的这个地方,交流和在地区之间的迁移已经变成了为恐怖活动实施的服务。

没有被审讯的时候,我就躺在牢笼里。自从到了这里，日军就不准我们洗澡、刮胡子，如今自己已经全身酸臭了，而牢笼里更脏。日军晚上不准我们上厕所，但是我们只吃米饭，所以老想上厕所。我记得我旁边的囚笼里关着的是斯莱特，他并没有被经常审讯。有一天，那个年轻翻译经过斯莱特牢房的时候，斯莱特喊住了他，跟他解释，让我们尿在被子里或直接尿在牢笼里是很不卫生的。后来日军终于给我们每人发一段一头密闭的竹筒，夜里可以尿在竹筒里。但是除了在那个闷热的小木屋之外，我从来没在外面见过那个翻译。我和斯莱特没办法交流，因为有个警卫一直在牢笼外晃悠。但不管怎样，我们告诉彼此的越少，我们就越安全。

夜里没有灯光，漆黑一片，我就只能躺在牢房里，心里极度沮丧。我在吃的米饭里找到一根鱼刺，于是我就用它在牢房的墙上画道道来记录大概过去多久。天黑之后，从河那边飞过来大量的蚊子，不停地叮咬我，唯一的躲避方式就是用毯子裹住自己，但是这样的话就实在是太憋闷了，于是我只能就任由蚊虫叮咬。

夜里穿着短裤和汗衫躺在那里，身旁只有我那把长柄的勺子与我作伴，似睡非睡迷迷糊糊的时候，脑子里就会有些奇怪的兴奋场景。我的大脑变成了一架机器，先是生产脚本、词语和图片，然后把它们切断，以一种不连贯甚至是混乱的方式在我眼前闪现各种片段、标语、场景和奇幻的画面。我仿佛变成了一道屏幕，各种片段和画面在我身上展开。有时候伴有很大的声音,有时候又极具视觉体验。大部分的场景都跟宗教有关,或者至少能感受到来自上帝的无尽抚慰。出现的场景主要都是基于我所读过的十七世纪新教题材作品:

看哪,我站在门外叩门,

若有听见我声音就开门的,我要进到他那里去……

生活中有谁爱这痛苦……挣脱地狱。

到巴比伦去有多少英里?

三个二十再加十,

坐着蜡烛光能去吗?

能,能,坐着回来也可以。

我是阿尔法,我是欧米伽,是昔在今以后永在的全能者,

远古时代的步履是否登上过英格兰葱绿的群山?

啊,多么希望,来一个警戒的声音,就如那目睹天启的圣者。

原来人为劳碌而生,如同火花向上飞扬。

最糟糕的时候,我会内心极度煎熬,严重失眠,这时我就会彻底失去时间概念。有一次,我以为自己被审讯了一整夜,从审讯室里出来之后,我看到院子尽头的河水沐浴

在一片晨光之下，牢笼里也投下了影子。但突然之间，天一下就黑了，我这才意识到我刚刚看到的其实是日落。

日军又启用了最初那个军士。这个人会用一把大木尺狠狠地敲打桌子，挥舞着来威胁我："洛马克斯，老实交代吧。"而且他的态度越来越暴烈。

有一天早上，我被带进了审讯室，看见我画的那幅地图被平整地摊开在桌子上，看起来特别漂亮，特别精致。那个军士和翻译背对着我站在窗户边上。大家都沉默不语，我就那样默默地站了很长时间。

然后他们突然转过身，两个人都装作很愤怒的样子。其实他们一直都知道这幅地图是我画的，但现在就是想吓唬我。"这幅地图画得不错……你为什么要画这幅地图？你从哪儿偷来的纸？你从哪儿得到的信息？你肯定还有其他的参照地图……这些地图在哪儿？你是打算自己一个人潜逃吗？还是打算跟别人一起逃跑？他们都是谁？"最后他们总是会归结到这样的问题上：你们打算最后跟谁会合？是否有承诺帮助你们的当地村民？你们是否是通过无线电设备接收指示的？当地村民有没有人手里有无线电设备？你们会与中国人联系吗？等等。

那个年轻的翻译越来越像一个审讯者了，仿佛他很享受这个角色。他们情绪很激动，我一次次地拒绝直接回答问题，而是拐弯抹角地带着他们绕圈子，我能感觉到他们有些气急败坏了，审讯室里的气氛剑拔弩张。

他们想知道,我为什么要在地图上画出铁路线。我想让他们相信说,我只是个铁路爱好者而已,我画这幅地图的目的只是想留下一份对暹罗以及对这条铁路线的纪念,弄清楚铁路线上的站点都在哪儿。我的直觉告诉我,他们根本就不相信。于是我就跟他们聊火车,谈英国的标准铁轨,谈看到一条投入使用的米轨铁路时的那股兴奋劲头,谈把专为某种铁路体系设计的机车出口到另外一个使用不同铁路系统的国家之后会遇到的问题。那个翻译被我说出来的专业词语——例如轨距、锅炉尺寸以及发动机的重量等——弄得抓耳挠腮。

他不停地问我:"你是个铁路'狂躁症'?"我觉得他是想说"爱好者"或者"狂热分子",声音里充满了大惑不解带来的愤怒。然后他就会给那个军士解释一下自己为何有些困惑,而那个军士看起来脸色更阴沉,表情越来越狰狞。

突然,那个中士抓起我的肩膀,拉着我往外走。他的胳膊非常有劲,我几乎就是跟跟跄跄地跟上去的,肩膀被抓住的地方,他的手指甲透过汗衫已经嵌到我的肉里去了。我只记得,当时我们站在院子里,看得见河岸以及棕色的河水从宽宽的河床上流淌。我记得当时我能看清楚其他的牢笼,看见了史密斯上校、麦凯和斯莱特,还看见了休和史密斯也被关在牢笼里。但是五十年之后,知情人告诉我,当时我先是被带到了洗手间,里面有个很大的注满水的金属浴缸,我的脑袋被一次又一次地摁进浴缸里。我相信这个人所说的话,但是,说实话,到今天,这些我真的都不记得了,一点记忆都没有——仿佛脑子里有一种奇怪的过滤器,把一些回忆给过滤掉了。但是其他的事情我都记得很清楚。

外面放置了一把长椅,那个翻译让我躺在上面,于是我就面朝下躺在长椅上,用胳膊抱住椅子,这样就能保护还缠着绷带的胳膊。但是那个军士随即把我揪起来,让我仰面躺着,然后用一根绳子把我绑在椅子上。我的胳膊就伸在外面。审讯过程又开始了。那个翻译说:"洛马克斯,快说你为什么要画那幅地图,为什么要画那张铁路线的地图。洛马克斯,你跟中国人有联系吗?"

那个中士捡起一根粗大的树枝,等那个翻译每问完一个问题,他就把树枝高高举过头顶,然后狠狠地抽打我的胸部和腹部。躺在那儿眼睁睁地看着鞭子慢慢有力地落下来,这更让人痛苦。我用骨折了的双臂来护住身体,一次又一次地承受着鞭打。那个翻译站在我的耳边说:"洛马克斯,老实交代,否则我们不会停手的。"我感觉他握了一下我的手,似乎是在安慰我,这种举动与他们对我实施的惨无人道的暴力行为形成了令人恶心的对比。

我已经记不清自己被抽打了多长时间,只感觉过了很久很久。后来,那个军士突然停住手,走到边上,然后我看见他拿着一根还滴着水的软管回来了。他这么快就能找到工具,而且附近还刚好有水龙头,我猜这不是他第一次这么用刑了。

他把水龙头开到最大,然后拿水管对准我的鼻孔和嘴巴,距离只有几英寸。水流灌进我的嗓子里,然后灌满了我整个肺和胃,呛得人喘不过气来。那是一种在炎热干燥的午后,在干涸的陆地上反而快被溺死的感觉。被水流呛得死去活来的时候,我感觉自己灵魂都要出窍了。我特别想让自己赶紧失去意识,但是根本没用。那个军士手法特别熟练,确保我一直是清醒的。在我快被呛得喘不过气来的时候,他把水管拿开了。这时我耳边又传来翻译那种平淡却急迫的声音,而那个军士则捡起先前的树枝又狠狠地抽打我的肩膀和腹部。我什么都说不出来了,已经编不出什么内容。于是他们又把水龙头打开,一股洪流灌进我的腹腔,我一阵恶心反胃,翻涌上来的水流又呛得我喘不过气来。

他们就这样一会儿抽打,一会儿灌水,我不知道究竟持续了多久。也没有人能告诉我那天这场折磨到底持续了多久,我甚至都不知道是不是当天就结束了,还是第二天又接着被折磨。最后等我醒过来的时候,我发现自己躺在牢笼里,一定是失去意识之后被拖回来的。

天黑之后——是同一天晚上,还是之后的某天晚上?我已经记得不清了——日本宪兵队军士特地来到我的牢房,穿过铁栏杆递给我一杯甜炼乳冲调的热牛奶。这真是让人喜出望外,但当时我就知道,这并不是出于什么好意,他们只是想用这种方式来迷惑我们,动摇我们的决心。

审讯中止了一段时间。一天早上,在没有任何警告或解释的情况下,我们的牢笼被打开了,那个年轻的翻译过来指挥我们。我们的行李被从大楼里拿了出来,扔在院子里。日军命令我们每人只能带一个行李包,准备再次转移。这样,我们的行李又缩水了不少,随之被剥夺的还有我们做人的尊严。我们想知道接下来要去哪儿,可是那个年轻的翻译根本就不回答我们的问题。这时一辆卡车驶过来,车上载着很多警卫。

上车之前,我们得把自己包里的行李都掏出来给翻译检查。我把我带的圣经从袋子里拿出来给他看,他点了点头。然后我又拿出一张我未婚妻的镶嵌在相框里的照片。翻译看了之后认为这纯粹是浪费宝贵的空间,于是就从镶嵌处小心地把照片撕了下来,然后扔掉了相框,单单把照片还给了我。

这时斯莱特问:"我们能带钱吗?"我不知道他到底是认真的还是在开玩笑。那个翻译回答:"你们去那儿反正也用不上钱。"

麦凯扶着我上卡车,这时那个翻译走到我身边,非常郑重地说了一句:"别灰心。"然后他就退回去站在院子里,个头矮小的他站在一群身高马大的士兵中间,显得有些滑稽。最后卡车开走了。

一路上,在卡车发动机噪音的遮掩下,我们趁着日军警卫聊天的时候,也能相互小声地说几句话。我们讲了一下各自受审的过程。我告诉大家自己遭受了水刑的折磨。大家的宽慰和愤怒对我来说是个极大的安慰。我们的谈话传递出一个非常紧迫的信息:我们肯定这次是必死无疑了。斯莱特那种天生的绝望情绪似乎已经感染了我们所有人。

出乎意料的是,我们被带到了三十英里之外的万磅县火车站,回到了铁路线的起点,在东去的站台上下了车。看起来我们的目的地一定是曼谷。

很快,一辆火车开了过来,是一辆普通的客运火车,上面坐满了暹罗老百姓。我们很容易就找到座位,因为当地人一看见日本宪兵队就赶紧起身躲开了。

火车向东开去。过了一会儿,我们看见了沿途位于铁路线北侧的廊普卡战俘集中营,这是暹罗最大的集中营之一。铁路线的南侧就是一大片新铁路设备存放场,里面停着一排排的货车、平板车以及调车机车,还有很多日本C56蒸汽机车。之前在来马来半岛的路上经过布莱时,我第一次见过这种日本蒸汽机车,感觉那都是很久很久之前的事情。眼前这么多设备,说明"缅甸—暹罗"铁路线已经按时竣工。铁路工程师们一定感到非常自豪。

我想知道,那些乘坐这条铁路线去缅甸的乘客们,经过劳工们用手在深山中挖出来的隧道时,知不知道这条铁路线建成的代价到底有多大,而且我不知道,这条铁路线能完整地存活多久。

  不管日军怎么虐待我们,关于我们组装收音机、使用收音机、传播消息的渠道甚至是我为什么要画地图等这些信息都不会透露给他们的。保持沉默是我们唯一能够使用的报复手段。此时,除了猜测火车会把我们带到暹罗首都之外,我们对接下来要面对的命运一无所知。

第七章

到了曼谷火车站，日本宪兵队警卫把我们带到月台上，站在一群身穿鲜艳纱笼的暹罗乘客中间。接着，我们被交接给了一队日本兵。这队日本兵人数不少，而且都表情凶狠，仿佛是高度警惕防止我们逃跑，这说明对日军上层某些非常重视情报安全问题的官员来说，我们这些战俘是非常重要的。我其余的六个同伴立刻被用手铐铐住了，而我则被日军用绳子绑住腰部，然后由一个日本警卫拉着绳子的另一头。光天化日之下，他们就这样拉着我们穿过拥挤的人群，而周围的老百姓几乎都不怎么看我们，或者故意躲开我们，匆匆地继续他们的行程。确实，像我这样胳膊骨折夹着夹板，被人像牲畜一样用绳子牵着的人，旁边还有六个鼻青脸肿戴着手铐的同伴，老百姓都不敢太过好奇。我们像几个游魂一样穿过拥挤的车站。

一辆日本卡车正在等着我们，载上我们之后就开走了。街上几乎看不见机动车，坐在这样一辆车里感觉很奇怪。经过战争的洗劫之后，这个城市的街道上除了自行车和偶尔出现的几辆运货马车，几乎没有车辆了。我们乘坐的那辆卡车轰隆而过,发动机响得震天,车尾留下一股黑色浓烟,与之相比,周围的寂静让人感到窒息。我们经过德国大使馆,那是一座高大的石头建筑,屋顶飘扬着一面大红色的纳粹党所用的十字记号旗帜,让人一眼就认出来。我们沿着与电车轨道平行的街道行驶了一会儿,身边偶尔会有一辆老旧的单层电车慢悠悠地经过,同时发出一种熟悉的噪音。

后来,我们来到一座没有什么特点的大房子,屋子前面的街道几乎空无一人,除了立正站岗的警卫。一些人把我们带了进去,关进了牢房里,从这些人身穿的军装判断,这里是日本宪兵队的地盘。我被与其他六个同伴分开了,关在了一间满是暹罗百姓和华人百姓的牢房里,他们一个个都极度恐惧,有些人还不停地掉眼泪。我发现这间牢房是正方形的,这挺奇怪。后来我才知道,大部分的牢房都是长方形的。不管去哪儿,不管被关在多么狭小的空间里,我都被逼到能注意到这些最细微变化的地步了。

我一直都不知道那座房子究竟在哪儿。第二天,我们七个人又被集中起来,再度转移,这次是被转移到一个大房子的庭院里,这是日本军队征用的秘密基地之一。庭院里建了很多外屋,其中一个被改造成了大牢房,牢房前面有一条供警卫巡视的走道,警卫走过来的时候会通过铁栅栏检查一下或跟我们讲话。日军把我们推进这个大牢房里,然后命令我们坐下。我们服从命令坐了下来,但是那个日本军官摇了摇头,然后亲自示范了一下他想让我们怎么坐——他坚决要求我们盘腿坐下。

我们在那个大牢房里一待就是三十六天,每天除了仅仅一个小时能在院子里放风之外,从早上七点到夜里十点,我们都得盘腿坐着。这段时间里,日军不准我们动弹或者相互交谈。我们不太习惯这种坐姿,所以肌肉就因为久坐而变得僵硬,还会抽搐。奇怪的是,我们竟然以这种方式发现自己的身体原来有那么重,比如说,腿部对脚后跟造成的压力简直让人无法承受。我们只能稍微变换一下姿势,才能让肌肉得到片刻的歇息,但是很快新的姿势又让人觉得很痛苦。我臀部的伤还在隐隐作痛,而且还得把骨折的胳膊放在膝盖上,这就是我的坐姿——就像漫画里一尊正在祈祷的佛像。

史密斯上校年纪比我们大得多,所以他根本就没办法盘腿坐着,这样的姿势让他特别痛苦。史密斯的膝盖以最奇怪的角度摊开,他一直都感觉特别疼,因此总是想把腿向前伸直缓一缓,但这样就会招致警卫的暴怒和暴打。过了一会儿,就连强迫史密斯盘腿坐着的那些警卫也放弃了努力,允许让他顺其自然地坐下。在类似这种情况下,可怜的史密斯都是我们当中最脆弱的一个。

在日军这个秘密基地强迫我们遵守这些荒唐行为规则的部分警卫,其实比之前那些普通狱警水平要高一些。其中一个警卫还试着用英语跟我们交流,本来我们盘腿坐在那里，陷入一片令人压抑的沉默当中，这时听到警卫跟我们说英语，不仅感到特别亲切，而且还期望能从他那里得到一些信息。

他是一名"军曹"，也就是一名中士级别士官，对一些低级的暴力行为根本就不屑一顾。他问我们一些关于英国军队的问题，问英国的饮食和气候，而我们则尽力想从他那儿得知，这里的日军接下来要拿我们怎么办。他说不上来，或者他自己也不太清楚。我不知道，如果我们要被枪决的话，他会不会是狙击手之一。

有一天，一个警卫告诉我们，之前被关在我们这个牢房里的是一个名叫普里姆罗斯的苏格兰战俘。这个警卫向我们描述那个战俘穿的军装，好像真的是穿着苏格兰格子裙。据那个警卫说，普里姆罗斯因谋杀了一个狱友而获罪。我们对这个身穿苏格兰短裙的战俘非常好奇，于是就大胆地追问了那个警卫很多问题。这个故事后来在战俘和集中营里广泛流传，情节特别离奇，而且很有可能是真的。普里姆罗斯是阿盖尔和萨瑟兰高地上的一名中尉，1943年中期，他被俘获并关在铁路线上游的一个集中营里。当时日军抓来一大批泰米尔劳工，然后像对待奴隶一样对待他们，这些劳工成天食不果腹，还要承受日军的暴力，每周都有很多劳工死去。后来泰米尔集中营里爆发了霍乱，日军铁道部找到一种遏止传染病流行的新方法，那就是把患病的人都枪毙。

如果有英国战俘染上霍乱,就会被转移到集中营外围的一个帐篷里去隔离,等待"处理"。有一次,普里姆罗斯经过帐篷的时候,正好看见两个日本警卫把一个染病发烧的战俘抬到林子里去。其中一个警卫站在离那个战俘很远的地方准备枪毙他。那个警卫明显特别紧张而且枪法不准,结果只是打伤了那个战俘,无端地增加了对方的痛苦。普里姆罗斯见状一把抓过步枪,朝那个战俘开了一枪,正中心脏,一枪毙命。因此,他就被指控谋杀。

我很好奇最后普里姆罗斯的命运究竟如何,难道日军因为他这种善意的暴力行为而杀害了他?多年以来,我都特别佩服普里姆罗斯的所作所为,佩服他的果敢和同情心。这也有力地说明,日军已经把我们逼到何种地步,出于善意,他不得不杀害自己的战友。

日子就这样在无聊与痛苦当中缓慢地流逝。除了换了一批还有点儿人性的警卫之外,我们的生活仍然死气沉沉。日军给我们吃的是米饭,配上一种说不上什么味道的鱼酱,还有温吞吞的茶水。除了上厕所的时间之外,我们都得盘腿坐在地上。

有一次,休压低声音说道:"我脑子里一片空白,都没有可想的事情了。"弗雷德·史密斯小声地问他:"你已经把这辈子所有的事情都思考一遍了?""是的。"休回答。"好吧,那就再从头想一遍。"弗雷德开玩笑说。但是过了一段时间,反复回忆往事真不仅仅是一个玩笑话了。大脑痛苦地反复重播记忆，就像咀嚼没有营养的反刍食物一样。

放风的时候是一天当中最美好的时刻，因为有充足的水，我们可以在太阳底下洗洗身体。日军甚至还给了我们一根水管，很显然，在这个院子里，这根水管肯定还有别的用途。其他人打开水龙头之后用水管帮我冲洗身体，因为我的胳膊夹着夹板根本拿不起水管。冰凉的自来水冲刷过我的身体，冲掉了身上的汗水，也冲掉了一点点紧张。

11月22日早上，日军突然命令我们穿戴整齐，然后把剩下的行李扔给我们，于是我们就只能穿上早已破破烂烂的军装，这个突然的命令让我们特别恐慌。在那种无助的情况下，这种突如其来的正式场合就跟任何突然的改变一样，让我们坐立不安。

接着我们被带进主楼，来到一个带长条形窗户的大房间里。几个日本军官背对着光坐在一个长条桌子前。很显然，这是一个军事法庭。法庭审判长似乎是一位中将，留着我所见过的最浓密的胡须，都垂到下巴下面了。我们来时在火车站被带着游街示众原来真是有意的，能抓到我们是一桩非常值得骄傲的事情。

这儿也有一个翻译，但是他的英语远远不如我在北碧府遇到的那个翻译的英语流利。翻译宣读了我们的罪名，然后公诉人开始向法官陈述，站在他面前的这七个衣衫褴褛的人是他们至今遇到过的最危险的抗日组织，这个组织一直在从事颠覆、破坏日本政权的活动,而且还秘密组装无线电设备,与暹罗百姓进行非法交易,策划越狱并进行偷盗,同时还为英军进行宣传活动,等等。最后公诉方慷慨激愤地做出对我们的罪行陈词,说我们这个组织是一种"恶势力"。这真是让我们"受宠若惊",若不是心里害怕他们要枪毙我们的话,我们还真是很享受这种"赞美"呢。旁边一个速记员认真仔细地把公诉人的陈词都记录了下来。

现场还有一位代表辩护方的军官,我们根本就不认识他。他心不在焉地做了陈词发言,大意是说,我们对自己进行的抗日活动非常抱歉,但并不想制造祸端。而这番辩护陈词并没有被记录下来以作日后参考。

之后,审判长问我们还有没有什么要申诉的。吉姆·斯莱特鼓起勇气,向法庭建议,不管最后的判决是什么,其实我们已经受到足够的惩罚了。法官问他这是什么意思。斯莱特简短并且客观地描述了我们在北碧府遭到暴打的经历,指着我骨折的胳膊和我们身上仍然清晰可见的伤口给他们看,还给他们讲述了我被日本宪兵虐待的过程。不知道是不是法官早已知道了我们先前所受到的待遇,反正他对此毫不动容。

在与其他在场的法官商讨之后,这名法官宣布了判决结果,他浓密的胡须让宣判的时候感觉有一种滑稽的肃穆感。休和弗雷德·史密斯都被判入狱十年,比尔·史密斯、斯莱特、奈特、麦凯和洛马克斯都是被判入狱五年。

我们又被带回了牢房,继续盘腿坐着。我们一下子感觉如释重负,简直都要开心得笑出来了。自从日军在北碧府集中营休的床位上搜到收音机之后,我们心头上压着的对死亡的巨大恐惧感终于消失了。我们不再像是一群死刑犯似的坐在那里,在牢房里那种闷热的空气中,我们尤其能感觉到斯莱特因为这次死缓判决而欣喜若狂的情绪。我们第一次感觉,也许这种身心折磨就要结束了。

审判结束的几天之后,日军命令我们收拾一下,准备再次转移。警卫没有告诉我们要去哪里,不过命令休留下来,不管我们如何恳求,他们都不肯告诉我们为什么要把休留下来。这是休第二次被迫与我们分开,我们都特别担心他。弗雷德后来告诉我说,休曾不经意间告诉北碧府那个白头发的翻译,他需要一个收音机,因为他是为英国广播公司工作的。那个人用刀面击打休的头部,也许休经常激怒日军,或者日军是把他单独留下来再折磨他,审讯他,或者日军认定休太危险了,不能留活口。我们走出牢房时看见他还一个人坐在那儿,我们心里真不是滋味儿。

我们又被迫穿上军装,我的五个同伴都被手铐铐住了,我的胳膊上还带着夹板,警卫觉得即使不用手铐,我也干不出什么事情了。一辆卡车驶过来,又载着我们驶过曼谷死气沉沉的街道,回到了火车站。上火车的时候,我们这群怪异的人再一次吸引了大家的注意。走在月台上的时候，我记得我高兴地看着一辆普通破旧的客运火车，心想既然我们是已经定罪的颠覆犯，而不是死囚，真希望能够像普通的乘客一样，坐在火车乘客座位上。然而，我们还是被推进了警卫车厢，里面空荡荡的，很宽敞。与一年前我们从新加坡去万磅县时乘坐的那些破烂的带篷货车相比，现在的条件已经改善了很多。随行的警卫员命令我们背靠着车厢一端，坐在地板上。于是我们放下行李，坐了下来。斯莱特认为我们要被带到日本去，其他人猜想，我们会被带回北碧府或者铁路线沿途的某个地方，在严密的监视下服劳役。一个警卫最后告诉我们说："湘南。"新加坡。我们又回到了起点。

新加坡离曼谷有一千两百英里，一路上，在行李车厢的钢板上坐三天三夜实在是太难受了。不过，尽管一路上我的五个同伴都戴着手铐，这次旅途却是被俘获以来比较舒坦的一次。这次日本军方的办事效率似乎特别高。中途会在固定的站点为我们提供食物，而且这些食物明显是从日本厨房里做出来的。我们吃的跟日本警卫完全一样，这是两年来我们吃过的最好的饭食。

比尔·史密斯虚弱的身体再一次让他丢尽了脸，或者说我们也被他弄得有点儿丢脸。他显然有些尿频，固定的站点放风对他来说次数根本就不够。而在火车上我们是不准上厕所的，史密斯因此总是憋得很不舒服。于是我们其他人就开始估摸火车的行驶速度，算出下一站到达的时间,然后看看是否需要扶住他到火车门边上去解决内急问题,这是我没办法才想出来的办法,因为我想起自己在去万磅县的路上发生的那段丢人的插曲。但是现在火车速度太快了,另外四个人害怕抓不住他,让他掉下去。史密斯特别急迫地打断了我们的商讨,求我们快点找个解决办法。他不肯尿在自己的杯子里或饭盒里,有人便建议尿在他的鞋子里。于是这个可怜的人就尿在了自己的靴子里,靴子很大,而且不透水,正好一点儿都没有漏出来。这是我能想到的对英国造鞋质量的最奇怪的赞美方式。

整个旅途基本上风平浪静,没有什么事端,也许是因为我们终于摆脱了自从离开北碧府之后心里的那种紧张和迷茫,人一下子就松懈下来了。警卫命令我们一直那样倚着车厢的后墙坐着,所以我们基本上看不见外面的风景,只能偶尔从打开的车厢门斜瞟一眼外面的森林。我们想睡一会儿,但是车厢不停地摇晃,火车轮子敲打着钢轨,发出有节奏的咣当声。除非有某种强力干预,我们就像带凸缘轮一样困在我们自己的铁路上。

11月30日下午,我们到达了新加坡火车站,然后被一大队装备精良的警卫带走了。我们还是不知道要去到哪儿。不过,卡车开动之后,在新加坡待了好多年而对这里非常熟悉的比尔·史密斯小声地说,他觉得我们是要去往欧南路监狱。

最后,我们在一座高大的哥特式建筑灰色的大门外停了下来,静静地等待。这座建筑从外面看就像是伦敦或者英国小镇上的维多利亚时代监狱,给人一种公平与正义的力量。突然,大门从里面打开了,卡车开了进去,大门随后又重重地关上了。我们根本就不知道,所有的公平正义就这样被拒之门外了。

第八章

我们六个人被带到一个接待区,显然这里的程序都已经很成熟了。日军命令我们脱光衣服,而且交出所有的破烂行李,包括衣物、书籍和照片。我能够留下的只有长柄勺子和我那副眼镜,这副眼镜虽然有些损坏,但是经历这么多,竟然还能用。我把损坏的地方用医用胶带粘合起来,然后用的时候格外小心。我感觉自己的生命都依赖这副眼镜似的,在某种程度上来说,确实是这样的,因为经受了那么多苦难,如果再让我几乎看不清眼前的一切,那我肯定会彻底崩溃的。在这种耳朵听到的消息常常让人无法相信的时候,至少我还能相信我自己亲眼看到的。

我仍然戴着夹板,一个狱警还检查了我当时已经又长又乱的头发,也检查了其他人的头发以及我们的耳朵。我一直在想,他觉得我们耳朵里能藏住什么样的消息,他还检查了我们的肛门,估计是想看看我们有没有藏钢锯条。

日军给我们每个人发了一条非常小的短裤,一件汗衫,一顶帽子和一条所谓的毛巾,说是毛巾,其实并不比短裤大多少。所有的衣物都非常破旧了,缝补了好几次,似乎一整个连队的人都相继用过这些东西了。走进这座监狱大楼的时候我们已经觉得自己衣不遮体，而现在这些衣物更让我们看起来就像是海难逃生者。他们没收了我们的鞋子，而且不给我们提供任何牙刷等洗漱用具。我很怀疑，等五年或者十年之后我们刑满释放的时候，他们是否真的会把我们的行李物件都归还给我们。

最后，日军说，我们原有的名字都要作废，他们给我们每个人都起了新的名字。我的名字是"*rokyaku ju-go*"，听起来挺不错的，但是翻译过来的意思就是615号而已。之前"1号囚犯"的日语发音很快就被忘记了。日军让我们反复重复现在的编号，直到最后能说对为止。大家最后都学会了，除了倒霉的比尔·史密斯，他连一个日语词都说不出来。最后狱警也无奈放弃了。

这些监狱看守看起来是属于日军监狱署的，与外面的日本兵不同的是，这些看守都戴着白色的肩章。后来我们发现，很多看守其实都是违反了军队纪律的日本兵。在欧南路上当个狱警都是一种惩罚。

对我们第一步的羞辱过程结束之后，我们被带了出去。我们一路纵队走出接待区域，走进一片牢房区。我注意到门口有一个很大的字母"D"。走在阴暗的长走廊里，我们能看见铁梯在我们面前和头顶的过道上逐级延伸。我注意到周围一片死寂，整个大楼里只有我们赤脚走路的声音和警卫脚下靴子摩擦地板的声音。每一侧都有一道牢门，上面还有一层牢房，不过当时我太焦虑了，根本没注意到是否还有第三层牢房。这个牢房区跟我想象中英国维多利亚时代的监狱格局差不多，两侧的牢房隔着走廊两两相对。楼里的空气特别压抑，这里根本就不像是活人住的地方，而像个太平间。

我和弗雷德·史密斯被关进了52号牢房，其他人分别被关进了53号和54号牢房。警卫用威胁的语气告诉我们，禁止交谈，就连同住一间牢房的人也不许相互交谈，如果不同牢房的人企图相互交流，就会受到严厉的惩罚。然后牢门就被锁上了。我们环视了一下这个"新家"，这里什么都没有，就是一个空荡荡的长方形空间，大约有九英尺长，六英尺宽，天花板非常高。墙壁曾经被刷了一层厚厚的白色油漆，一片空白，墙面有很多处都脱落了。牢门是很结实的大铁门，上门有一个长方形的槽沟，很像一个英式邮筒。侧壁高处有一个很小的窗户，我们可以透过这个窗户看见天空。外面的天气似乎很不错。

我们特别特别累。出人意料的军事审判和死里逃生的兴奋之后带来的是极度的疲惫，我们想单独待一会儿，好好休息一下。我已经不记得自己有多久没有躺在床上睡过觉了，于是我在光水泥地板上属于我的那一侧躺了下来，很快就睡着了。

突然，牢门咣当一声被打开，我和弗雷德都惊醒了。一个警卫给里面三个人每人发了一块木板、一个奇怪的木块、一张毯子，还有一个带盖子的木制尿壶。我们不知道那个木块是用来干什么的,后来才意识到是用来当枕头的。这下,我们的牢房里算是"家具齐全"了。

那天晚上,牢门又咣当作响,门上的沟槽被打开,警卫给我们每个人递进来一碗米饭、一小杯茶,还有一双筷子。到这儿来的第一天,我们没有见过什么新鲜东西,也没有听到什么声音,更没有遇到任何意外情况,因此就连吃一顿糟糕的饭食也变成了一件大事。我们尽量吃得慢一些,延长吃饭的时间,但是就那么一碗干米饭,也实在用不了多长时间。

第一天就这样结束了,我们根本就吃不饱,而且也没有其他东西可以充饥。我原以为自己已经知道饥饿是一种什么样的感受了,可是直到现在我才明白还有更饿的时候。我和弗雷德小声地讨论了一下他们为什么要这样折磨我们,怀疑他们是否真的打算就让我们这样度过整个服刑期。我们以为牢房里高高地挂在头顶上的电灯会在晚上被关掉,然后我们就能在黑暗中入睡了。结果那些电灯彻夜亮着,我们只能在空荡荡、明晃晃的牢房里好不容易才睡着。

没有人告诉我们此时身在何方,要不是比尔·史密斯之前就认出这里是欧南路的话,我们很可能很长时间都不知道自己在哪儿。我们只知道,在 20 世纪 30 年代末樟宜新监狱建成使用之前，欧南路是一直是新加坡主要的监狱。如今这里显然已经成为一个惩罚性的军事监狱，一个英国军队所谓的"玻璃房"。

我们几乎一直都被关在牢房里。每天牢门唯一被打开的时候就是警卫会不定时地来点名。警卫要求我们喊出自己的编号，我们都能喊出来，除了比尔·史密斯。有时候别人会帮他喊，有时候他就回答："一闪一闪亮晶晶"，而警卫似乎也接受他这种回答。

除此之外，每天的大事就是所谓的"三次送餐"。每次都是米饭和茶水，或者是稍微带点儿颜色的热水，看起来像是茶水。这就是我们每天的液体摄入，而往往是还有好几个小时才能有茶水喝的时候，我们已经口渴难耐了。米饭是用一个大铝碗盛着的，而茶水却只有一小搪瓷碟。另外一个重大时刻就是把尿壶递出去，交给一队由警卫监督着的囚犯，他们会把尿壶倒空，冲洗干净，然后快中午的时候再还回来。

终于，有一天早上，我和弗雷德被带出了牢房，显然不是为了点名，而是有其他的原因。当我们来到 D 区尽头的空院子里时，才意识到我们是被放出来伸展腿脚的，但是我们在这里却看到了地狱般的场景。院子里大约有二十个囚犯，大部分人根本就无法行走。有些人平躺在那儿，有些人膝盖着地，在地面上爬。有的人全身裸露。几乎所有人都有的一个共同点，就是他们都骨瘦嶙峋，皱巴巴的皮肤下面可以看见突出的肋骨和关节。由于我们很久都没有照过镜子了，也没有很仔细地观察过彼此，所以看见眼前这些人的模样，才非常震惊地意识到自己也很可能是这种人不人鬼不鬼的样子，即使现在不是，也很快就会变成这样。有一个囚犯全身浮肿，就像一个气球一样，他的脸肿胀得特别厉害，连五官几乎都认不出来了。这是严重脚气病患者的症状，而其他人似乎症状都比较轻，不太严重，但也是身体浮肿得厉害，皮肤粗糙，长满脓疱，还脱皮。有些人身上多处伤口已经结痂了。我们感觉这些不幸的人应该是英国人或者是澳大利亚人，但是从外表上几乎判断不出来了。

警卫命令我和弗雷德加入一群基本裸露着身体的囚犯当中去，他们正在一个日本兵的指挥下做运动，其实也就是站直了听着"一、二、三、四"的口令挥动胳膊而已，有时候还绕圈儿走。我们这六个来自北碧府的战俘比那些一直待在欧南路监狱的战俘们身体条件要更好一些，但是我们也觉得体力不支。在极其偶然的情况下，去院子里放风的时候，警卫会允许我们冲洗一下身体。院墙上装有水龙头，但是没有警卫命令是不能去碰那些水龙头的。所以我们这群脏兮兮的可怜人就走到或爬到离水源几英尺远的地方，稍微清洗或放松一下就行。

如果没有弗雷德·史密斯在我身边，这样的景象很可能就让我彻底崩溃了。但是弗雷德·史密斯确实是一位英雄，我至今都忘不了他。我仍然记得他在军队里的编号：1071124。他身体非常健壮，尽管比我矮一点儿，但是很结实。经历了这么多变故之后，他却奇迹般地保持了一种很好的身体状况。尽管他在北碧府被审讯了三次，但是他也一直不明白，他为什么从来没有被毒打过。之前，他以为自己也会遭遇到休那样的不幸，因此兰斯就把自己的短护腿递给他，让他把布条贴身缠绕在身体上，这样就能稍微抵御一下警棍的袭击。但是，可能某个日本军官觉得区区一个炮手不会知晓通信员和军械员密谋的关键信息——其实这都是日军自己臆想出来的——因此，弗雷德一直没有机会来测试一下自己的布条盔甲。

弗雷德是个很体贴的朋友。他的父亲是个火车驾驶员，供职于伦敦南部的斯图尔特巷车站。当时我并没有意识到这其中的讽刺之处。弗雷德从小在那附近长大，在被派驻到新加坡之前，他被分配到西威尔士彭布罗克码头上的沿海炮兵连。由于他是个懂得使用沿海炮台设备的炮手，所以被派驻到新加坡南海岸去支援当地炮兵连。他常常跟我提起他的妻子和儿子，说自己担心妻子不关心儿子。虽然士兵们之间谈起自己的爱人时都有一套约定俗成的代号语言，但我还是能从他说话的语气中感觉到他非常痛苦地怀疑妻子对他不忠。

弗雷德属于工薪阶层，没有受过多少教育，用时下的话来说就是一个"内秀外粗的人"。不过被俘虏了之后，我们发现那些级别和等级都是没用的。性格坚强、作风正派、为人忠诚比之前的好运气或者军衔更加重要。弗雷德是一个好人。在欧南路的那段时间里,只有一次我拿出自己的职权来压制别人。两个战俘焦躁无聊之下吵了起来。为了避免把日本警卫招过来,然后被严厉地惩罚,我就劝他们俩别吵了。可是他们根本就不听我的。这些人每天都要无奈地压制住心中的怒火,这不是一个军官就能浇灭的。

大家尽可能地相互照顾,留心观察彼此身体状况的变化。除了经常吃不饱而且身上有些脏之外,我记得弗雷德的身体只出过一次问题。那次他后背肩膀以下部位长了很严重的疖子,他自己用手摸不到。后来病情恶化严重,我就不停地让警卫过来看一下。后来长疖子出现大片红肿发炎,病毒很有可能会侵入他的血液。有一天,在没通知我们的情况下,一个日本人神情肃穆地走进我们的牢房,手里拿着一个光秃秃的刀片,就像剃头用的那种。他是这里的卫生员。他好奇地看了看弗雷德的后背,样子就像是盯着一只蟑螂一样,然后命令弗雷德俯身躺下,接着快速地在脓肿处用刀片划出一个 X 形,脓汁和血液一下子溅到牢房的墙上和地板上。然而,弗雷德连吭都没吭一声。

与肮脏的环境和噬人的饥饿感相比,我们面对的最可怕的敌人可能就是沉寂了。有时候简直是死一般的沉寂。整个监狱有时候安静得可怕,令人窒息,我们甚至都能听见钥匙在锁孔里转动时发出的金属撞击声,并且一直在头顶上空回响。警卫们穿的靴子会在石地板上发出"当、当、当"的响声,我经常害怕我们的低声私语会一路传到警卫的耳朵里。

日军严厉执行沉默政策。虽然同住在一个牢房里,却禁止我们相互交谈,同时还不让我们看出或者有其他转移注意力的活动方式,这简直是太折磨人了。关在牢房里基本上无事可做。

有时候,就在我们小声交谈的时候,牢门上的沟槽突然就会被打开,一个声音用日语朝我们喊道"闭嘴!"还有时候,牢门就会突然被打开,一个警卫冲进来,用他带鞘的刺刀像硬木棍子一样抽打在我们的脑袋和肩膀上,我们不仅感到惊恐,同时更害怕那把刺刀随时会把我们开膛破肚。

如果听见警卫们走远了的脚步声或者听见他们的声音,我们就能判断出暂时还比较安全,然后就会彼此小声地交谈几句。久而久之,我们摸清了警卫交班和吃饭的时间,还能根据脚步声的强弱判断他们从哪个方向过来。沉默当中,我们的听觉似乎变得更加灵敏。不久之后,我们甚至还能根据脚步声判断出到底是哪个警卫。我们不知道他们的真名,所以只能给他们起外号来区分,比如说"马脸"或者"玛丽"。那个叫"玛丽"的警卫脚步特别轻,这让我们很是苦恼,我们也觉得他这样走路就像个女人一样,所以才叫他"玛丽"。其实他是和很多其他警卫一样,在靴子底部粘了一层胶底,来减轻走路的声音,免得来时被我们听见。

我们之所以被俘虏就是因为我们违反了日军的命令,听见了不该听见的信息,而如今他们又禁止我们交谈,我不知道这是不是他们故意为之,反正这是一种可憎的行为。我们之所以能在集中营里存活上两年,就是因为我们可以自由交谈,而如今,想知道周边到底发生了什么事情的需要也是前所未有的强烈。

被带出去干活的时候,我和弗雷德通常都被分在不同的小分队里,去到不同的地方,所以回来之后我们俩就可以交流一下各自都听到了什么或看到了什么。所有被带出去干活的战俘都尽力跟别人聊一下,靠这种私下里的交谈暗中破坏日军的沉默政策。

大家交谈的内容基本上都是身边最近发生的一些事情。谁被转移到了走廊尽头的牢房里?现在这是给谁干活儿?那些新来的囚犯都是谁?比尔要被行刑了吗?为什么有个囚犯笔直地坐在院子尽头的一个浴盆里?

慢慢地拼接信息的这个过程就像是用一块儿很小的抹布擦拭一块很脏的窗玻璃,透过一些模糊的窥视孔能让我们看见D区之外的世界,也让我们意识到自己身处的环境是多么恶劣,待在欧南路这里实在是不安全。我们不知道这里的死亡率有多少,但是我们记得有些人被带出去之后就再也没有回来过。没有人知道他们去了哪儿,也许某处还有个比这里更恐怖的牢房——也许实在黑暗的地下室——或者他们就是被杀害了。我们唯一能确定的就是,身处这个巨大的坟墓中,我们每天都面临着死亡的威胁。

到了1943年12月中旬,我们已经弄清楚了,欧南路监狱包括几个平行排列的区,其中C区和D区这两个区是军事监狱。高墙之外是其他的区,是处在日军掌控之下的平民监狱,我们也不清楚那里会关押犯下什么罪名的囚犯。据我们猜测,我们这个区大概关押了三十名囚犯。判断一个牢房里确实关押了囚犯的可靠依据,就是早上会有人去那里清理尿壶。这个区里关押的所有人似乎都被日本军事法庭判定犯下"反日罪",包括企图逃跑、破坏罪,甚至是其他更加冠冕堂皇的罪名。有传言说,这里有个人是因为企图开着偷来的日本飞机逃回盟军属地而被抓获的。

我们还发现,过去这个区里的很多囚犯都是由于感染、受虐待或者忍饥挨饿而身患重病,最后静静地死在了牢房里。最让人好奇的传言是说,有些快要死掉的囚犯被集体从监狱里带走了。有人说他们是被送到了樟宜的一个特殊医院里,还有一些更不太可信的猜测,不管怎样,可以确定的一点是,去哪儿都比关在我们这里要好。

日军看似是以一些荒唐的罪名把囚犯们监禁起来,但实际上是把我们送入了地狱。在这里,活人变成厉鬼,整日忍饥挨饿，染上各种疾病，瘦骨嶙峋，一点点消耗殆尽。

不过，不管是在修铁路的时候还是在集中营的时候，总是会有善良的人愿意冒险帮助我们。有些日本狱警就尽量不会加重我们的不幸。我们在曼谷接受审判之前遇到的那个军曹，后来在我们到达欧南路监狱不久也调到了这里，在我胳膊恢复得差不多的时候，他亲自帮我卸掉了夹板，而且在我确定可以自己吃饭之后，又帮我拆除掉之前绑在胳膊上的长柄勺。但同时也有些日本狱警整天无所事事，懒懒散散，而且还特别残暴。他们随时都会因为一些违反规定的小错或者无中生有的小错暴打我们一顿，我们经常遭受这样无端的暴行。

我们非常惊讶地发现在那些狱警当中，竟然有两个看起来很像英国人。不久之后，他们通过牢门沟槽小声告诉我们，他们一个是澳大利亚军官彭罗德·迪恩，一个是英国信号员约翰·奥马利。他们是第一批被送来欧南路监狱的战俘，后来被日军选为"模范囚犯"。他们负责从厨房里拿饭送到各个牢房，然后再把空盘子收回来。只要有可能，他们就会为囚犯们的利益考虑，常常会多给我们一点吃的，或者不断地向那些漠然的日本警卫报告说某个战俘生病了，引起他们的重视。我看见奥马利将放风院子里瘫倒的囚犯背到阳光下，用自己瘦弱的手臂抱着那些皮包骨头的躯体，想让他们活下去。

但是面对日军管理层对战俘死活的漠然态度面前，一个"模范囚犯"也无能为力。比如说,我们根本就没有牙刷可以用,因此到1944年中旬,我的牙齿就全部都毁掉了。我们也没有刮胡子的工具。大约在刚到欧南路监狱的一个月之后,日军安排给我们理发。一个日本理发师在一层的一个牢房外面摆好工具,每个囚犯听命令轮流坐在理发师前面。我记得这个理发师用左手抓住我的脖子,右手拿着一把大剪刀,然后就开始剪我后颈上的头发,接着就一口气从头顶剪到两鬓再到胡子,坚硬的胡须落下去,盖住了地面上被剪下来的柔软发丝。我能感觉到冰冷的剪刀在我暴露的头皮上舞动,感觉自己的脑袋像个鸡蛋一样脆弱。而我自己就像是一只羊,正在被一个有经验却手段凶狠的牧羊人修剪羊毛。那次理发是日军唯一一次对我们个人卫生的关注。

  同时,日军还会不定期地让我们干活儿,没有规律可循,因为我觉得日军是想让我们尽可能长时间地被隔离孤立起来。要干的活儿包括擦地板、打理花园、把柴火搬到厨房里,或者是我们最厌恶的工作——打扫日军的厕所。那些厕所里实在是太脏了,清理这些人的粪便,真是让人止不住地恶心。

  有时候,日军还会让我们去搬一百公斤麻袋装的大米,对于我们这种成天吃不饱饭的人来说,简直是太难了。不过当时有一种最奇怪的工作,能使我们一群战俘一起在院子里的阳光下待一会儿。警卫弄来一大堆锈迹斑斑而且积满灰尘的军队装备,我们怀疑这些装备要么是平时都露天储存,要么就是从船上抢来的。里面包括饭盒、水桶和各种各样的容器,全都盖满了铁锈和灰尘。我们的工作就是把这些东西都清理赶紧,使其焕然一新。但问题是,我们拿到的工具只有生锈的大钉子、一些电线以及很多泥土。日军企图用这些原始的工具换来焕然一新的效果。

十几个战俘就在院子里集合,然后坐在一个单坡亚答屋顶下的水泥地上,这个屋顶能稍微帮忙遮挡一下暴晒的烈日。我们盘腿坐着,面对着那些肮脏的工具。如果中间有谁不低头干活,而是环顾左右的话,警卫就会过来打他的脸。

即使是在这样的情况下,我们还是小心翼翼地跟彼此交谈。我一直跟麦凯的关系很好,因此清理这些破铜烂铁的时候,我们俩就挨着坐。我们用电线清理这些设备,希望能去掉上面的污垢,看到原有的光泽。大多数时间里,我们都是光着身子干活,一方面是想让我们不干净的发痒的身体能接触到新鲜空气,另一方面也是因为我们基本上没有衣服可穿了。有一天我发现,之前身体健硕的麦凯已经瘦得不成样子了,他的肛门像一跟短小软管一样凸出来。

后来我发现,我可以用手完全握住我瘦弱的上臂,而且腹部紧紧贴住后背,我身上似乎已经没有肌肉了,肋骨很明显地突出来。我问麦凯我的模样看起来怎么样,他说我看起来就像是一具披了一层皮肤的骨头架子。我刚来欧南路监狱的时候看到的那些行尸走肉让我惊恐不已,而如今我也成了这副摸样。我知道我的死期快到了,我必须不惜一切代价离开欧南路监狱。

最终我决定冒险,故意让自己身体情况恶化,这样他们就不得不把我转移。促使我这样做的一方面原因是我的身体确实受不了,另一方面是我权衡各种可能性之后感觉日军并没有把生病的囚犯偷偷地杀害。我告诉自己,如果继续待在这里,存活的可能性几乎为零,但是这种理性的盘算其实并不重要,不管怎样,我就是想离开这个地方。

之后又发生了一些事情,削弱了我的身体,但是却坚定了我要想办法离开的决心。1943年圣诞节那天早上,日军给我们每人发了一个鱼头和一碗剩米饭。我吃掉了鱼头,但是没办法吃掉鱼眼睛。这两粒坚硬的胶状物静静地躺在我的盘子里,瞪着我。那时候我特别想念冬天在欧洲北部享受的大餐,更加想念我的家人,尤其是想念我的母亲。这些甜美的回忆和眼前这个热带地狱形成了鲜明的对比,让人特别沮丧压抑。

有一次,没有警卫来收走空盘子,于是我就被派去把空盘子送回厨房。当我走过走廊的时候,看见一个牢房门口掉了一粒米饭,我竟然走过去,捡起那粒米饭,吃了下去。那时候,我才真正感受到什么是"饥饿"。

另外还有那种奇痒难耐的折磨。我们已经习惯了各种皮肤病,这在集中营里很常见,因为我们没有肥皂。但是这次这种奇痒难耐的感觉是我和弗雷德之前都没有经历过的。只要轻轻地触碰一下皮肤,就会有疯狂去抓挠的冲动。一旦忍不住冲动去挠了的话,结果就会越来越糟,越来越痒。于是我们只能一动不动地坐着,忍受着全身灼烧的瘙痒感。

这种瘙痒会造成可怕的皮肤损伤,看上去就像是特别严重的疥疮。我们相继发现身上出现一些小脓包,一开始都是透明的,后来里面无色的液体就开始变成黄色的脓液。接着脓包会破裂,流出来的脓液干了之后就变成了可怕的黄色疥疮。揭掉一层疥疮就会连带着扯掉一块皮。我除了脸上、手指尖和脚趾尖的皮肤不知为何没有脱落之外,全身的皮肤几乎都被扯掉了。更糟糕的是,旧疥疮刚被揭掉,新的脓包就又出现了。那些病入膏肓的囚犯已经无力动弹,也没办法自己清理疥疮,最后全身只能慢慢地被一层厚厚的黄褐色脓液痂包裹住,那种可怕的景象至今还会在夜里把我吓醒,让我一阵恶心。

奥马利和另外几个人主动出来照顾那些不能自理的人,慢慢地帮他们揭下变硬的疮痂,然后用冷水给他们冲洗身体。奥马利这几个人的善意行为跟火场救人一样崇高。

也许正是奥马利等人的努力,日军终于开始重视这种皮肤病。他们用很大的容器送进来一种被称为"木馏油"

的液体,还弄了几个金属浴盆。严重感染的囚犯终于第一次能"洗澡"了,虽然只是在院子里,而且仍然没有肥皂。我在一个浴盆里坐了好几个小时。尽管这并没有让我的皮肤有明显的好转,但是让身体浸润在水中的那种感觉还是让人轻松了不少。

发现"木馏油"不管用之后,日军又给我们发了一种药膏,看起来很像是洗革皂。日军命令我们脱光衣服,从头到脚全身都涂上这种药膏。而我们则安慰自己说,至少这样可以杀死那些致病的小蛆虫。也许真的是药膏起作用了,或者是那种流行病势头过了,总之在那之后不久,这种皮肤病就慢慢消失了。

到1944年4月底,我的三个英国战友——比尔·史密斯、吉姆·斯莱特、莫顿·麦凯——都病得非常严重,那个澳大利亚少校哈利·奈特情况也不乐观。每当看见他们的样子,我就为我们这些人的命运担惊受怕。似乎只有弗雷德·史密斯在每天吃不饱的情况下还有些力气。有一天警卫派来一个担架队,抬走了三个人,留下弗雷德、哈利和我。他们一定是看我们三个还能在院子里蹒跚而过,所以没有带走我们。这样一来,除了奈特之外,我是整个区里剩下的唯一一名军官了。

以前的那种焦虑和恐惧再次袭来。尽管我们都有服刑期,但是我们觉得根本就活不到刑满的那一天。那种不确定性压得人喘不过气。我觉得我们活不到那么多年,就算撑到了那时候,日军也不一定会"释放"我们,而且外面的世界本身也就是一个集中营,只是比现在的更大,比现在少受一点儿折磨而已。还要在外面服多久的劳役,谁也说不准,因为谁也不知道这场战争到底什么时候结束,而如果最后日军打赢了,他们又会怎么处置我们呢?

我尤其痛恨这种不确定性。脑子里一直闪现各种可能发生的可怕画面,同时还迫切地想知道自己究竟身在何处,会去到哪里。我天生就有一种制图员和清点员的潜质,对日期、级别和事物种类都特别敏感。就这样被扔进一个无底洞,也不知道自己是否能找到梯子爬上去,这让我比死都难受。不能读书,不能记录,也没有任何定位方式,我感觉自己马上就要走到人生尽头了,甚至开始产生人在临死前才会看到的幻象。

我们根本就无法测量时间,更不用说打发时间了。我们的时间都属于日军。我们只知道哪天是星期日,因为警卫们星期日那天会放假休息。奥马利或者彭罗德·迪恩有时候会告诉我们日期或者时间,但是这远远还不够。夜幕降临之后,我们有十二个小时要在彻底的空虚当中度过。牢房外面漆黑一片,牢房里面的电灯一直亮着。在那些漫漫长夜中,我更坚定了自己要离开这里的决心,尽管这感觉就像是从窗户跳到了黑夜里,根本不知道自己会落在什么地方。到最后,我只能用一些游戏来打发时间。

我的机会终于来了。日军采取了一个前所未有的措施,要一个一个地检查囚犯,把患重病者找出来,称他们为"重症囚犯"。这些人就会被关进离 D 区大门最远的那一排牢房里去。

我发现,可以通过快速的深呼吸来加快脉搏跳动,这样就能装病,连我的狱友和我自己都会被吓到。我还发现了一种可以大约测定一下时间的方法。如果周围非常安静的话,我们可以隐约听到远处某个地方传来一种微弱的计时钟声,这是我经过好长时间才注意到的。我觉得那应该是一座塔上的钟声,因为不仅整点的时候会响,每隔十五分钟就会响一次。

我强迫自己去测量一回十五分钟的脉搏跳动次数,其实这也不是很难。况且,除此之外,我还有别的事情可干吗?我迫使自己什么都不要想,把全部注意力都集中在我的脉搏上,也许这种做法就让我进入一种焦躁的恍惚状态,同时由于饥饿和身体虚弱,我已经差不多要产生幻觉了。日军剥夺了我对正常时间、充实时间的概念,在一种自我控制的强烈欲望驱使下,我把自己的恐慌集中在自己身上。

测量脉搏的时候,我会一直认真地计数,最后将结果等分成十五份,算出每分钟的脉搏跳动次数。正常人每分钟脉搏跳动大约七十六下。我可以让自己的脉搏跳动得非常快,以至于我都数不过来了。我有信心可以在任何需要的时候加快自己的脉搏跳动次数。

有一天,我躺在牢房里,发现离我不远处有一个日本警卫。于是我加快自己的脉搏跳动,同时扭动身体,大喊大叫。我的"表演"终于奏效了,那个警卫检查了一下,然后就让人把我抬到一个"重症囚犯"的牢房里。这样,我就离开了弗雷德·史密斯,他似乎已经满足于在欧南路监狱残存下去了,而且他超强的忍耐力和生存能力根本就无法隐藏,就算是装病也很快就会被识破。他完全支持我的做法,告诉我说这样做是正确的选择。但我还是不想把他一个人留在那个恐怖、简陋的牢房里。

在"重症囚犯"的牢房里,白天牢门是开着的,这比原来要好多了,而且我们不用出去干活儿。跟我一起来的还有一个名叫斯坦·戴维斯的澳大利亚人。他并没有生病,而是被派来照顾我的,这样就能给日军卫生员省下不少力气。斯坦不仅懂医术,同时也明白我的处境。我们俩利用可以交谈的时机,策划了一个完美的方案,如果顺利实施的话,就能让我们俩都离开这个"重症囚犯"牢房,被送往樟宜的医院。斯坦也是因为操作无线电而被抓获的,他比我们还幸运。他之前是一个运输连队的士兵,被俘之后被囚禁在英属北婆罗洲的山打根战俘集中营,他在那里参与组装并操作无线电,企图越狱。他们那一群人是真的与当地平民联系,准备破坏日军的统治。事情败露之后,日军杀害了他的上级——澳大利亚通信部队军官 L. C. 马修斯上校。

我和斯坦商量好，日军送来的饭食，他只吃米饭，别的都不吃，而我则不吃米饭，把其余的都吃了。我们俩发誓不管怎么样，一定会把这种饮食方式坚持到底。我的决心听起来有些极端，但实际上并不会有生命危险，因为到1944年5月的时候，我们的饭食质量已经有所改善了。除了米饭之外，日军还会提供一些豆制品或者碎鱼肉。不过我还是很快就越来越瘦，而斯坦则整个人都浮肿得厉害，看起来很像是得了严重的脚气病。

我们俩都故意在行动上做一些夸张的表现，走出牢房之后常常会假装摔倒或者晕倒。于是过了一段时间之后，我们俩就二十四小时躺在牢房里，一动不动，只有想要离开这里的决心支撑着我们。这种破釜沉舟、自我毁灭式的求生方式已经完全支配了我们，只有远处那隐约而神秘的钟声会提醒我们时间的流逝。我和斯坦给彼此讲述自己在马来半岛的经历、在婆罗洲的生活、新加坡沦陷的过程以及被俘初期的一些遭遇。斯坦是在澳大利亚西部长大的，从小就是一个天主教徒。他给我讲基督教兄弟会（一个专门训诫穷人子弟的宗教组织）的清规铁律，还给我讲澳大利亚那边让我想象不到的辽阔地域，一片片沙漠要好几个星期才能穿过，以及占地好多平方英里的农田。对他来说，被囚禁在这样一个小牢房里一定感觉特别压抑。我也很努力地跟这个看惯了大片土地的人解释苏格兰低地的地理特征。最后我们会换个折中的话题,一起背诵诗篇,比如詹姆斯·利·亨特的《阿布·本·阿德罕姆》,里面的诗句似乎在向我们传达一种很美同时又很叛逆的情感:

"你在写什么?"——天使抬起头,
一脸慈眉善目地开口:
"热爱上帝的善民名单。"
"里面是否有我?"阿布寻探。
天使答道:"否"。阿布放低声音,
但仍兴高采烈:"求你把我写进,
告诉他我热爱他的臣民。"

我尽量多睡一会儿觉,但是很难找到一个舒服的姿势。我的身体非常瘦弱,关节骨头就像把手一样突出来,这样的话,躺在三块光木板拼起来的床上根本就不可能舒服,而且我臀部的伤还没好。通常,我会慢慢陷入一种昏迷状态,不停地做梦,产生幻觉,看见一些很清晰但却很不真实的画面。就像在北碧府遭到暴打之后一样,我的脑子在不停地生产、加工、拼凑一些毫无关联的记忆碎片,比如,因在北碧府遭受虐待而愤怒、那些牢笼、被暴打的场面、那句不停在耳边回响的声音"洛马克斯,赶快招了吧",还有那个个头矮小的翻译和他残暴的同谋。我感觉自己已经死掉了,我被判了死刑,"洛马克斯,你的死期很快就到了"。恍惚之间,我在人间和地狱之间徘徊。常常会脑袋一热,想起一些很像《圣经》中儿童诗歌一样的语句,伴随着韵律节奏脱口而出。后来我还记下了其中一首:

> 时间伊始,
> 钟声敲响一下,
> 露珠滴落下来;
> 钟声敲响两下,
> 露珠长出大树;
> 钟声敲响三下,
> 树干显露大门;
> 钟声敲响四下,
> 人类横空出世;
> 钟声敲响五下,
> 不要数了,
> 莫在钟声上浪费时间,
> 看我已经站在门口,
> 叩响大门。

脑海里还不停地出现似乎伸手可触的场景,特别真实,以至于我都能闻到那个地方的气味,看到那里的景色:一队出海的船只经过格陵诺克驶入克莱德河;西部高地上极其温柔的夜色;克什米尔夏日的湖水以及抬头可见的雪山。我在恍惚中又重回当年骑车去寻找蒸汽机车的那些小路,但是这些长途旅行的场景再次出现时却满是起伏、困惑和混乱。我牵着一个人的手,走在爱丁堡的一条大街上,经过一排排高大阴暗的建筑,看见眼前的台阶一直延伸到古老的庭院中去。

我经常很清晰地梦到一个很美却可望而不可及的场景,美得令人窒息。那是夏日里的一片英国花园,位于一座教堂旁边,橡树和柳树下开满了金银花和玫瑰花,教堂的塔尖就掩映在这些花草树木当中。画面看起来非常真实,同时又像一幅充满浪漫气息的画作,我仿佛就站在画的一侧,看着那片平整的绿草地在微风吹拂下连绵起伏。一座古老的棕红色砖瓦房在树丛中若隐若现,给人一种富足和谐的安全感。

慢慢地,脑中的画面变得越来越恐怖,越来越古怪。有一天晚上,我感觉牢房的一面墙开始融化。满是裂痕的水泥和砖块开始一点点消融。远处在一片火海和烟雾缭绕中出现一个高大的身影,笔直地站着,身上生出很多手臂在挥舞,这个身影越来越大,直到最后似乎都占据了整个视野。它脚下似乎是一片湖水,湖面先是涌起层层波浪,后来又变成很多人形,在那个巨大身影的衬托下,这些人形显得格外矮小。他们似乎在一边吟诵一边祷告,嘴里不停地唱着"卡利,卡利,卡利"。当那个巨大身影低下头,直勾勾地盯着我的时候,我感觉极其恐怖,吓得我喘不过气来,最后被惊醒的时候,发现自己眼前还只是那个亮着的灯泡和光秃秃的墙壁。

我们俩顽强地将这可怕的饮食起居方案坚持了两个月之后，两个人都已经情况很糟糕了。这时，我又一次故意让自己进入病危状态来吓唬那些警卫。我加快脉搏跳动，使自己整个人抽搐不停，到这个时候，这些症状已经完全不用假装了。我看起来已经跟一具死尸差不多，所以装死根本就不难。斯坦喊来了一个警卫，他看了看我，又叫来了另外一个警卫。他也许不希望在没有跟上级汇报之前就看着自己管辖范围内的囚犯死掉。

通常，日军晚上会把牢门锁上，但是那天晚上他们没有锁门，一个警卫进来好几次，来查看我的情况。我一听见他来了，就故意表现得很痛苦。第二天早上，我们听见一大波人的脚步声朝我们牢房走过来。果然来了一个担架队。我被绑在担架上，我喊叫着让他们把斯坦也带上，但他们还是把斯坦留在了牢房里。我又一次与战友分开了。

我紧闭双眼，但是能感觉我们走出中央大厅，穿过洒满阳光的院子，来到日军管理层办公室。担架先是被重重地扔在地板上，接着他们把我的行李堆放在我身上，然后担架又被抬了起来，来到了室外。当我意识到自己被抬上一辆卡车的后车厢里时，我简直都不敢相信。我很快就能知道，在我之前被带走的那些人究竟命运如何，而且还要承担任何可能发生的后果。卡车终于启动了。

我微微睁开眼,可以看见天空,还能闻到城市的气息。阳光很暖和,蔚蓝的天空一望无际,显得特别美。卡车减速的时候,我能听见有华人讲话的声音、马来人的声音,甚至是妇女和孩子的声音,好久都没有听见这种声音了。

后来卡车似乎离开了主干道,远离了喧嚣,驶入了一片有乡村气息的地方。这时我已经不再恐惧了,但同时也暗暗希望自己不会被送到某个偏僻的刑场去。在一段寂静的路上行驶了大约半个小时之后,卡车右转弯,又开出一小段距离,感觉马上就要停下来了,这时卡车又向右转弯,停在了一片阴凉处。这时,耳边响起一个说英语的声音。同时,担架迅速被抬下车,我被换到另一台担架上,接着就被抬走了。

此时,我第一次睁开双眼,发现自己仍然是个囚犯,周围是一座现代监狱光秃秃的坚实墙壁。但是我终于达成了几个月以来的心愿:我来到了樟宜。

第九章

基本上不会有人把臭名昭著的战俘集中营视作天堂,可是在我到达樟宜的几个小时之后,我就真的感觉自己像是来到了天堂。

当我终于小心翼翼地睁开双眼的时候,我没看见任何日本兵,而是被一群衣衫褴褛的英国战俘和澳大利亚战俘包围着,他们都关切地看着我,见我醒来,都露出了笑容。大家都围绕着我的担架,跑来跑去地照顾我。几分钟之后,我被几个人抬到一座两层大楼的一层。他们说这里是HB区。我现在的处境很安全,由一些好心的英国军人和澳大利亚军人来照顾。这时我突然大哭起来,眼泪止不住地流下来,这些都是喜悦和慰藉的眼泪。

我被抬到了床上,一张真正的钢丝床,上面铺着床垫和床单,还有枕头。其实,马来半岛夏天非常闷热,基本上不需要铺盖,但是能让我脏兮兮的身体接触到柔软的棉被,那种感觉真是舒服极了。有人给我端来一杯真正的茶水。之后,我的床头出现一些骨瘦嶙峋的身影,我抬头一看,发现是我之前以为被日军扔到某个乱葬岗上去的比尔·史密斯、麦凯,还有斯莱特。他们告诉我说,他们住在楼上的牢房里,这座监狱里有两个医疗区是专门用来收纳从欧南路监狱转移过来的战俘,HB区就是其中一个。他们还说我很快就会被转移到楼上的牢房里。这真是一次意外的重逢,我一下子感觉特别踏实,因为终于知道大家都还活着。

床边还站着一个人,我觉得我之前并不认识他。他介绍自己名叫吉姆·布兰德利,他之前一直被单独关在欧南路监狱41号牢房里,就在圣诞节前夕,被抬上了担架,送到了这里。我记得那天,担架队从欧南路监狱的大走廊里经过,抬着一个直挺挺的人,满脸浓密的黑胡子,仿佛是毛发在身体虚耗殆尽的同时如杂草般疯长起来。

同时出现的还有比尔·安加、伊恩·莫法特和盖伊·马查多,他们之前都被关在单人牢房里,被抬出去的时候也都被凌乱的头发和胡子遮住了脸。日军不给单独关押的犯人理发。原来日军还有这种我不知道的残忍手段。

一开始,没有人来给我检查身体,进行药物治疗,但是我并没有感觉被忽视了,因为能够来到樟宜,已经是一种极大的心理安慰了。我的床位就在牢房门口,给人感觉像是躺在火车站月台上,看着眼前的人群和车流来来往往。不过那天晚上我睡得特别香,一方面是因为体力不支,另一方面也是因为之前很兴奋地跟那么多人聊了很久,感觉有些累了。

HB区由一位澳大利亚军医管理,这个人名叫本·罗杰斯,来自澳大利亚霍巴特。他是一位非常杰出又很真诚的人,成千上万个在樟宜监狱待过的战俘一直都记得他。

第二天早上,他来给我做检查。首先,他称量了我的体重。我被抬到一个老旧的体重计上,结果显示我只有105磅,比我战前正常体重低了大约60磅。罗杰斯给我开了很多维生素片,还要在规定的时间喝牛奶,甚至偶尔还会加一个鸡蛋。这真是太丰盛了。提供给医疗区的食物已经是樟宜这边最好的食物了,不过还是以米饭为主。

能够待在这里已经是很有效的治疗方式了。周围的气氛相对来说比较平和,每天的生活很有规律,食物供应量也多了一些,牢房环境也很干净,男护理员们都很善良,还有来自其他欧南路监狱狱友们的陪伴和支持,我的身体慢慢地开始恢复,体重也有所增加。

我发现,日军把我的《圣经》还了回来。他们对待我们的身体很残暴,而保管我们的财产时却很细心。我甚至还拿回了我的手表。我重读《圣经》中那些十七世纪铿锵有力的诗句,想再次感受一下它带给我的精神力量,但是却发现我已经不会读书了,每一页都很模糊,眼睛也无法聚焦,我已经七个月没有看过任何印在纸上的字了。所有的字母,我只认识"D"。

无奈之下,我先是找来一本合订本的《小人国》杂志(一本当时流行的美女八卦杂志),拼写出里面的配图文字和花哨的标题，再后来就是学习小学生的拼音字典，从里面慢慢地仿写一些简单的词语。那段时间我简直要疯了，天天练习，希望能记起如何识字。还好，谢天谢地，最后我的读书能力很快就恢复了。

几天之后，我被转移到楼上的 HB2 区。病房里一共有十个人，分别住在一个中央通道的两边。通道尽头，离大门最远的房间里住着护理人员，那儿还有一个同等重要的房间就是浴室。我尽情地享受着用充足、干净又凉爽的水源来洗澡的时间，每天两次。回想起在欧南路监狱的时候，自己身上的那股恶臭和皮肤上快要发霉了的污垢让人感觉这辈子都洗不干净了。如今，光是站在那儿让水流淋遍全身的那种感觉都特别舒服。病房门口还有两个厕所，里面有真正好用的抽水马桶。

尽管这里空间狭小了点儿，大家之前也受了很大的心理折磨，然而我们还是相处得非常融洽，从来没有人乱发脾气。我们都在死亡之谷的边缘挣扎了很久，最终都化险为夷了，所以我们不想再把时间浪费在无谓的争吵上面。之前我们当中很多人因为极端大胆的行为而被关进了欧南路监狱，现在我们当中也有很多人是采取了很极端的方法才逃离了欧南路监狱。

就拿吉姆·布兰德利为例吧。他之前从铁路线顶端的宋卡集中营逃了出来。他们一行十个战俘逃进森林，进入缅甸，想要朝海边逃去。但是中途要越过崇山峻岭。所以他们跌跌撞撞地在深山老林中摸爬了许久。最后，五个战俘死在了荒郊野外，剩下的人则被日军抓获。日军本来是打算在集中营将他们全部枪决，但是西里尔·怀尔德上校救了他们。怀尔德曾经在新加坡沦陷时担任珀西瓦尔的日语翻译，后来被贬到了监狱任职。他向当地日军指挥官坂野中校求情，言语恳切，动之以情，晓之以理，最终吉姆等人才活了下来。

杰克·麦卡利斯特的经历就更加跌宕起伏了。我们在欧南路监狱的时候，听说他是澳大利亚军队飞行员，他驾驶飞机在帝汶岛上空被击落之后就被俘虏了。他曾经两次在当地抗日力量的帮助下打算偷一架日本飞机，但是都没有成功起飞。我们这群人里既有越狱者，又有收音机间谍，还有偷飞机的，而大家之所以能和平相处，一个关键因素就是，我们知道大家的处境仍然十分危险。欧南路监狱狱长们不会也不敢忘了我们。在他们看来，我们只是到樟宜来接受治疗，最终还是要回去服刑。所以，我们其实处于一个两难的境地。本·罗杰斯想让我们尽快好起来，我们也想尽快康复，同时我们又不想痊愈之后再被送回欧南路监狱。我们其实就像是一群出来度假的鬼魂。

可是，无论如何，樟宜医院的医疗条件还是很有限的。有些人四肢依旧无法正常移动。我的胳膊就情况不太乐观。我发现，如果不把胳膊高高抬起，我就根本无法写字或者灵活地动弹手指。有些人的视力严重下降，那些丢了眼睛的人几乎就跟瞎子一样。水土不服导致的胃病也很常见。斯莱特就患上了严重的痢疾。不过尽管如此,我们的身体状况还是在慢慢地好转。

本·罗杰斯非常尽职,每天早上来查房,给人一种信服和安心的感觉,而且对我们非常关心体贴。护士会把所有能用得上的药物都给我们拿来。每天我都能喝到大量用细米糠熬制的汤。细米糠是大米的纤维外壳,是在白米脱壳过程中被分离出来的,富含维生素和纤维素。细米糠不太容易消化,重量轻,而且比较干,所以都一团团地浮在米汤上。不过,我还是大口大口地咽下这些不易消化的米糠。

罗杰斯医生查房的时候,还会给我们带来一些关于战事的消息。我们被关在欧南路监狱那段时间,英军和美军已经在欧洲登陆,俄军已经把德军逼退回华沙,日军在太平洋上的力量已经被消灭,如今只能退守缅甸和中国。这真是振奋人心的消息,但同时也让人心生恐惧。只有战争赶紧结束,我们才有机会存活下来,我们很怕日军看到失败在朝他们逼近的时候,会在我们身上进行报复。就算同盟军开始猛攻新加坡,日军也很有可能会对战俘实施报复行为,首先就会对已经被定罪的战俘下手。因此,我们所能做的就是先过好当下的每一天。然而,无论我们多么努力,无论樟宜医院里这些战俘们如何相互扶持,一直有一种巨大的恐惧感压在我们心头,我们害怕欧南路监狱的狱警会随时出现在我们眼前,要来亲自检查我们的身体状况。

尽管我们尽量小心谨慎,不去四处打听,也不去过多了解我们不需要知道的信息,但是我们看得出来,本·罗杰斯并没有从那些比较热情的日本警卫那里套出任何捷报来。收音机在哪儿,谁在操作这台收音机?这些都是大家很感兴趣的秘密。但是,我们真的希望那些使用收音机的人能比我们更谨慎,或者说更幸运一点儿。这也再次证明,想让大家闭口不谈是非常困难的。

下午的时候,我们通常会看看书,休息一下。樟宜医院里有很多书,算得上是一个不错的图书馆了。这些书在所有人手中不停地传阅,直到最后都破烂不堪,其中有宗教小册子,维多利亚时期的小说,还有休·沃波尔、萨默塞特·毛姆、波伊斯兄弟和阿诺德·贝内特等人的著作。在樟宜这个炎热的集中营城市里,这些书就在一双双汗涔涔的手中来回传递。樟宜的人口从来没有跌破三千,而且经常会增长到五千,而且日军基本允许战俘按照自己的规则实施内部自主管理,所以与大多数小镇相比,这里的文化活动会更多一些。

樟宜这里有集邮俱乐部、辩论社、读书会,甚至还有那些想念海上生活的海军准将组织的陆地游艇俱乐部。大家都在靠回忆支撑着自己,同时也给别人带去欢乐。

住在 HB 区的二层,我们无法激烈地讨论对战后世界格局的设想,也不能谈论进化的意义,但是我们可以读书。监狱里有一个图书装订间,专门修复破旧的图书。他们用剩米饭和着水或者和着炖骨头汤自制出一种厚厚的浆糊,然后用监狱记录上撕下来的纸张修补破旧的图书。那儿的监狱记录很多,怎么用都用不完。记录着殖民时期印度士兵犯罪记录的铜版纸成了班扬、布莱克或笛福等人著作的扉页。那种浆糊给人感觉干硬、粗糙又厚重,但是却很牢靠。现在我手里还保存了这样几本书。这些书是我见过的被翻阅最多、破损最厉害的书,握在手里感觉很软很脆弱,由于频繁使用而变得很简陋,但是这些书却给人一种坚不可摧的力量。

我至今仍然保留的一本书就是吉本斯1936年的《英联邦邮票目录第一部》。我还记得就在不久前,我在爱丁堡的一座房子里跟一个年轻的朋友把这些上百张邮票铺展在地板上。一想起这些免邮费的锯齿状小方块纸片所代表的秩序和所展现的美丽,我就感觉特别安慰,因为它们象征着曾经那个规律守时、井井有条的世界。我用铅笔在不同价格、不同颜色、不同图案以及不同首领头像的非洲邮票和马来亚邮票上仔细地做好标注。这种列清单的方式也是一种自我治疗的方法,可以让我们暂时忘记独裁,忘记自己身处这样一个不可预测的地狱里。

就是在樟宜的这段时间里,我用我那本钦定《圣经》英译本跟别人换成莫法特译本,至今我还保存着这本书。当时是因为我对这个著名的新版本很好奇，因此就跟哈克尼斯交换，他得到了我那本里面做了很多划线和文字标注的英译本，而我则拿到了那个莫法特译文。我一边重读《圣经》，跟着一本语法书努力学习印度斯坦语，一边把手边的东西规整一下，为了能更好地记住它们。这样，日子一天一天、一个月一个月很快就过去了。

本·罗杰斯告诉我们说，为了安全起见，千万不能白天跑到太阳底下，不过他会允许我们天黑之后在监狱周围散散步。这就意味着我们是被关在监狱里的"监狱"，不过这种限制是值得的。樟宜这里没有日本兵，他们只会偶尔过来抓走一个战俘或者与这里的高级军官谈判。因此我和布兰德利就绕着大楼慢慢溜达，一边抬头看看夜空，一边呼吸着来自天堂般的空气。高墙之外，上千名盟军战俘被关在史拉兰、克兰芝和其他几个临时集中营。而我们这一群人是比较危险的，所以被关在监狱里。我们散步时最喜欢的一条路就是内墙和高高的外墙之间那个通道，因为那儿特别僻静，就是一段空空的水泥路，走在上面，就像走在下水道里一样。日军会守在大门口，不会蹲守在墙上，所以我们就能随意地走上好几个小时。

对于很多战俘来说，樟宜是一个很可怕的地方。只有在欧南路监狱待过的人才会觉得这里是天堂。我到这儿之后不久，患上严重的脚气病，全身浮肿得厉害的斯坦·戴维斯也被转移到了樟宜，我终于为他松了一口气。

接着有一天,哈利·奈特也被用担架抬了过来。看见他的模样,我们又特别害怕再次被送回欧南路监狱那种污秽的环境里。奈特的情况非常糟糕,整个人都快认不出来了,瘦骨嶙峋,关节突出,松弛的皮肤惨白惨白的,眼睛深深地陷在眼窝里。罗杰斯马上安排他住进樟宜的另一个医疗区,但是十天之后,奈特还是不治身亡。

杰克·麦卡利斯特感觉自己身体恢复得不错,很可能有被送回去的危险。所以他私下里悄悄地跟一个医护人员商定了一个计划,然后就付诸实践了。当时两个人都特别镇定,仿佛那个护士只是给他打一针而已。杰克坐在椅子上,握着一根两英寸的钢管,垂直地对准自己的左脚。另一个人抡起一把大锤子,狠狠地朝钢管的一端砸下去。麦卡利斯特疼得不能自已,护士赶紧给他的脚部打上石膏,不过就这样,麦卡利斯特得以再在这里与大家待几个周,享受比较有人性的待遇。

麦卡利斯特下狠心要继续留在这里,而奈特的死却让我做好了随时被带回欧南路监狱的思想准备。一旦看见从欧南路监狱来的日本兵,监狱门口站岗的战俘会立马给HB区通风报信,这样我们至少还可以有几分钟的时间来"伪装"自己。1945年1月25日,厄运终于降临了,门口的战俘都没来得及通风报信,一队日本兵,其中包括一个看起来很像医生的日本人,突然走进了医疗区。他们的军医在本·罗杰斯的陪同下,巡视两层楼里的每一张床位,仔细检查每一个病人。罗杰斯医生大概地介绍了一下每个病人的病史,列出他们所患有的每一种病症,并把身体上的伤残处露出来给日军看。然而不幸的是,我那天看起来精神特别好,根本就不像是患病的战俘。于是那个日本军官认定我已经康复,要被带回欧南路监狱了。

短短几分钟之后,我就得收拾好行李,跟那些幸运的狱友们告别,然后再一次被日本帝国陆军监狱署的警卫押上了一辆卡车。

卡车很快就开进了新加坡,一路直奔欧南路监狱。虽然几周之前我就做好了思想准备,但是一想到我干净放松的身体很快就要满是疖疮和污垢,想到我在樟宜的日子就这样结束了,我一下子特别沮丧。卡车驶近欧南路监狱大门,大门就像一头猛兽张开的血盆大口,一下子将我吞噬。

我已经知道接下来的程序了:脱光衣服,把身上的小物件都放在桌子上,把所有东西都交出来让日军保管,还要接受全身上下无孔不入的检查。

日军又给我分配了一个新的代号,这一次,我是540号,日语叫 *Go-hyaku yon-ju*。我在想,之前的那个540号战俘究竟身归何处,才把这个号码给空出来了呢?接着我们就被带回了D区。我已经知道该怎么走了。这次分配给我的牢房几乎就在之前我所在的52号牢房对面,新牢房里的另一位战俘是一个年轻的印度尼西亚人,来自苏拉威西岛——也被称为西里伯斯岛。

他的英语不是特别好,我们两个人交流起来比较困难,但是我们俩相处得很融洽。他是我第一个以交朋友的心态去认识的亚洲人,所以在这个由不得我选择的环境里,我接着认识新朋友,有新的收获。他是驻扎在苏门答腊岛上的荷属东印度士兵,日军怀疑他(后来证实日军的怀疑是正确的)参与抗日组织。他能活下来已经很幸运了。他跟我聊起他居住的小村子,聊那里的人靠打鱼和种地为生。我跟他讲了讲设得兰群岛的状况,我们发现他的家乡除了是位于热带之外,其他的情况都跟设得兰群岛很像。

欧南路监狱里的状况似乎有些好转了。牢门如今几乎每天都是开着的,不过这也意味着我们聊天的时候就得更小心了。食物的质量也有所提高。一年前差点把我们折磨死的那些传染病也似乎根除了。如今战俘们都是在大厅里的一个大长桌子旁坐着默默地吃饭。大部分战俘每天基本上都是在牢房外面度过的。也许是日军突然意识到,D区的战俘们是一批潜在的劳动力,不仅温顺听话,而且还不用付工钱。几乎每天都有三四十个战俘被卡车拉去几英里之外的山脚去挖隧道,这似乎是日军在为最后的决一死战做准备。我们对这些隧道有一种不祥的预感。

日军还派我们去打理菜园子。当时,欧南路监狱里来了一个高级军官——印度陆军的帕克上校。我和他一起被派去打理监狱区外面那一片菜园子，用人粪来施肥，摘下的蔬菜都供应给厨房。炎炎烈日下，我们在菜地里浇水、除草、摘菜，粪便的味道简直让人无法忍受。我和身边这位看似有些娇贵的高级军官一起顽强地沿着细沟渠劳作，恶臭味一直渗进我们的衣服里。

有一次，日军把我们带到一片马铃薯菜地，告诉我们说干活的时候可以随便吃。不过那些马铃薯还没有熟，我们只能在顶端咬几口。后来有人告诉我们，马铃薯的那个部位是有毒的。不过我们的胃似乎并没有因此受到额外的伤害。帕克上校说，我们肯定是第一批在马铃薯菜地里啃食马铃薯的军官。

但是对这片监狱的恐怖并没有减弱。这里仍然是个阴森可怕的地方，每天还是食不果腹，惨遭凌辱，还要干繁重的体力活儿，生病了得不到药物治疗，每天还要被关在牢房里十四个小时。活在这样一个独裁体制之下的心理负担极其沉重，让人得不到任何慰藉。身体情况好转之后就会面临一个新的问题：以重病为借口离开这里的机会也随之减少。

但不管怎样，我决定再一次铤而走险。因为我不想就这样死在这个垃圾坑里，于是就开始想离开这里的办法。我可以翻墙逃跑，但是一个半裸着身体、蓬头垢面、发了疯似的英国战俘在新加坡的马路上出现，那实在是太显眼了。

第九章

我开始冷静下来，认真计划，列出一些可行的办法，去掉那些不太实际的选择。关键问题是情报问题，或者说是根本得不到任何情报的问题。尽管大家平时可以小声地交谈，但是正儿八经的交流绝对是不可能的。几乎不太可能弄清楚监狱里都有谁，每天都会有新的战俘出现，而熟悉的面孔则突然消失。

日军几乎不会让我们在没有任何监督的情况下出去干活。但是有一天，他们派我去旁边的区拿几个桶回来，当我转过拐角处的时候，碰到了兰斯·休，他也跟我一样是独自一人。我们俩看见彼此都非常震惊，两人都站在那儿愣了一会儿。这次侥幸的单独想见，使休有机会悄悄地告诉我他的遭遇。原来在军事法庭审判之后，日军把他留下来帮他们修理收音机，给他安排了一个条件不错的车间。他本来可以在那里摆弄摆弄无线电收音机和发报机，等待战争的结束。但是他不想这样，于是就逃跑了。然而，在"曼谷转悠了一圈儿"之后，他意识到自己逃出去的机会很小，于是就回来自首了。休不仅藐视命运，而且他还觉得自己懂得命运的波动频率，因此能够驾驭命运。但是如今，他也沦落到欧南路监狱了。

我认为，要想再次逃离这里，首先最重要的就是加入宾奇小分队。这个小分队由六个或八个战俘组成，每天早上这些人被带出牢房，从一个仓库中取出宽大的木扁担，用这些木扁担搬动牢房里的尿壶,然后来到 D 区外的院子里,打开下水道井盖,将尿壶倒干净。日军会命令他们两两一组,分开行动,挨个牢房去取尿壶。战俘们理应把他们的尿壶都放在牢房门口的,但实际上他们并不会经常这样做。而且小分队的三四对战俘同时在干活,只有一个日本警卫监督,大家就有机会快速地交流几句。宾奇小分队里的战俘有水、有信息,同时还可以行动自由。

我告诉日军,我也想加入小分队。几天之后,他们就把我叫了出去,告诉我加入小分队,一起干活,显然是有成员生病了,由我来代替。

我已经习惯了挂在肩头扁担上的尿壶的骚味儿。在接下来的几个周里,我总是趁弯腰拿起臭烘烘的尿壶时,跟牢房里的战俘们简短地交谈几句。慢慢地,我得知,想通过装病离开这里几乎是不太可能,但是有一两个战俘由于干活的时候受伤而被带走了。

我还发现,二层的牢房有异常情况,日军不允许其他的战俘们打听。除了上去取尿壶之外,我们也无法上去探个究竟。楼上的牢门一直都紧闭着。寂静之中,我们本希望能听到里面传来一些微弱的声音,向我们证实有人被关在里面,但到最后总是先听到警卫上楼的声音。我们连碗碟的声音都没听到过。但是尽管如此,我们还是肯定,楼上的某个地方关着我们的同胞,他们正在经受比我们遭的罪更为痛苦的惩罚。

除了思考之外，我几乎没有别的事情可以干。于是我总是在思考如何逃走，这个问题成为了我最大的关注点。但是过了很长时间，我还是没有想到可靠的办法。

后来我又想到了楼梯。在大厅的尽头，离大门最远的地方，是通往二楼的铁制楼梯。我第一次被关在欧南路监狱的那段时间，没有战俘爬上过这个楼梯，但是现在那里却关着一些神秘又很特殊的战俘。上面的尿壶只需要两名宾奇小分队战俘去清理并归还，我经过一番打点，成为了其中的一个。

一连好几天，我都仔细地观察了一下这个楼梯。台阶是由钢铁制成的，是那种英国铸铁，但每一级台阶的后面都是空的。我上下楼梯的过程中，都在认真地数台阶，确保正确无误。我必须要弄清楚台阶的数量，就仿佛最终数字有什么寓意似的。最后我的结论是，从地面数起第十七级台阶几乎是一段直线台阶的最顶层，如果我从这级台阶上摔下来的话，我会在落地之前滚落挺远的距离，这样不至于丧命，但是可以让自己受伤，构成一起事故。然后我又想，如果能连木扁担和尿壶一起摔下去的话，场面就更轰动了。当时我一心只想赶紧逃出去，于是我做好一切准备要在下楼的时候故意摔倒，这样肯定会让我浑身泡在尿里。但是最后，我又决定在清理过尿壶之后，带着空尿壶上楼的时候假装摔倒。

我给自己鼓足了勇气，然后像我做其他任何事情一样，提前都做好准备。一连好几天，我都在演练如何把空尿壶挂在木扁担上，这样保证摔倒的时候靠近我身体的那一端有足够的重量；然后把木扁担扛在肩上，第一步踏上台阶一定要用右脚，数着台阶，接着把全身重量放在右脚上，踏上第十七级台阶的同时，让左脚穿过台阶后面的空洞处，然后就摔下来。

　　一天早上，我睁开眼睛，决定要在这一天实施计划，让自己从监狱里的楼梯上摔下来。我们离开院子的时候，我努力把眼镜腿固定在耳后，紧紧压低帽子，来保护我的耳朵和眼镜，然后就走进了楼里。我告诉我前面的那个战俘说，如果待会儿他感觉有人从他手里拽走木扁担的话，不要抓得太紧，马上松手。

　　我们沉着地走过大厅，来到楼梯脚下。我一边上楼，一边数着台阶，快要走到楼梯拐角处的时候，我的右脚已经踏在第十七级台阶上了，当我抬起左脚准备踩上第十八级台阶的时候，我把腿挤进台阶后面的空洞处，然后把木扁担拽下来，连同上面挂着的空尿壶和盖子一起压在我身上。

　　木头和金属的碰撞声在空旷寂静的走廊里可怕地回想着。我趴在楼梯脚下那杂乱的一堆尿壶上，因为疼痛和暗自高兴而大喊起来，尽量表现得非常痛苦的样子。我的眼镜竟然没有摔坏，还挂在我的鼻子上。我很疼，但是又不敢冒险查看自己到底摔得有多严重。

第九章

接着,我耳边传来了日本人和英国人说话的声音。应该是几个英军战俘和澳大利亚战俘谨慎轻柔地扶起我,把我抬到牢房里,放置在木板上。我不想乱动,但同时也小心地扭动了几下,发现我还能动弹手指和脚趾,似乎都没有问题。我之前一直害怕把自己的脊椎摔坏。而现在,虽然浑身青一块紫一块,摔得很痛,但是我的肋骨似乎都还完好。我摔得并不重——也许摔得太轻了,对我自己并不是一件好事。

日本警卫进来查看我的情况。我一动不动地躺着。一个警卫测量了我的脉搏,然后戳了几下我的胸部和腿部。后来又来了一个人,我故意眯缝着眼睛,只盯着头顶污迹斑斑的天花板。我就这样躺着,不吃晚饭,一整夜都是这样半睡半醒着。我决心不乱动,但是一动不动地躺在那里实在是越来越难受了。

就这样几天过去了。这么长时间都保持一个姿势实在是太难了,但我必须这样消耗体力,摆脱装病的嫌疑,让日军警卫真的开始相信我是摔得动弹不了。我的那位印度尼西亚狱友非常善良,无怨无悔地照料我,喂我吃东西,喂我喝水。我让他把尿壶放在我的旁边,因为我不能冒险起身走到牢房的另一端。有时候他还能弄来水帮我擦洗身体。

两个星期过去了,漫长而又痛苦的两个星期。我开始感觉到饥饿感的疯狂折磨,尤其是我故意拒绝掉那些我可以看得见、闻得到香气的食物。有时候我会吃一点点,为了让我几乎停滞的代谢系统维持正常。但是身体缺少了脂肪组织,骨头摩擦皮肤的那种痛苦实在无法缓解。我感觉自己被包裹在一层薄如纸的薄膜里,就连一动不动地躺在那儿都会疼痛不已。那种活动一下身体的冲动一直在啃噬着我。那段时间里,我一直穿着同一件破烂的汗衫和短裤,这些脏兮兮的布条已经都粘在我身体上了。

为了尽快达到我的目的,有一天晚上,我故意在吃饭的时候让饭碗咣当一声掉到地上,白色的米粒撒到身上和地板上。我仰面躺着撒尿。故意尿在自己身上真的不是一件容易的事情。但我还是咬牙坚持,最后终于连地板上都漫过一滩尿。

那天值班的警卫一定是注意到了异常,因为仅仅几个小时之后,日军的医护人员就出现了。他在我身上戳了戳又捏了捏,然后就走了。

第二天早上,一个担架队将我抬起来,带到日军管理区。我被重重地放下来,日军医护人员来到我身边。我很谨慎,不敢动弹脑袋,就像一具骨瘦如柴的木乃伊一样躺着。那个医护人员拿起一个金属器械,发出清脆的声响,然后我就感觉有什么东西压在嘴巴里,接着一阵刺痛,一根针头插进了我的牙龈。感觉像是一根长针头要刺穿我的下巴一样。我能感觉针头在不停地戳我的骨头,朝脸部注射药剂。而面对这种医疗检查,我必须得在接下来的几分钟里保持脸部僵硬,毫无表情。如果有任何反应,我这几个周的努力就付诸东流了。

最后,那个医疗人员把针头拔了出来,很快他们把我的行李扔了过来。跟之前一样,我又被抬上了担架,送上了一辆卡车。卡车开出去之后又一次经过加冷,又一次右转弯,然后慢速开出大约一百码之后,再一次右转弯。我听到一个苏格兰人说道:"看,又是洛马克斯!"并且听出来那是罗伯特·里德的声音。他之前是在关丹县的第五野战团。他的声音就像是天使加百列的声音一样让我感到慰藉。几分钟之后,我就来到了朋友们都在的医疗区。

接下来,我的身体上和精神上都有一种极大的轻松感。这一次,我下定决心,要么等战争结束彻底离开樟宜,要么死也要死在这里。这一天是1945年4月10日。

布兰得利和麦卡利斯特还在这里,比尔·史密斯、亚历克斯·麦凯,还有吉姆·斯莱特也在这儿。但是日军在樟宜监狱和欧南路监狱之间的这种恶毒的战俘转移措施一直没有停歇。尽管麦卡利斯特之前已经采用了很极端的防御措施,可他还是在我第二次进入樟宜监狱的四天之后,被带回了欧南路监狱。

本·罗杰斯还像之前一样沉着镇定、尽职尽责,一直坚守他身为医生的职责。他让我吃一种像草一样的植物,我并不需要嚼食吞下去,而是每天早上要喝下至少一品脱用这种植物熬制的"汤"。这种液体喝起来让人恶心,但是就跟其他所有有机会喝到这种"汤"的战俘一样,我总是一口气就灌下去。

为了达到治疗效果,他们还会让我泡热水澡。他们在院子里放置一个家用的浴盆,一个护理人员在旁边为每一个泡在里面的病人来回取热水。在我泡澡的时候,这个护理人员还得帮我洗掉身上几乎干硬的死皮和污垢,这都是我从欧南路监狱带过来的。

我又回到了HB2区的生活节奏,读书,聊天。有时候晚上,澳大利亚人罗素·布拉顿和西尼·裴丁顿会到病房来跟我们聊天。他们想试验一下是否有心灵感应,就找我们来参与实验。于是,在漆黑的监狱大楼里,他们就开始猜大家口袋里都装的什么或者猜某个战俘妻子的名字,这让人多少感觉有些恐怖。而他们所谓召唤来的"无形神灵"就跟我儿时刚接触无线电波时一样神秘。也许我们的确太容易上当受骗了,但是在战争持续的最后几个月里,当残暴的日军统治者承受的压力越来越大时,这种"心灵感应"在我们看来真的就像是奇迹一样。

本·罗杰斯告诉我们说,纳粹在欧洲的势力已经几乎都被消灭了,柏林受到东西两面夹击。但是在樟宜监狱人满为患的大楼里,有传言说,日军正在附近挖隧道,还准备进行大规模的屠杀。5月3日,听说仰光已经被盟军夺回的消息,我们都欣喜若狂。但是随之而来就是巨大的恐惧感。接下来,日军肯定要报复了。

真是人算不如天算,在我费了那么多力气制造了一起"事故"之后,我又真的遇上了一起事故,这次事故彻底让我不会被带回欧南路监狱了。在那儿,我们用的盐都得从海水里提取。每天都会有一队战俘去海边,用旧油桶装满海水带回集中营,然后分给各个区。有一天,HB2区得到一些海水,我就自告奋勇(从来就不知道吸取教训)把海水烧干来提取盐。我找来一个军用饭盒、一个用老旧电力加热设备弄成的加热圆环,连接到主干线电源上,最后我在一个容器里装上四分之三混合着盐粒和沙砾的半流质海水。

我坐在床边,伸手去调整装置,结果我的胳膊碰到容器的手柄上,容器倒在了简陋的电热环上,正好落在我的右膝盖。快要被烧开的盐泥水就像滚烫的岩浆一样漫过我的腿部,严重灼烧皮肤。当时一阵剧痛,我一瞬间失去了意识。但我记得后来吉姆·布兰得利轻轻地用温水洗去我身上的盐粒,一个医护人员给我注射了麻醉剂,然后我又昏迷过去了。过了很长时间,他们才把绷带拆除。

八月份的一天傍晚,本来到我们床前,把我们聚集起来,告诉了我们一个不可思议的消息,他自己也不敢确定是真是假。他说盟军秘密研发了一种威力可怕的炸弹,并将其投到了日本,广岛已经被摧毁了,还说日本正准备投降,但是我们都不相信这种说法。1945年下半年,樟宜监狱里弥漫着一种让人不太踏实的乐观氛围。

即使是到这个时候,日军还在进行医疗检查。8月9日,日军把八名他们认为已经恢复良好的战俘送回了欧南路监狱。当天晚上,秘密电台传来消息说,又一枚巨大威力的炸弹被投到了日本,又一个日本城市几乎被摧毁了。那天,我幸好没有被日军选中。

六天之后,日军宣布投降。接着四天之后,地狱大门从内部开启了,欧南路监狱里所有活着的盟军战俘都被带到了樟宜。有一两个战俘在抵达樟宜之后不久就死掉了。弗雷德·史密斯挺了过来,他一直在欧南路监狱里忍受了二十二个月的折磨。他不屈的毅力支撑着他干枯萎缩的身体,他似乎一直有种打不倒的精神。但那时,我们都努力地去相互鼓励,因为一定要等着看日军为他们的所作所为付出代价。

那天,樟宜监狱的外墙上出现了一个广播扬声器,仿佛突然之间,全印广播电台的播报声就高亢嘹亮地响彻整座监狱大楼,播音员用英语兴奋地描述着盟军取得的重大胜利。成千上万名兴高采烈的战俘从附近的集中营集合过来,在高墙之下开始跳舞,他们不仅仅是因为饥饿而精神亢奋,更是因为喜悦。日军警卫盯着扬声器,一副难以相信的表情。数百人坐在扬声器下面,为播报的每一条新闻鼓掌喝彩,同时解气地看着那些神情沮丧的日本警卫。在 HB2 区,我们也很兴奋,但是我们知道,对我们来说真正的胜利是要最终能活下来。

两三架盟军轰炸机前来投放了很多包裹、医疗药品和食物。接着一架单独的轰炸机投下三名伞兵。我们看着这三名伞兵落下来，解下装备，来到监狱大门口。他们看起来都特别年轻，分别来自英国空军、海军和陆军部队。他们一脸骄傲专横的神情，表明要来接管我们。但我们并没有感觉自己很无助，或者感觉需要这些初出茅庐的年轻人来拯救我们。一个战俘告诉那位陆军上校，我们被俘虏的时候，他还在学校里读书呢。如果他愿意的话，我们可以为他提供午餐，不过这是我们唯一愿意为他们做的事情。

日军已经安静地退回到他们的营地里，交出了武器。越来越多的盟军空降而来或者乘船而来，他们发现这座监狱城市井然有序、自给自足，而且实施军事化管理，于是他们就允许我们继续维持之前的生活节奏。

在被俘虏的这三年里，我们不停地给彼此讲述一些我们都不知道结局的故事。如今在与军队和外部世界取得了联系之后，我们终于知道了这些故事的最后结局究竟如何。比如说，邦加岛上的那批澳大利亚护士们的遭遇：他们当中的五十个人已经死去了，这比我们想象的要多，只有两个人存活了下来。还有普里姆罗斯，那个出于善意而杀害了自己同胞的战俘，他并没有被枪决，而是被送到了铁路线上，如今也存活了下来。欧南路监狱二层牢房里那些沉默的战俘于1943年9月，就在我们被抓获不久，在新加坡港口上袭击了日本船只。当时他们都成功脱身了，但是一年之后被发现，一共十位官兵被抓了回来。7月9日，距离战争结束仅仅一个月的时间，他们在武吉知马被砍头了。是他们为我创造了第二次逃离欧南路监狱的机会，但是我却永远都没有机会感谢他们了。

我还听说，其他集中营里也有收音机，被藏在扫把里、竹筒里或者水瓶子里，也听说了那些组装收音机的战俘最后命运如何。之前我们就知道，澳大利亚上校马修在婆罗洲被杀害了。如今又听说，一位名叫道格拉斯·福特的上校因为与我们在北碧府类似的行为而在香港被枪杀。这名字听起来特别耳熟，后来才想起来他和我一起在爱丁堡上过学。福特和马修都是用收音机与集中营外面的平民联系。如果当时日军确定我们在北碧府也干过类似的事情的话，我们就活不到今天了。

兰斯·休在五月份的时候被带出了欧南路监狱，从此就失踪了。那时候日军一定特别需要有技术的无线电组装人员。我之后再也没有联系上休，但是我知道他还活着。至于比尔·威廉姆森，那个沉着又聪明的语言学家，他在北碧府的时候成功逃脱了被惩罚的厄运，但是之后便杳无音讯，仿佛他在铁路线上的某个地方彻底人间蒸发了。

我努力想把所有曾经被关押在欧南路军事监狱里的

第九章

战俘的名字都记录下来,这样大家就可以按照名单来寻找每一个人的下落。我翻阅了医疗记录本,还与所有的生还者们交谈。我想在战俘们被遣散之前,把所有的事实都记录下来,送到东南亚指挥部的手中。战俘们被分成组,安置在樟宜周边的各个部队里,准备遣送回国。当我坐在一台老旧的打字机前面准备开始打字的时候,我发现自己的右臂和右手根本就不能活动自如,只能慢慢地一点一点敲打。

我还详细地写了一份抗议书,抗议我们在北碧府遭受到的折磨,里面有幸存者们留下的证词。作为我们当中的高级军官,斯莱特少校(这时候,军衔又显得尤为重要)在这份抗议书上签了字。在这份声明当中,经过大家一致商定,我们把我们的遭遇称之为"北碧府无线电事件",这个称谓似乎是一种委婉的说法。我们的经历正在变成历史,而且我们可以感觉到,自己已经开始被慢慢地淡忘了。

好人也会像恶人一样容易被淡忘,有时候甚至被遗忘得更快。因此我还为信号员奥马利这位欧南路监狱里的英雄人物写了一封表扬信。我用军队备忘录里那种平实的语言描述了他的高尚行为,讲述了他将瘫倒的战俘扶到阳光下,照顾生病的战俘,尽他最大的努力去减轻战俘们的痛苦。

我将战俘们亲眼所见、亲身经历的一切都细致有序地记录下来,将日军的罪行一一描述,这些文字最能表达我们的愤怒,帮我们泄恨。至今仍然让我感到震惊的是,当时战俘们竟然没有一致强烈要求对日本警卫进行即决审判。我们的生活很快就恢复了正常,只不过生活中再也没有私刑了。

我还保存着这些文字资料,如今,上面的字迹都有些褪色了,但还看得清楚。对奥马利的感谢信是用淡紫色的墨水打印在一张海军电报表格的背面,对北碧府机场集中营指挥官及其军士们的抗议书打印在深绿色的账簿纸上,依稀还可以看见打字机键位的跳动,看得出色带已经褪色严重。欧南路监狱里还关着一些平民囚犯,我们很少见到他们,但我还是在一张战俘厕所用纸上记下了一些平民战俘的名字,那张厕纸很薄,可以清晰地看见纹路,上面用铅笔密密麻麻写满了字母。我还把从欧南路监狱转移到樟宜监狱的战俘名单打印在薄薄的棕褐色厕纸上了,用整齐的虚线划分了类别,黑色的衬线差一点就穿透了纸张,如今这份名单几乎已经看不清楚了,不过我们仍然可以看见厕纸的商标:"红十字昂利旺厕纸"。

第十章

身陷囹圄时水深火热的生活终于被军队里井然有序的生活所取代。我再一次成为现役军官，被派遣回国。我已经有四年多都没有见过家人了。这四年来我一直漂泊在外，目睹了我的家人永远都想象不到的事情。我总是把这段经历称之为"不愉快的事情"，因为我们这些幸存者们几乎竞相把自己的遭遇予以轻描淡写。虽然最终的结局是日本投降了，但是我更担心自己身上的病痛：骨折的胳膊、总是筋疲力尽、难以根治的皮肤病。离开樟宜监狱的时候，我身上还长着皮癣。那时候，我还没有意识到，有些经历我们是永远都无法彻底摆脱的，而且折磨所带来的痛苦是没有时间限定的。那几天，大家忙着重整行装，心里满是终于要离开监狱的兴奋，同时我还在忙着收集证据，准备向军队高层证明日军的暴行，其他想法也就暂时被搁置起来。过去的这两年里，我们一直都是在恐惧与焦虑中度过的，所以很难想起具体的某一件事情。尽管我在北碧府监狱被折磨了很长时间，绘制地图的行为被发现并被告发，接着还遭受了日本宪兵队的严刑逼供，但是我现在几乎没有时间来回忆这些。眼下，我面对的是最后一次与战时的狱友们一一告别。吉姆·布兰德利在 HB2 区的时候睡在我的邻床，当时他还是病得很厉害，所以被送上了一艘医疗救助船；麦卡利斯特重新回到了澳大利亚空军部队；弗雷德·史密斯和其他人被送到樟宜附近不同的军队部门。那一次分别之后，我们当中有很多人就再也没有见过彼此了。

我所指挥的第五野战团曾经于 1941 年在关丹县遭受重挫，战争结束时这支部队已经转移到台湾，但是此时这支部队已经从属于另外一支部队，继续发挥余力。于是我就被派去帮助管理印度军队，当时市里的印度兵非常多，组织松散，纪律涣散。曾经和我一起在菜地里啃土豆的帕克上校如今成为我的指挥官。我们把大批印度兵集合起来，核对那些曾经被日军征用为劳工并且存活下来的人的姓名和身份，组织好这些曾经威风凛凛的印度帝国军队残余力量。其中有些人加入了日军扶持的印度国民军，因此可能参与了 1944 年年初颠覆印度政府的行为，这些人遭到了其他一直忠于国家的印度士兵们的唾弃。最终，印度国民军成员被逮捕，交由我们处理。

有一天，我接到命令前往，将大约五十名士兵送往加尔各答。我就这样匆匆忙忙地告别了马来半岛。我们乘坐一艘名为"德文郡"的改装班轮，不到一个星期后就抵达了印度。

第十章

到了加尔各答之后,我被送到一个名为贝尔维迪观景楼的地方,这是一个条件很好的住所,是印度总督来加尔各答时下榻的地方,现在被改为一个接收回国战俘的接待中心。它很像一座意大利风格的英国乡村大别墅,宽阔的楼梯和外面的廊柱高高耸立于孟加拉的烈日之下。凉廊和女像柱上覆盖着紫色的图案。原本铺设着弹性木地板的大舞厅被划分为军需官办公室、红十字办公室、餐厅、吧台以及邮政局。客房条件也很好,里面有厚重粗腿的英式座椅、表面磨光的长条桌,还有摆满蓝色瓷器的餐具柜。窗户很大,下午印度秋日里的阳光透过窗户照在我们身上,让人几乎不敢相信眼前这一切是真的。

这里由一群"女性志愿者"来管理,这是一些活泼又自信的女人,她们习惯了由别人来服侍,而且喜欢我行我素,但是总的来说她们对我们都很友善,至少大部分人都是。有一天下午,我和另外一个曾经做过铁路劳工的军官在游廊里喝茶,欣赏着外面青翠欲滴的草坪和玫瑰花丛,感叹我们身体恢复得很快,夸赞这里条件优越,简直就像是天堂一样。这时一位女志愿者走了过来,她是一位性格直爽的印度夫人,跟我们交谈的时候也是心直口快,很坦率地表达自己的想法。她说,由于大部分交战的时间,我们都被关在监狱里,所以她敢肯定我们现在一定特别着急要"做出自己的贡献"。从她的语气中,我们并没有听出任何讽刺的意味。我们只是能感觉到,在她的想象当中,暹罗和马来亚的集中营里都是一群百无聊赖、无所事事又满心羞愧的人。我们只是尴尬地坐在椅子上，一言不发。当时，我想，这只是一个没有同情心的平民罢了。但很快我就发现，有些事情人们只有亲眼见过，才会真心相信，还有些事情很多人根本就不想去了解。

休息了几天之后，我开始感觉身体特别虚弱，常常头晕，浑身无力。突然一下子过上这种无所事事的生活，我的身体反而适应不了。我在一家军事医院里卧床三天，每天会睡十四个小时。

简短的恢复期过后，我被送到了印度中部的姆霍沃兵站。1941年我留在那儿的行李一直被保存在一个仓库里，由意大利战俘们看管。在姆霍沃兵站，我给母亲发去一封生日电报。终于有希望再次见到家人了，他们的面容不再遥远，但是想要一下子越过这场战争和欧南路监狱在我们之间造成的隔阂还是很困难的。我特别想回到爱丁堡，回到父母的身边，就像是一个人渴望赶快跳进一个干净凉爽的泳池里一样。回家就意味着一切回到正轨，沉浸在父母深沉的爱中。

我还有另外一件非常期待的事情。在姆霍沃兵站的时候，我为我的未婚妻订做了一枚结婚金戒指。我以为她还在等着我，以为在我经受这么多磨难的同时，她也会感觉度日如年。我根本没意识到，外面的世界已经发生了翻天覆地的变化，我自己也改变了很多，有些人仍然坚持着战争爆发前他们为自己计划的人生轨迹。

从姆霍沃兵站有一班火车开到德奥拉利,我和另外几名军官本来是要到德奥拉利乘船直接回到英格兰,但是结果火车延误了时间。于是我们被送往孟买,坐上一艘征用的荷兰船只"约翰·范·欧登班维特号"前往南安普顿。

在船上的时候,我认识了一些之前被关在暹罗集中营里的战俘,他们由一些没有被俘虏过的军官指挥。那些团级军官根本就想象不到这些人都遭受过什么样的折磨,还分配他们在船上干活儿。看来,军队里也有跟我在加尔各答遇见的那位女志愿者一样没有同情心的人。做过战俘的人感觉在过去的三年里已经被逼迫着干了太多体力活儿了,真的不想再干了,所以他们都很痛恨这些军官。这些战俘都是身心崩溃之人,染上各种疾病,需要休养。于是我找到那艘船的副官,跟他理论说,这些战俘应该是乘客,而不是干活的士兵。这位副官虽然接受了我的提议,但是态度冷淡,敷衍了事。这给我一种不祥的预感,感觉我们这些人的经历马上就要被无知与冷漠给掩盖掉。

除了这件事之外,整个旅途中都相安无事。每天我都用读书来打发时间。1945年10月31日,我们到达了南安普顿。1941年,当我们抵达新加坡的时候,乐队奏响《永远的英格兰》来欢迎我们,而如今当我们回来的时候,站在初冬阴冷的英国港口,周围一片沉寂清冷。在船上的时候我收到了一封父亲寄来的信。信中父亲告诉我说,三年半之前，也就是大约在新加坡沦陷的一个月之后，母亲就去世了。那一年母亲六十四岁。她去世的时候以为我已经牺牲了，因为军队报告我已失踪。父亲还说，他已经再婚了。

我认识父亲再婚所娶的这个女人。她是我们家的一个老朋友，或者说是父亲的一个老朋友。我一直都不太喜欢她。她总是给人感觉虚情假意又别有用心。所以这一路上我脑中回想的那种家庭温馨的场面一下子就崩塌了。当时我特别震惊，已经分不清自己到底是悲痛还是愤怒，虽然母亲的离世让我特别伤心，但是我却更加痛恨父亲这种在我看来属于背叛的行为。这迅速并残忍地让我意识到，回去之后面对的一切都将是陌生的。我记起母亲那天夜里在斯卡伯勒的大街上为我送行的场面，想起我在集中营对她的思念，想到母亲已经离世，我再一次感觉身心疲惫。如果母亲还在的话，我可以把那些别人都无法理解的心事向她倾诉。

第二天，我在火车上待了十个小时，整个人精神麻木，根本就没有什么打算。当我到达爱丁堡之后，没有人来接我，这也许就帮我最终下定了决心。我没有回家，因为我实在无法回家看见一个陌生人已经代替了母亲的位置，然后依赖这个女人和我父亲来生活。于是，我在火车站坐上一辆由女性志愿者开的车，去到未婚妻的家中，第二天才去我的家乡约帕看望父亲。

我那段时期一直沉默寡言。我在本来的性格特点之外又多了一分本能的谨慎,以及战俘用来掩盖自己真实感情的漠然。我当时并没有意识到,自己已经开始掩藏情感,面对困难,我只会躲在愤怒的背后,从来不敢直接表达自己的想法。我的父亲和他的新婚妻子——我根本无法把她看做是我的"继母"——非常热情地欢迎我,但是我并没有表现得很兴奋。他们邀请我和未婚妻去湖泊地区跟他们一起度假,但是我故意回避了这个邀请。

我对父亲并没有恶意。那时他已经六十岁,从邮政局退休了。后来他告诉我说,现任妻子跟他结婚其实是救了他一命,因为母亲突然离世之后,父亲差一点精神崩溃。我并不因此而记恨他,但我就是无法接受他的所作所为,因为我总觉得他的现任妻子跟他结婚也是因为看上了父亲优厚的退休金和舒适的大房子。在接下来的两天里,我整个人都沉浸在愤世嫉俗的怨念当中,这与身在集中营和欧南路监狱面对死亡时大家的相互扶持和正义凛然相比,显得多么幼稚啊。

三个星期之后,我和S结婚了。其实,当时我们俩根本就不了解彼此。她的热切,我的温顺,还有我在被俘的那段时间里脑中虚构的她的幻象,带着我走进了这场婚姻。我陷入了爱河,是的,但是究竟爱上了什么?我现在仿佛就像是在黑暗中跳跃,每一步都跟在欧南路监狱那座楼梯上一样危险。她也知道,我这六年来在另一个世界里过着完全不一样的生活,而与此同时,她还在继续乡村宗教家庭中那种按部就班的安静生活。爱丁堡也因为战争陷入了困顿——物资定额配给，灯火管制，儿童撤离——但是这里并没有像伦敦部分地区或者一些中部地区的小镇那样被德军的空袭糟蹋得支离破碎，我有时候几乎不相信这个城市经历过战争的洗礼。

她是我最近的精神避难所，逃避我父亲的背叛和我无法摆脱或理解的痛苦。我已经生活在一个非常封闭的自我空间里。一个暴行受害者的内心世界比任何军事要塞都难以攻破。1945年的时候，我根本还都不理解这一切，因为我根本无法形容自己所承受的一切。

我认识的人当中也没有人能理解，军队就谈不上了。战后英国军队对我的所有关注，就是在1945年11月份的时候，军队安排我在爱丁堡的一个军队医疗中心接受了一次简单的医疗检查。我可以在房间里行动自如，而且体温正常，同时也没有任何不治之症，所以他们就不太理睬我了。医生似乎在告诉我说，继续你的生活吧，仿佛这是世界上最简单的事情一样。然而伤口并不是暴露在表面上的，也不是用听诊器能够检测出来的。而我匆匆忙忙地就迈入了婚姻就是这些伤口的表现之一。

我已经熟悉了战俘集中营的世界。为了在这个世界里存活下来，我让自己坚强起来。如今我被从这个世界里抽离出来，同时带着很多我无法描述的经历负担，性格变得沉默、敷衍、冷漠——而这是被俘期间必备的精神素质——就这样期待开始正常的生活。

前战俘遇到的最大挑战之一就是如何鼓起勇气,抵抗压力,拒绝自己不赞同的建议和命令。我觉得对我来说,尽管我生性顽固,但发现如今也很难有勇气坚持自己的立场。不过,被接二连三的事情推着往前走,尤其是在刚出狱的头几个月,根本不太需要已经筋疲力尽的我做出什么决定。与这种消极作用力同时存在的是我想要尽快回归常态的积极愿望,我想要寻求一个精神避难所,就像1944年樟宜监狱成为我躲避身体伤害的避难所一样。

对战俘来说,回归正常生活真的不是一件容易的事情。我认识一个年纪与我相仿的人,二战时期也在远东当过战俘。如今战争结束五十多年了,他还是每天清晨就离开家,在外面走啊走,直到天黑才回家。他没办法静静地坐下来休息。他已经在他居住的那个小镇上成为了一个"名人"。起初的很多年里,他用酒来麻醉自己,控制自己的焦虑,寻求慰藉,因此他就经常出现在酒馆里。但是后来酗酒差一点就害死了他,于是他终于戒酒。正常工作对他来说也不容易,但至少可以让他的生活有点寄托。而如今,酗酒的发泄方法被否定了,同时他也已退休,所以他一下子就茫然了,就像一条漂流河中的小船,按照自己的秘密轨迹漂流。自从他从远东被释放回来之后,他就一直把那种焦躁不安的情绪压制下去,如今这种情绪仿佛完全爆发出来,已经控制了他整个身心。

战俘的经历在我和我之前的生活之间划出一道很大的鸿沟,但是我却表现得——被期待表现得——仿佛我跟之前没有任何差别。也许从法人和公民身份的角度来说,我的确没有任何变化,但也就仅此而已。埃里克·洛马克斯扮演起新婚丈夫的角色,假装他跟1941年入伍之前的自己一模一样,还是那个天真单纯、情感丰富的年轻人。相比传统学者撰写的那些史书,当年那个年轻人更着迷于火车和工业时代留下的其他印记。火车的轰鸣声一直在召唤他摆脱对自己的束缚,但年轻人最后还是选择承担起自己对国家的责任和义务。如今,当年的那个年轻人已经不复存在了,而那份高尚的责任和义务仍然紧紧地抓着我。在参战的这几年里,我一下子成长了很多,变得更加坚韧,不太容易被别人的欢乐所感染,当然也不太容易对别人受到的挫折感到同情。然而,1945年的那个冬天,我和其他很多年轻人一样,又陷入了时代的大潮中,被身不由己地卷走了。

我们在小教堂里完成了婚礼,就跟对待其他事情一样,我虽然置身其中却态度漠然冷淡。J. 斯迪劳·巴斯德仍然是领袖,他仍然在热情的福音派簿记员的帮助下谴责罪与恶,他也很乐意地再次接纳我为教徒。我在印度定做的那枚结婚戒指太小了,我的新娘根本就戴不进去。

新婚之初,我们跟其他年轻情侣一样很开心,但是我们俩对彼此的了解都不够,根本就无法在一起生活一辈子。她很漂亮,能说会道,而且唱歌很有天赋,但是她成长的环境限制了她的眼界。教会以及她父母的朋友们就是她全部的世界。她也一直默默地坚信,对自己有信心的人就算从未接触外界,也可以一辈子生活得很好。

其实这对她来说也不容易。她根本就不知道自己即将走入的是一种什么样的婚姻生活。结婚伊始,她就要做的一件事情就是帮我在皮肤感染的地方涂抹药膏。在度蜜月的时候,我的身上仍然还有皮癣和湿疹。尽管后来我们两人的关系有所疏远,但是我能看出来她也很痛苦。我被战争折磨得体无完肤了,而她对我的幻想也被眼前这个神经质、面色苍白又疲惫不堪的年轻人彻底打破了。她跟我一样,都是战争的受害者。

我们俩之前一道无法穿越的障碍就是两人无法交流。在东南亚的那段时间里,我多数时候都不愿意谈起自己的遭遇。不过我敢肯定的是,在刚结婚的时候,我尝试着去跟她分享我的经历,让她了解我曾经的遭遇。但是她实在是很难提起兴趣听我讲这些事情。她希望我表现得就跟那关键的几年根本就不存在似的。我努力尝试去描述我和战友们在北碧府的遭遇对我们产生的影响,或者跟她谈起那些曾经虐待过我们的日本人,可她似乎都不屑一顾。她当然也感觉自己经历了战争的痛苦:对平民们来说,他们很难买到鸡蛋,还经常接到空袭警报,去哪儿都得排很长的队伍。她就是无法理解,而我敢肯定,成千上万名从战场上归来的士兵们都像我一样糊里糊涂地走进了这样让人困惑的境地。那种感觉就好像是我们跟自己的同胞讲的不是同一种语言似的。我感受到的那种伤害就立即让我从此沉默不语。沟通的确很困难,而我的妻子给出了一个简单的解决办法——那就不要沟通了。

　　回国之后不久,我就开始做噩梦。一般梦里的场景都是欧南路监狱。我被单独关在一个牢房里,没有吃的也没有喝的,饥饿难耐,呼吸急促,大喊着乞求被放出去。在梦里,常常是连续几个月过去了都没人来管我,我知道自己永远都不会被放出去了。或者有时候我梦见自己正在干某件完全无辜的事情,突然就被独断专行的司法裁决宣判并关进欧南路监狱,而这一次是根本没有任何被放出去的希望了,因为我本来就没有任何理由应该被关起来。还有的时候,我又梦见自己从高高的铁楼梯上重重地跌落,全身淤青,疼痛不已。这些场景不停地重复出现在我的梦里。

　　在白天清冷的日光下,我的愤怒往往会转向那些曾经暴打、审讯甚至是折磨过我的日本人。我想要以牙还牙,在脑中清晰地勾画我想如何报复北碧府集中营那一群打手,如何报复日本宪兵队那个可恶的小个子审讯员,想起他蹩脚的英语发音、机械式的发问以及他那种身在现场却表现得与自己毫无关系的样子,我就特别愤怒。我真希望能淹死他,或者把他关在笼子里暴打他,看看他是否受得了。我仍然记得他的声音,记得他含糊不清的话:"洛马克斯,你很快就会没命的。""洛马克斯,早晚你都会招供的。"对于伤害过你的人所说过的话,你肯定会记得特别清楚,所以我与这个人的见面场景总是特别的清晰。

"北碧府无线电事件"已经成为了历史的一个注脚。兰斯·休被授予了不列颠帝国勋章,我们余下的所有人——在世的和死去的——都"在嘉奖致辞中被提及"了。一天早上,我在《每日电讯报》上读到一篇简短的文章,大致内容是说,驹井三雄上校和饭岛信夫军士长于报道前一天在樟宜监狱被执行绞刑,因为他们谋杀了两名英国战俘阿米蒂奇中尉和霍利上校。的确,还有人遭受的折磨比我们的更多——欧洲集中营里惨绝人寰的景象,以及犹太人遭受的大规模屠杀,慢慢地开始得到那些原本不以为然的人们的关注。但这并不是我们被忽略的全部原因。总的来说,英国公众对远东地区的战犯审判不是很感兴趣,政府层面也是尽量弱化对这方面的报道,因为他们有意想拉拢重建之后的日本成为西方的盟友。北碧府审判只是一次非常不起眼的审判而已。

但是,对于任何牵涉其中的人来说,这场审判并不是无关紧要的,也不仅仅是个注脚。我知道,我整理的那些证词为给这些人定罪起了很大的作用,因此我在觉得痛苦的同时也感到些许满足。这次审判比之前日军对我们做出的任何审判都要公正,我只可惜没能把更多的日军送上绞刑架,我知道千千万万的日军都是有罪的。我跟日本人之间还没完，尤其是特定的那几个日本人。欧南路监狱的管理人员和那些在铁路线上逼死很多劳工的冷血日本人，比在北碧府暴打我们的那些日本人罪过更大。不过大部分的战犯审判都针对那些确实犯下谋杀罪的日本人，所以单单就这次审判而言，我对结果很满意。阿米蒂奇中尉和霍利上校的仇算是报了，但我觉得自己的仇还没有了结。

关于那个小个子的审讯员和他那个残忍的上司，也就是那个让我特别厌恶的日本宪兵队军士，我一直都没有听到任何关于他们俩的消息。我甚至都没来得及写一份对他们俩的投诉状，但是他们俩给我留下的印象比杀害阿米蒂奇中尉和霍利上校的凶手还要清晰，因为后者对我来说只是一群看不清长相、挥舞着警棍的暴徒而已，可是每一天，我都能记起那个小个子和那个宪兵队军士的嘴脸。

军队是我另外一个避难所。回国之后，我又延长了两年兵役，暂时逃避面对生活。我当时的状态不适合做出任何重大的决定。因此我就申请并最终成为爱丁堡大学高级训练军团的信号官。这样我就能住在家里，同时在最为平和的军事环境下继续工作。接下来的两年半时间里，我为本科军官学院们讲解如何操作无线电和有线通讯设备。

这个组织训练学生成为预备军官，是爱丁堡大学一个非常重要且活跃的部门，因为英国当时仍然保有一支强有力的军队力量，冷战已经开始，随着共产党活动越来越频繁,剑拔弩张的阴云已经再次笼罩在马来半岛上空。大部分的训练军团都有一位全职的军队指挥官和几位陆军准尉,而我是大学里少有的几位信号官之一。之前我已经主动承担了很多工作,也付出了很大的代价,我觉得自己现在理应拥有这样一个相对安全的职位。

这对我来说真的是一次喘息的机会。我给学员们讲授无线电报知识,带他们去苏格兰高地,教他们在高山阻挡了信息的发送与接收时如何将理论应用到实际当中去,教他们如何在大雾天气和暴风雨天气维持通讯。我让他们亲自动手组织规划,使每个人都有机会发现铺设电线、操作接线台和发送信息的乐趣。此时,大部分的工作都是围绕无线电设备来完成的,设备比我当年入伍的时候所使用的设备复杂精密多了。一开始我根本就不会操作,只能照着使用说明书来自学。再也看不到我之前所熟悉的那种有线通讯设备了。我希望这些孩子们不会像我们一样被关在关丹县那样封闭的地方,与外界彻底隔绝。偶尔,我会带他们去卡特瑞克皇家信号总部营地待上两个星期,让他们体验一下真正的军队生活。

正如我所说的,无法跟别人倾诉那段经历是所有从战场上归来的人所共有的一种苦痛。我无法跟任何人谈起自己的遭遇。唯一能够理解我的就是那些有过类似经历的人,但是被裹挟在每天忙忙碌碌的生活当中,我们几乎没有机会与原先的那些战俘们见面。不过,我后来还是跟一名战俘成了非常要好的朋友，我们经常聊天，但都小心翼翼，言辞委婉。我在他身上看到了我自己也呈现出来的一些行为特点，比如原本热情活泼的性格如今被一副冰冷淡漠和逆来顺受的外表所取代。当我申请去殖民行政服务处工作的时候，他也递交了同样的申请。我感觉他跟我一样迷茫，只是表现方式不同罢了。而我成为拉动他前行的一股力量。他只是被动地跟着我的步伐，并没有决定他自己的命运。

我想要去殖民行政服务处工作是因为我想要搬家，因为这份工作能让我接触到新的事物，给我带来兴奋感，能够避免我陷入那种可怕的单调乏味的办公室生活。这个服务处需要独立能力强、管理能力好的人，而且还要愿意学习不同的事物，当然这也能够让我多接触世界上其他不同的地方。我总是有一种要逃离束缚的冲动。

生活仿佛是要我重温一下原本可能的轨迹，1948年，我在形式上又重新入职邮政局通信部门。自从1939年我离职之后，这个职位就一直替我保留着，所以我必须先重新回到这个职位上，然后才能被调到其他岗位。这就是政府办事的程序。这次我在这个职位上一共待了两个星期。在此期间交到我手上的第一份文件就是那份关于车库住宿的资料，里面都是我当年做的备注和记下的笔记。经历了那么多风雨之后，现在回过头来看这份资料，感觉满篇都是陈旧迂腐的套话。

第十章

这段短暂的回归还给我的人生档案带来了一个污点,直到今天还记录在册。复原之后,我就休假了,这是非常符合常理的,而且已经计算好了应该哪一天去邮政局报道。但是邮局方面声称,我擅自把复原后的休假天数延长了一天,因此就是缺勤一天。将近四十多年之后,当我调出自己的工作记录档案时,我发现公务员工作记录上仍然记录着我的那次"违规行为":工龄二十年,无故缺勤一天。

公务员系统的办事效率真是"从容不迫",在把我派遣出国之前,我还得在国内其他岗位再工作一年左右。于是我成为了农业部门的一名官员,并被寄希望于成为一名马铃薯作物疾病方面的专家。之前我唯一跟蔬菜种植有关的经历就是在欧南路监狱,我和帕克上校被迫去给日本人打理菜园子。如今我可以肯定的是,那些含有茄碱的绿叶子真的有毒。我读了很多关于马铃薯作物疾病方面的书籍,还写了很多关于马铃薯作物生长威胁的文章。我最关注的一个方面就是推动马铃薯新品种作物的试验田,确保种植出适于做炸薯条的马铃薯。每一种新品种都要登记下来并接受评估。很多英国人都在炸鱼薯条店里吃饭,所以政府非常重视薯条的质量。爱丁堡的一家炸鱼薯条店欣然答应与我们合作,农业部门那些威风凛凛的官员们也会神情严肃地围坐在桌子旁,尝试由各种不同的马铃薯做出来的炸薯条。

最终,伦敦的殖民服务办公室任命我为助理秘书,告诉我说我会被派遣到黄金海岸，也就是英国在西非的殖民地，如今称为加纳。我知道，自己成为大英帝国的行政管理人员，而这个帝国的势力正在慢慢地瓦解，整个世界都在经历着殖民地自治化的浩大进程。我们在黄金海岸的任务就是尽可能地维持我们的统治，从政策上来说，就是不要让激进的民族主义者克瓦米·恩克鲁玛掌权，推动当地的经济发展，准备高效、有序地实现与非洲人之间的权力交接。

与此同时，我开始意识到，自己的婚姻对我们双方来说都是个错误。1946年12月，我们第一个女儿出世了，在那之后，我妻子的母亲大约有六年的时间都不愿意见我们和这个孩子。双方完全闹僵了。她的家族当中长期存在纷争与不和，比如说，她有亲人住在苏格兰边界，但是基本上都不联系她了。她经常说，她们家族的人都是睚眦必报、斤斤计较的人。我觉得她的这种性格可能是在教会中形成的，而且应该没有人来劝阻她。

让人觉得震惊的是，结下这种仇怨的原因往往是一些鸡毛蒜皮的无聊小事。比如说，1945年年底，我们俩用传统的小盒子装好结婚蛋糕，送给亲戚和朋友，这些蛋糕是分成两三批送出去的，这就意味着有些人会比另外一些人早一点收到蛋糕，而那些第二批或者第三批才收到蛋糕的人就特别生气，认为第一拨收到蛋糕的人才是我们更为重视的人，于是就不再和她说话了。这些人甚至根本就没有意识到，这只是他们给自己设置的陷阱罢了。

在这种小事情上的斤斤计较，实在让我无法接受。这些看起来很正常的苏格兰中产阶级对他们自己的亲属所表现出来的病态怨恨，甚至比我对樟宜监狱中那些日本警卫的怨恨还要深。我开始逐渐意识到，婚姻就像是把自己关进了一间没有钥匙的牢房里。

当然，使婚姻陷入弥尔顿所谓的"悲伤的家庭幽禁"这种地步，也不仅仅是一个人的错误。面对别人的敌意，我只会躲进冷漠与愤怒的外表之下，给自己紧紧地套上"保护壳"，这也进一步造成了情况的恶化。紧张的人际关系让我感觉备受威胁，唤起了我之前的可怕记忆，而我又不能跟任何人倾诉，最悲哀的是，连我的妻子都不行。

我的幽闭恐怖症在教堂里被进一步恶化，因为那里的人会因为座位靠前与否而争吵不休，之后不理不睬甚至是结下仇怨。有一天，一个三十年来一直坚持去教堂做礼拜的女人大声指责我和我的妻子，因为我们俩不小心坐在了她认为是自己专属座位的那个地方。我不由自主地注意到，那儿的大部分老兵在战争中都没有做过什么贡献。他们不停地抱怨说消防值班的任务太糟糕了，而在当时他们这种抱怨并没有博得我的同情。我实在是忍受不了他们这种无知和虚伪。他们永远都不会想着出去了解新的事物。有一对夫妇对自己那些不幸的女儿看管得特别严，结果那些已经长大成人的女性却没有机会遇到年轻的男士，我们只能看着她们就这样孤独终老。

1949年12月,我被派遣到黄金海岸,这在一定程度上来说,是我在逃避日渐愁苦的生活。这为我之后逐渐脱离那个教堂、那种生活和那个世界奠定了基础。在我去非洲工作后不久,我的父亲就去世了,我与战前世界最后的这一丝联系也随之彻底被切断了。他的第二任妻子仍然住在那幢俯瞰福斯湾的大房子里,而我从此再也没有回去过。

我和妻子带着年幼的孩子到达黄金海岸的那个月,正好赶上那里开始了最大规模的独立运动。恩克鲁玛为实现立即自治而掀起了所谓的"积极行动"运动,全国各地都是大规模的集会、暴动和游行,形势极其动荡。一月份的时候,总督查尔斯·雅顿·克拉克爵士宣布进入紧急状态,并逮捕了恩克鲁玛,希望能阻止这种鲁莽的独立势头。恩克鲁玛在监狱中待了十四个月。但是英国政府在当地扶持的领导人并不被当地人所认可,最终恩克鲁玛获释,并被一致推举为人民领袖。英国政府只能跟他合作,并着手准备撤出加纳。

我被派往农村发展部门任职。我们主要有两项任务:一是启动沃尔特河工程项目;二是修建特马港口。沃尔特河全长一千英里,正如名字所称,这条河起源于上沃尔塔(如今属于布基纳法索),从东海岸的阿克拉注入大海。第

第十章

一个项目就是要在沃尔特河上修建一座大坝,同时形成非洲最大的人工湖,开发其巨大的水能用于发电。由此产生的电力能用来支撑国家经济发展,尤其是炼铝工业的发展。非洲西部有丰富的铝土矿,而且在精炼过程中要消耗大量的电力。这确实是一个庞大的工程项目。我绘制出第一幅沃尔特河流域的等高线图,标明大坝建成之后流域之内会被淹没的区域,等高线图中包含很多一英寸的地形调查图,差不多能铺满一间大屋子的地板了。我的很多同事都不相信这个工程能有那么复杂,可当他们看到我那张大地图以及据估测要被淹没的区域面积时,他们脸上都露出一副惊恐的表情。

特马港口修建项目是与沃尔塔大坝密切相关的,而且对当地炼铝工业的发展至关重要。在加纳首都阿克拉的城外,有一个修建港口的绝佳位置,因此我们就建议修建一座全新的港口。我还记得,一位顾问工程师把一个木桩子钉在沙滩上,宣布港口西边的防浪堤就要从这里建起了。

工业革命曾经让我痴迷了那么长时间,而如今我也成为了这个过程当中的一分子,在战后工业化的大潮中出一分力。那份工作让人很有成就感,虽然现在回想起来,感觉当时我们其实是幻想着只要有化学品和金属品几乎就能解决一切问题。在如今所谓的第三世界国家,发展重工业其实比任何人一开始想象的都要复杂,尤其是在战后独立的非洲，问题就更为棘手。不过整个工程规划得很好，组织也很有序，因此也让人乐在其中。我当时负责为殖民管理处来协调工程方案的实施，与曾经参与过田纳西州流域管理局项目和其他大型水利项目的美国顾问见面商谈，这同时也让我重新有兴趣去多了解那些伟大的铁路工程师和桥梁建筑师。

　　战后的工业化大计中自然少不了要修建新的铁路线。其中最大胆的一项计划就是以加纳中南部内陆城市库马西为起点，修建一条铁路线，一直向北到达法属上沃尔塔的瓦加杜古。如果建成，这条铁路线全程将达到六百英里，将沃尔塔上游干旱的热带草原和半荒漠化的土地与热带海岸连接起来，成为铁路史上一个伟大的壮举。然而这个计划最终只是被留在了工程师的设计本上。法国与英国在非洲的利益冲突以及对资源的巨大压力最终导致计划破产。不过，除此之外，还是有其他的新铁路线得以建成。比如从阿克拉修建了一条铁路支线通往特马港口；还修建了另外一条铁路线将首都阿克拉与加纳西部主要港口塔科腊迪连接了起来。这些铁路线上运行的主要还是货车这样的工程车，一辆辆坚固的小火车托运木材和岩石去修建路堤和防波堤。它们与我小时候喜欢的那种火车完全不一样，但不管怎么样也算是蒸汽机车。我喜欢看着在我的间接领导下这些小型铁路线逐渐成型。到我离开加纳的时候，其中一些铁路线已经投入使用了。这些铁路

第十章　**257**

线的轨距大约只有三英尺六英寸,只比我在马来半岛和暹罗常见到的那种米轨稍微宽一点儿,上面跑的都是同一种火车,因为是相同的英国政府机构为黄金海岸购买的,是我们在东南亚的财产和附属品。

我给世界各地使用三英尺六英寸轨距铁路线的运营商写信,询问他们是否有多余的火车,请求他们转卖给我们,因为我们特别需要这样的火车。其中一个使用这样轨距铁路线的国家就是日本,但我却怎么都无法给他们的运营商写信。自从战争结束之后,我从来没有和任何日本人有过交集。我也没办法装作若无其事,然后去跟日本人进行正常的商业交易。

在此期间,我和我的妻子非常不幸地失去了我们的儿子艾瑞克,他在塔科腊迪出生,第二天就夭折了。我的妻子痛不欲生,而这也进一步加深了我们俩之间已经存在的隔阂。

我在这个职位上工作了六年。最后一年,我在黄金海岸西部的塞康第担任政府代表助理,职责上来说更像是旧时传统意义上的地区总督。我主管一个区,也是当时全国最重要的一个区,因为里面包含了主要的深水海港塔科腊迪。我是这里的地方长官、治安法官、副验尸官,还是监狱探监委员会的主席(这里的监狱看起来就像是一个小版本的欧南路监狱),但是尽管如此,我并没有旧时地区总督享有的那种代表王权的权力,无法像他们那样以绝对的权力统辖该地区。我是英国最后一批殖民官员中的一个,我们知道,大英帝国的势力正在撤出。去殖民化已经是大势所趋,所以我也只是尽力做好我该做的工作而已。作为治安法官,我必须假定控诉方和辩护方提供的证据都是不可靠的,要根据常识来作出判断。比如说,在争夺儿童监护权的案件审理当中,我得让孩子自己决定他们想要跟谁一起生活。

克瓦米·恩克鲁玛是当时的风云人物,是除了埃及的贾迈勒·阿卜杜·纳赛尔之外非洲最有名的民族主义者。我们知道,他上台执政是不可避免的事实,而且他在国内的威望是难以取代的。他有一次到塞康第,我见到了他。当时我的上司,也就是负责整个加纳西部地区的英国官员为他举行了一次晚宴,我也被邀请参加。我发现,恩克鲁玛为人亲切,很善言谈,但是能力不足。我感觉他就像英国及其他地方那些煽动性很强的议员们一样,根本就没有经验来承担他即将要承担的重大责任。还有一次,他说想去游泳,于是我就把我的泳裤借给了他。也许这是我和当权者走得最近的一次吧!

终于,在海港建设工程和大坝工程顺利有序进行的情况下,1955年,我们回国了。当时距离加纳独立仅仅只剩下两年的时间。当时已经三十六岁的我申请了提前离职,准备找其他的工作来做。关于我的职业生涯,我不想赘述，只在这里简单地陈述一下。我去格拉斯哥学习了一年的人事管理课程，我对如今所谓的"人力资源"很感兴趣，主要是因为我在非洲西部的时候有过调配人力物力的经验。之后我进入苏格兰天然气公司，任职于劳资关系部门。我对改善劳资关系的教学方面越来越有兴趣，因此在20世纪60年代末期，我成为了一个学者，在斯特拉斯克莱德大学任教，并到全国各地去做关于人力资源管理方面的讲座。

一直以来，我都表现得跟过去什么事情都没有发生过一样。我并没有感觉自己跟别人有什么不同，除了晚上经常会做噩梦之外，但我又觉得这不是什么大不了的问题。我想让自己相信，以前的事情都过去了，但是欧南路监狱里的场景却不停地重现浮现在我的脑海中，几乎每天夜里如此。沉默、疾病、饥饿、恐惧，其中最强烈的就是那种对未来的不确定和恐惧感。梦里每次几乎都是这样可怕的场景：战争结束之后，我却又被关进了监狱，而且由于这次入狱是没有什么理由可言的，因此也就没有理由放我出来。我的妻子尽力来安慰我，但是我们俩人之间的隔阂已经很难跨越了。夜里我会哭着醒来，浑身大汗，仿佛我刚刚提着重物爬上了一座大山，同时还因为如释重负而浑身颤抖，因为我发现自己并不是在监狱里，而是在湿热的塞康第或者阴冷的爱丁堡。

说来奇怪的是，我在其他人身上也发现了类似的症状,尤其是我在黄金海岸认识的一个之前在德国做过战俘的人,这个人如今体弱多病,情绪焦虑,还总是疑神疑鬼的。但是从来没有人讨论过这些问题,我也从来没有提起过。只有在跟别人谈起日本人这个话题的时候,我才会说起自己的遭遇,告诉别人说我对日本人简直就是恨之入骨。

我在北碧府以及之后的遭遇继续以各种难以描述的方式来折磨我。我发现,如今我不能容忍生活中出现"灰色地带",也就无法接受任何模棱两可或不确定的事物。同时,我无法轻易地原谅别人的过错,委婉地说,就是我不会对愚蠢的人保持耐心。那些生活琐事总是让我很烦,或者更准确地说,我受不了那些生活中的琐事,总是会以各种方式来拖延生活中这类无尽的琐事。比如说,我在工作上是非常有条理的人,而且我总是尽我最大的努力去完成工作——我可以很快地理清自己的思路,不需要稿子就能准确地发言——但是我却受不了应对账单、传单,尤其是需要填写个人信息的场合。对我这种渴望规律生活的人来说,那都是一些意外事件、干扰性事件以及不确定的事件。对我来说,最好就是一次认真做好一件事情。我常常会故意忽视那些账单,虽然我知道到最后我终归还是要理清这些账单,但我实在是无法去面对那些必须要面对的官僚愚蠢作风。

我封闭在自己的世界当中,凡事总是消极被动,我可以像吸墨纸一样吸纳各种经历经验,却很难拿出来跟别人分享。同时这让我看起来反应很迟钝,但我绝对不是一个懒惰的人。有时候,我感觉自己在家里就像是一个客人。每次遇到冲突之后,我就会极其顽固地去对抗,仿佛是在报复日本宪兵队和日本警卫,替自己报仇。不得不承认的是,战后虽然世界恢复了和平,可我自己仍然在战斗,在抗争。

后来,我开始担忧,日军在我心中埋下的仇恨开始在很多方面伤害到了我的家人。之前在远东做过战俘的那些人都相信一种说法,那就是我们的子女都是有缺陷的,他们在某种程度上生来就带有基因缺陷。多少年之后,当我们这些战俘们聚在一起的时候,大家都说我们可能把一些奇怪的病症遗传给了下一代。有意思的是,一些美国科学家也认为,奴隶贸易中臭名昭著的"中间通道"给奴隶带来无法承受的生理压力,从而对这些奴隶的下一代子孙产生直接的危害。我不知道这项研究是否准确,但我们这些战俘还是会半信半疑地聊起这种说法。谁又能知道,我们整天被压抑着的情感会对我们子女的心理发展产生什么样的影响呢?

我的大女儿琳达在十二岁的时候患上了脑出血。一开始,医生以为只是昏厥过去了,但她却一直清醒不过来。最终她的右臂和右手都不听使唤了。庆幸的是,她是个左撇子。十岁的时候,琳达在绘画方面表现出了极大的天赋，但她这一辈子再也不能用双手去完成某件事情了。

之后，琳达还出现过几次并发症，有几次差一点就丢了性命。接下来在余生当中，她总是要小心脑袋里那些"小炸弹"随时会爆炸。她实现了自己的目标，进入了一家大型保险公司工作，负责审查那些可疑的索赔诉求，工作特别努力。琳达生性乐观，幽默感很强，她能让她的朋友们忘记她是个残疾人。但她还是无法抗拒先天性的缺陷，四十六岁的时候就去世了。

我的二女儿出生在1957年。她的童年很快乐，也很健康，后来成为一名优秀的护士和助产士。

由于外出做巡回演讲，我经常不在家，这毫无疑问是导致我婚姻破裂的一个原因，但同时也是我婚姻失败的一个症状。我总是想要逃离。1970年，我一口气在外面待了六个月，后来又回去了，但是感觉一切都已经变了。终于，在1981年，我彻底地离开了家。

第十一章

繁忙的工作以及每天生活的强大洪流裹挟着我们前行，不管这对那些过去有心理创伤的人来说有多么可怕，还是会让人产生一种与过去已经彻底分离的幻觉。就跟很多曾经被日军监禁的人一样，我发现自己已经让工作排挤掉了我想要清算旧账的那种欲望。

跟很多我的战友们一样，我收集了很多关于二战时期马来半岛战事的书籍、关于"缅甸—暹罗"铁路线以及集中营的书籍。尽管我不想这样，我还是经常想起那段可怕的过去。但是我从来都不愿意直面过去。20世纪70年代，我当年的狱友艾利克斯·莫顿·麦凯已经定居加拿大，他通过一个战俘老兵组织找到了我的地址，给我写来一封非常感人的信。他说，当年他看着我用夹板固定着骨折了的胳膊，还用胶带把眼镜粘好，对他是一个极大的鼓舞。虽然我当时的确是那副模样，我却并不觉得自己很了不起。没有人会觉得自己是个英雄。所以我发现不知道该如何给麦凯回信。不过，我们最后还是一直保持着联系，终于有一天在伦敦参加完一个纪念二战中在远东地区牺牲军人的仪式之后，我们俩见到了彼此。弗雷德·史密斯也跟我们一起吃了午饭。这是我唯一一次与这两个对我来说非常重要的人聚到一起。

但过去却不是可以轻易否定的。我想要弄清楚当年在暹罗我们究竟发生了什么，这并不是某种闲来无事的好奇心，而是只要我安静下来，就会清晰地闪现出来的强烈欲望。1982年我退休之后，这种欲望就愈发强烈，我再也抑制不住了。我要去弄清楚，当年到底发生了什么，为什么日军那天早上会突然来搜查我们的营房，是不是真的有人向日军告密。我要弄清楚事情的起始经过，还要找出那些曾经暴打我们甚至杀害战俘的日本人，除去那些已经被正法的日本人，尤其是曾经在北碧府折磨我的那个日本宪兵。我不知道他们属于哪个军队，不知道他们的名字，更不知道他们战后的命运如何。找到那些人，知道他们还活着，甚至是从哪儿开始找起，都是非常困难的。但随着时间的推移，这种弄清事实的欲望只会愈发强烈。这就像是手里只有一些零碎的证据、褪色的文件、细碎的骨头和生锈的铁轨，当然还有更加朦胧的记忆，却要依据这些极力挖掘出事情的真相。

也许我是想要找回入伍参战并被送到一条险峻的铁路线上当劳工之前的我自己。我承认，我想让日军付出代价，比他们应受的惩罚更大的代价。我越是这样想，就越希望能尽快找到那些日本宪兵，然后报复他们。似乎只有对他们实施武力报复才能够平息我一直以来的愤怒。我经常会想起在北碧府那个年轻的翻译。在欧南路监狱的时候，我无法将自己内心的仇恨集中到具体哪一个人身上，但是由于那个翻译会说英语，他就成为一个连接点，成为我记忆中的核心人物，是我一个人的仇敌。他那吞吞吐吐的英语，没完没了的问题，啰嗦重复的语气，以及他给那个残忍大个头军士翻译时的嘴脸：他代表了所有的日军，他对我来说就是最可怕的噩梦。

在我已经要下定决心查明真相的时候，我遇到了帕蒂。当时我仍然到全国各地去做关于劳资关系方面的讲学。1980年的一天，我发现自己来到了英国中部历史悠久的大型铁路枢纽克鲁火车站。其实我不该去那儿的。我本来是去切斯特参加一个图书拍卖活动，以前的那种收集欲望还是那么强烈。我是去火车站准备坐车去曼彻斯特，然后再去爱丁堡，结果发现那班火车被取消了。至今，我仍然感谢那班临时取消的车次，不管取消的原因是什么。当时我只能改乘其他班次火车去克鲁，因为我知道在那儿一定可以换乘一班朝西海岸开到苏格兰的火车。我对铁路线的痴迷还是有一定作用的。

到达克鲁火车站的时间不早不晚，开往格拉斯哥的火车正好刚刚进站停车，我立刻就跳上了车。我买了一张一等座的票，是带走廊的老式车厢，里面都是单独的小隔间。第三隔间里面只有一位漂亮的女士，于是我就选择了这个隔间。当时我突然意识到,自己穿着整齐却陈旧过时,而且因为早年的牢狱之灾而牙齿泛黄,显得有些寒酸,虽然我看起来比实际年龄六十一岁要年轻。而那位女士身材苗条,面容姣好,一头乌黑的头发,美丽自信,看起来至少比我年轻十五岁,就像是来自另一个世界的女人。相比之下我有些局促不安,但是她的表情中透露出一种让人信任的善意,我一下子就忘记了年龄和外貌上的差距。

当时她正在查阅《英国观光旅游地图集》这本小册子,她把书平摊在膝盖上,然后查看去西海岸的旅行路线。她是英国人,在这里的医院当护士,不过她在加拿大生活了很多年,这次旅行是她重回故土的发现之旅。我很惊喜地得知,她之前在蒙特利尔经营一家古旧书店。当时她正要坐火车去格拉斯哥拜访一位朋友。很快,我就开始为她讲解沿途小镇的历史,暗自希望不会让她感觉到厌烦。但是似乎我们俩之间一开始就有某种默契,鼓励着我继续讲下去。

后来又上来两位男乘客,我故意把我的雨衣继续放在旁边的座位上,就是不挪走。被俘虏时锻炼出来的这种抗拒能力还是很管用的。当时我已经意识到,这对我来说是一次非常重要的谈话,所以不想让其他任何人参与进来。三个小时之后,火车开进了卡斯泰尔斯,我鼓足勇气,邀请她第二天在格拉斯哥与我共进午餐。她答应了。

后来我们很快就发现,原来我们两个人都生活无所寄托,不太幸福。她的婚姻也跟我的一样走到了尽头。我们两个人之后就经常见面,她休假的时候待在萨默塞特,我们一起在那儿度过了一段愉快的时光。假期结束之后,她回到了加拿大。我们俩就经常写信,打长途电话。在我似乎已经没有可能再付出感情的年纪,在我已经决定要踏上复仇之旅的时候,我竟然陷入了爱河。之后我们就在一起了——她搬到了爱丁堡和我一起生活。如今我已经成为帕蒂家的一员,帕蒂的儿子尼克拉斯、马克、格雷姆和他的妻子珍妮都很欢迎我。他们让我重新对未来产生了希望。想一想,火车上真的会发生各种奇妙的际遇,我能在火车上遇见这位对我生命轨迹产生重大影响的女士,看来也就不足为奇了。

一开始,我并没有把二战中自己在马来半岛和暹罗的遭遇全部都告诉帕蒂,但是之后所有事情也就慢慢浮出水面了。她逐渐发现,与之共同生活的这个人会有一些奇怪的表现。而与此同时,我还在继续自己对真相的探究。1985年1月,我在伦敦一份为战俘老兵设立的时事通讯《远东战俘论坛》上发表了一篇文章,呼吁大家在"一切还来得及"的时候提供关于1943年北碧府事件的信息。我希望有目击者出来作证,希望能找到那个"美国"翻译和那位荷兰医生的信息。至于当年那七位战俘军官,我打听了一下,他们都已经去世了。麦凯几年之前就去世了,七个人当中身体条件最差的史密斯,一直活到了九十岁,最终在

1984年去世。同时,我也知道弗雷德也快要走到人生尽头了,那一年他写信给我说:"最近我的胸口一直特别疼,咳嗽得很厉害。"同时,他还在信里向我袒露了一件他一直隐瞒的事情:"夜里我的头总是特别疼,一到夜里就疼。"五年以前,弗雷德那颗曾经在我看来坚如磐石的心脏终于停止了跳动。

那篇文章发表之后,我大约收到了二十封来信,几乎每一封信都充满了善意和理解。其中一封来自曾经在皇家诺福克团担任军士的T.C.布朗:

你在论坛上发表的那篇文章让我想起了那个恐怖的夜晚……我记得你们都排队站在警卫室的前面,殴打你们的那天夜里,日本宪兵队冲进我们的营房,将排水沟上的竹桥扯断,我们原以为自己要遭毒手了,但没想到你们才是那天的受害者。那天夜里简直是太可怕了,求饶的喊声让人毛骨悚然。我们躺在床上,无能为力,只能为你们祈祷。天太黑了,我们也看不见外面究竟情况如何……第二天早上,我们"列队"经过警卫室门前的时候,发现你们当中少了两个人。如果我没记错的话,应该是那个瘦高个儿的军官和一个身形矮小的军官……日本人投降之后,当时在杂役部门的一个叫约翰逊的下士告诉我说,他知道那两名消失的军官是被埋在警卫室后面了,他在日军营房周边干活儿,看见一顶沾满血的军官帽……我永远都忘不了你们这几个人被毒打之后的惨状,我当时是负责营地卫生的军士,经常看见你们在日军的看管之下上厕所。

还有很多跟这封信类似的信件,读来让我很感动,但是却并没有给我提供我想要的信息。

后来,牛津的亨利·塞西尔·巴伯寄来一封信,他曾经是一名正规军随行牧师,如今已经将近八十岁了。他从1940年12月起就在马来半岛服役,之后跟我们一样,在那里沦陷之后被俘获。在战争即将结束的时候,他被送到了北碧府的大战俘集中营。一些下级军官告诉他说,大约两年前,有两名身份不明的战俘因为在附近铁路线车间里操作无线电设备而被杀害了,尸体被扔进了警卫室附近的一个厕所里。尽管已经过去一段时间了,那些军官还是请他为那两名战俘军官做一次祷告仪式。巴伯同意了,就为他们诵念了《死者葬仪》祷告词,那是他第一次在不知道死者姓名的情况下进行祷告仪式。"因为我在你面前是客旅,是寄居的,像我列祖一般。"获悉生前非常有女人缘的霍利和很有学问的阿米蒂奇在那个似乎没有人还记得他们的肮脏之地还能得到牧师的祷告,我感到非常欣慰。

我给巴伯写了回信,告诉他这两位他为之祈祷的军官的名字。他又回信告诉我说,战争结束之后,他并没有立即回英国,而是主动请求加入一个政府组织的战争墓地委员会,他们沿着全长258英里的铁路线寻找那些简陋的坟头,以及失踪士兵的尸体。这个搜寻小组在曼谷得到了盟军管理层的认可,组内包括十六名英国和澳大利亚士兵,还有一位年轻的日本翻译。9月22日,他们从曼谷启程,乘坐带有亚答篷子的敞篷货车,一直去到缅甸的丹彪扎亚。在找到了144个坟头和一万多具尸体之后,他们于1945年10月10日返回。这些被找到的坟头大部分都是在轨道旁的小树林里。就在战争即将结束之前,美国陆军航空队一整批B29轰炸机航空兵都在缅甸边境线附近的山里被枪毙了。巴伯记得他还为这批士兵做了一次葬礼祷告。

与我通信的时候,巴伯已经跟搜寻队的其他成员都失去联系,但是他告诉我说,当时队里的那位翻译最近主动联系上了他,也许这位翻译可以帮我找到我想要的信息。他问我,愿不愿意让他代我去询问一下。于是我特意让他帮忙打听那个虐待我的日本人以及那个看着我被虐待的可恶的"英语"翻译。我想要先弄清楚那些凶杀案的事实,因此就请巴伯主要打听在北碧府集中营那晚发生的事情。我没有抱多大希望能从那位翻译那里得到任何消息。巴伯愿意担任我们双方沟通的中间人,我很高兴,因为我是不可能与一个日本老兵直接通信的。

这位日本翻译名叫永濑武志,住在仓敷市。他给巴伯写信说，他没办法帮忙提供所需要的信息，但他觉得我们要找的那个人战后不久就去世了。

巴伯建议我去裘园的公共档案馆看看是否能找到我要的信息，那里保存着一些战犯审判记录。于是，1985年春天，我就安静地坐在档案馆里的一张桌子旁，读着文件W0235/822里面褪色的资料，内容正是审判杀害霍利上校和阿米蒂奇中尉的日本人以及虐待我们的那些日本人的文字记录。

那天下午特别奇妙。读着那些审判记录，我忘记了周遭的一切事物，进入了一种恍惚的状态，眼前仿佛又出现了北碧府集中营那一晚的场景，但这次我成为了一个旁观者。我看见了警卫室、韩国警卫和日本警卫、木桌子、排水沟、乱葬岗、尘土、热浪，以及远方横亘在我们和西方盟军的朦胧的大山，还有一排英国军官，开始遭受数个小时的暴晒，不仅要忍受烈日，还要忍受口渴的折磨，同时还得努力地保持立正姿势，然后天黑之后，那群暴徒出现，开始暴打他们。

一连好几个小时，我反复阅读这些证据，里面也包括我之前用打字机写出来的控诉书，读完之后，我整个人都筋疲力尽了。而这期间最奇怪的一种感觉是，我所阅读的这些资料跟我自己仿佛并没有什么关系，我是代表一个我根本不认识的人在寻求真相。

1985年下半年，巴伯从牛津搬到了剑桥，我去拜访了他。那时候他已经年老多病,但头脑仍然很清醒,而且很健谈。果然不出我的意料,他跟我们很多人一样,对那段过去怀有一种很复杂的心情。他在20世纪60年代的时候曾经把自己战俘时期的所有文件资料都销毁了,后来又特别后悔这种做法,于是又想办法从帝国战争博物馆中找复印件。战争过后,他的信仰也逐渐消失,他放弃了宗教,转而研究事实性很强的数学,并当了很多年的数学老师。在这期间,他只有一次重拾当年随军牧师的身份,与其他的战俘老兵们一起去看了看如今的泰国。

他给我提供了一些永濑武志的信息,据说此人在战后热衷在北碧府周边开展慈善事业,刚刚在那边的铁路线附近修建了一座佛寺。对此,我一直是持冷淡的怀疑态度,而且一想起这个人就会感觉厌恶。我不相信日本人会悔过。他在桂河大桥上组织了一次"调解"大会。在大卫·里恩的电影中,桂河大桥这个有名的建筑让很多人都对战俘们的生活产生了错误的看法——有人见过被养活得白白胖胖的战俘吗?——自1945年以来,我就没有再见过任何日本人,以后也不想再见。他组织的那场"调解"大会在我看来就是一场欺骗大众的作秀而已。

巴伯牧师于1987年去世了。我本该直接跟那位自称悔过自新的日本人联系,但那还不如直接砍掉我的一条胳膊来得容易。

对于我至亲至爱的人来说,已经越来越难以忍受我了。即使已经用了好几十年来努力"忘却",可是战俘老兵们还是会让别人无法理解,让别人感到害怕。如果对我们来说,过去就是一堆伤痕累累的回忆和愤怒耻辱,未来只是我们暂时躲避起来伺机报复的场所,那么其他人就很难帮助我们与那段过去和解。我知道自己身上有闪光点,但是有时候这些优点几乎一下子就被突如其来的恐惧与愤怒给驱散。只要我感觉对方的声音里有稍许的敌意,我就马上把自己全副武装地封闭起来。所有这一切都很难让我找到一个疗伤的方法。

因此,帕蒂就得忍受我突然生闷气,突然对她态度冷淡,而且经不起别人跟我开玩笑,即使只是充满爱意的调侃。我对外界伤害的这种反应并不是故意为之,我只是把自己封闭起来,像一个典型的受害者那样完全处于被动状态。我的逃避是一种自我保护的方式。但是帕蒂却对此感到很困惑。记得有一次,我自己觉得帕蒂的某种行为没有顾及到我的感受,所以就差不多一个星期没有和她说话。还有一次,之前几天我们一直都气氛很融洽,那天下午我午睡醒来,一时兴起,就光着身子悄悄来到楼下,想吓唬一下正在厨房里准备晚餐的帕蒂。当我像个鬼魂一样出现在她身后门口处的时候,她被吓了一跳,同时也开玩笑地朝我扔过来一块湿抹布,让我遮一下羞。然而就是这个毫无恶意的举动让我一下子感到特别害怕,从而变得态度十分冷淡,彻底毁掉了原本夫妻间欢乐亲密的气氛。

在我的世界里,一切仍然是黑白分明的。我已经习惯了把事实真相和真正的痛苦都隐藏起来,我希望这样痛苦就能自动消失,就像之前我骗自己说,欧南路监狱里所受的那些折磨也会自动消失。我这种毫无道理的逆来顺受同时伴随着根深蒂固的固执倔强。

帕蒂感觉我的战俘经历已经严重伤害了我,也是造成我们关系触礁的主要原因,因此就决定要改变这种状况,我们两个人都不想让我们的关系走到尽头。

我不知道从何处着手。我也从来没有想过去咨询精神病学家或心理治疗师。一般说来,战俘老兵们从来不会对别人详细谈起自己的那段经历,除非是面对其他的战俘老兵。有些战俘老兵成功地写出了自己的回忆录,但是只有很少人能做到。闭口不谈成为一个顽症,这也是我们将自己从那段经历里抽离出来的一种方式,这对那些受过折磨的战俘来说更是如此,肯定不会开口谈当年的遭遇。虽然我现在提笔写下了自己的经历,但这也是在我首次下决心直面过去之后,经过很长一段时间的努力才做到的。

于是,我和帕蒂同时开始了咨询的过程。帕蒂读了一篇关于远东战俘老兵长期健康问题的文章,作者是皮特·沃森博士,卫生部的一位高级医疗官员。他对一千名战俘老兵进行了追踪研究,列出了我们遇到的健康问题,研究报告称他所追踪的对象中有一半以上的人都有明显的心理问题。

帕蒂给沃森博士写了一封信,很快我就去了位于剑桥郡伊利的皇家空军医院,接受热带疾病排查,同时还特别要求做一次心理评估。我得详细地回忆在暹罗和马来半岛的经历,比我之前任何一次跟任何人吐露的都要多。我知道,不管治疗方法是什么,要想起作用,我就必须要开口谈起过去,但是我却怎么都做不到。后来为了解决这个问题,我决定以备忘录的形式把那段不幸的遭遇写下来,最后竟写出五十多张打印页。我把这个备忘录拿给皇家空军医院精神科顾问医生、皇家空军中队长布卢尔看,他感到非常震惊。我无法亲自向他口述,但是这份备忘录为我们俩之间的交流讨论奠定了基础。那是我这辈子第一次感觉,一道屏障被清除掉了。

在皇家空军医院待了四天之后,我回家了。同时,布卢尔医生打电话给帕蒂,向她证实,我确定是因为战时的创伤而受到精神伤害,长期处于一种对抗压力的状态下。他也许还用更专业的医学术语来描述我的状况,但这都已经不重要了,单单是发现问题并确诊病症本身就是一种进步。

同时,我读到一篇文章说,一个名为"酷刑受害者医疗救助中心"的新组织成立了,并且在伦敦的一家废弃医院设立了站点。我对这个组织一无所知,但还是给那里的主管海伦·班贝尔女士写了一封信。于是,1987年8月初,我受邀前去参观这个组织。海伦·班贝尔女士亲自接待了我。我仍然记得,当时我隔着桌子坐在她的对面,背对着墙壁,吞吞吐吐地用简短的语句说明我的来意,虽然没有明确说明,但是已经能让对方感知到我过去的一些经历。我以为我跟她讲述的这些都是很罕见的情况,我甚至还因为自身存在的那些问题感到有些羞愧。但是她告诉我,她对我所讲述的情况已经很熟悉了,因为世界各国很多的酷刑受害者都跟她倾诉过相似的情况,听到这些,我一下子感觉如释重负。

海伦·班贝尔女士做事不慌不忙,从容淡定,这是她给我印象最深刻的一点。她看起来好像时间十分充裕,总是特别耐心,而且非常有同情心。但最重要的是,她给我足够的时间。

单单是意识到每天的生活压力其实并不会淹没我的自我表达这一点,就让我非常震惊。我记得 1945 年在我浑身擦伤、疼痛难忍的时候,日军对我进行了半个小时的医疗检查,他们对我的死活根本就不感兴趣,也不会花费太多时间。半个世纪之后,我仍然因为内心压抑的那种焦虑而愤怒,而如今终于有人愿意给我足够的时间。不仅如此,当我得知自己并不是一个少见的心理残缺者,也不是一个疯子的时候,我感觉到了极大的安慰。

那次会面对我来说就像是走进了一个未知的世界,一个充满关爱和理解的世界。

海伦·班贝尔是个特别出色的女性。她身形娇小,总是一副气定神闲、沉着冷静的模样,同时,年近七十岁的她却也总是精力充沛。她这一生大部分的时间都在和酷刑受害者们打交道。她所创建的医疗中心也许是世界上唯一解决受虐者心理问题的专业组织。1945年,十九岁的海伦跟随盟军一起进入卑尔根—贝尔森集中营,在那里工作了两年半的时间。当时纳粹集中营里的囚犯不敢想象自己被"解放了",可以回家了。大部分人根本就无处可去,正是像海伦这样的工作人员来帮他们治疗肺结核,听他们讲述对集中营的可怕回忆:人吃人、恶意残杀,以及通过可怕的选择机制来选出哪些人出去干活,哪些人被送去毒气室。当时还是个小女孩儿的海伦在卑尔根—贝尔森集中营意识到,一定要让受害者说出自己的不幸遭遇,要懂得倾听他们的控诉,还要给予这些受害者应有的关注。

海伦在大赦国际工作了很多年,但是对酷刑受害者进行救助服务的需求越来越迫切,因此她成立了自己的新组织。过去,我们了解得太少,根本就不知道酷刑折磨如今已经成为一个全球性的问题——海伦带领的工作小组在十年间已经处理了八千个案例。

我和海伦的第一次会面只是一次探索性的会面,之后我尝试申请当地健康服务机构的医疗帮助,但是那里一个年轻的精神病医生告诉我,她不接受我这种因为历史问题而患病的患者。就在遭到拒绝之后,我收到了海伦·班贝尔的邀请，成为了机构中第一位二战老兵患者。这个邀请改变了当时已经年近七十的我的命运。

机构里每一个人，从主管到新来的最年轻的医护人员都特别耐心地观察患者的反应，倾听患者的倾诉，甚至是不厌其烦地反复倾听。这再次让我感到很震撼。同时让我自己都不敢相信的是，我竟然开口对别人倾诉了。

1988 年和 1989 年整整两年，我和帕蒂每隔三个星期都要去这个机构进行一次治疗，来回路程有六百英里。我的主治医生是斯图尔特·特纳，一位非常有经验的医生。在谈话治疗过程中，他对我"循循善诱"，慢慢地引导我吐露更多内心的想法，最终逐渐让我把从 1942 年初以来所有的经历都倾诉出来。他似乎非常了解世界各地的酷刑以及这些酷刑对受害者造成的伤害，并且感同身受。我从来没有遇到过如此有感知力、如此敏锐、如此善解人意的医生。

通过治疗，我第一次意识到，自己身上出现的种种问题可能都能在酷刑折磨上找到答案——为什么我是这样一个顽固、被动、沉默又敌意很强的怪胎？为什么我无法公开表达自己的愤怒？为什么我不喜欢跟权威部门打交道？为什么我有时候甚至都失去了感知能力？

斯图尔特有一次告诉我说，我是他见过的唯一一位面部表情如此高深莫测的患者，他根本就看不出来我在想什么。我也从来没有听过有人如此客观地来形容我面具似的表情。一定是谈话中在我想要暂时逃避他的问题时,这种表情就不自觉地出现了。

我逐渐学会了如何去面对过去,也第一次开始认识到经过二战之后我变成了什么样的人。但与此同时,我也没有忘记要去查清楚1943年事情的全部真相。只不过在这治疗的两年里,我的查找工作进展得很慢。我想要找出对我们使用暴力的那些日本人,这是很合情合理的,但是复仇的冲动还是在我心里涌动。

在我有些延迟的调查过程中,我找到的其中一个人就是1944年在樟宜监狱住在我邻床的吉姆·布拉德利。他写了一本书,讲述自己在1943年参与威尔金森一行人越狱未遂以及之后受到日军虐待的经历。读过这本书的简介之后,我找来一本,然后非常感动地发现,书里有一段"献给已故的埃里克·洛马克斯"的致辞。我很高兴地给他写了一封信,告诉他我还活着,他非常惊讶。之后我们俩见了面,重拾当年的友谊。1989年10月,我去到他家拜访他和他的妻子林迪,他们住在南唐斯丘陵郊区萨塞克斯郡一个名叫米德赫斯特的小村子里。我在那里住了一晚,那天晚上我们回忆旧事,聊得非常开心。第二天早上吃早饭的时候,林迪给我拿来一张1989年8月15日《日本时报》发表的一篇文章。《日本时报》是在东京发行的一份英文刊物,我自己是永远都不可能去买这种报纸来看的。日本战争墓地委员会的一名工作人员知道林迪广泛收集关于远东战争的剪报，于是就给她寄来这篇文章。林迪觉得我可能会对这篇文章感兴趣，因为里面提到了北碧府。

这篇文章是介绍战争结束后，曾经帮助盟军沿着铁路线寻找士兵尸体，而且与巴伯神父有密切通信往来的那位日本翻译永濑武志。在读这篇文章的同时，我感受到一种陌生、怪异又冷淡的快感。文章中有一张配图，图中是一位稍显老态的男人，穿着一件黑色的无领衬衫，靠在椅子上，背后是摆满了书籍的墙壁，他的胳膊耷拉在身体两侧，整个人看起来已经屈从命运而不堪一击了。在他的右肩膀后面是一张桂河大桥的大照片，桥身呈独特的微拱形。他面容瘦削，不带一丝笑容，一副饱经沧桑的样子，看起来就是一位年老体衰的七十一岁老人模样。但是这篇简短的文章用平实的语言向我们介绍了一位感觉比照片上更年轻的人。

文章中说，永濑武志将自己大部分的时候都用来"弥补日军曾经对战俘们犯下的罪行"，还介绍了他是如何服从命令，加入盟军。沿着铁路线寻找战俘的尸体，尽管他在1943年曾经见过满载着战俘的火车从新加坡开出，开往泰国，但是他根本就不知道铁路线上游究竟发生了什么事情，直到最后他跟随盟军队伍沿着铁路线，在那些简陋的路边墓地里看到那些坟堆里的尸体，他才意识到战俘们的悲惨命运。文章中写道，永濑武志在那次行程当中亲口表示,他决定要用余生来纪念那些因为修建这条铁路而牺牲的人们。

之前我对这个人的记忆仅仅来自巴伯神父的描述,而且我对他的评价也一直很刻薄。但是这篇文章让我对这个人有了更多的了解。文章中写道,他体弱多病,心脏病多次发作,每次他心脏病复发的时候,眼前就浮现出北碧府的日军折磨一个战俘的场景,这个战俘被指控的罪名就是藏匿铁路线地图。日军的一个折磨方式就是往战俘的嗓子里灌大量的水。永濑武志说:"作为二战时期的一名日军,我觉得如今自己遭受的这种痛苦就是我们虐待战俘而遭到的报应。"

那天早上,我在布拉德利的厨房里一句话都没有说,也许根本就是毫无反应,冷漠的面具彻底地霸占了我的面孔。从布拉德利家附近的车站到伦敦的火车上,我一路上都在盯着这篇文章,反复读了好几遍,终于在火车驶进滑铁卢车站的时候,我知道,这个人就是我想找的那个人。他的容貌与当年审讯我的那个人的容貌非常相像,只不过当年那副年轻的五官如今被年老深陷下去的颧骨、眼窝和嘴巴所替代。他在文章中提到了我,而且非常谨慎地承认说,在我被虐待的时候,他也在现场。我很高兴,我找到了他,而且我知道了他的身份,而他却根本不知道我还活在世上。

这么多年来,他是我唯一记得住样貌和声音的一个施虐者,是我记忆中唯一一个有血有肉的人物。半个多世纪以来,我一直被噩梦般的回忆所折磨,但读了他在那篇文章中的叙述之后,我发现,他似乎也深受困扰。他也会做噩梦,也会常常想起过去,也会有一种可怕的空虚感。文章中谈到1963年日本解除对出国旅行的管制之后,永濑武志为了赎罪,多次去到北碧府,在同盟军士兵墓园中献上花圈,并在那里设立了一个慈善基金,扶持当年那一大批亚洲劳工中剩下的幸存者。在这个大仇已报的辉煌时刻,除了兴奋之外,我心里反而五味杂陈。当年的回忆让我陷入了深深的恐惧和沮丧当中,但却激励着这个奇怪的人采取赎罪的行动。

我已经找到我一直想找的一个人,除了一点点的怀疑之外,我几乎可以肯定我认识这个人,也知道他人在哪里。我现在的处境非常有利:如果我想的话,就可以找到他,狠狠地报复他。之前,每当我想起他和跟他一起审讯我的那个人,我就有一种无能为力的感觉,而如今这种感觉已经烟消云散了。即使到了现在,虽然我知道了自战争结束以来他的所作所为,虽然我自己对复仇的态度也有了变化,可是当回忆再次浮出水面,我还是想让他为当年参与虐待我的行为付出代价。

那天很晚了,我才回到贝里克郡。当时帕蒂说,这么多年来她第一次见我那么开心。在我第二次去医疗中心的时候,我就很大方地把《日本时报》中的那篇文章拿了出来，让我感到意外的是，那里的医务人员告诉我说，他们第一次觉得我很"活跃"。现在，我已经无法再用冷漠的面具掩藏自己的感受了。

我仍然不知道该如何面对永濑武志。后来我又写信给英国驻东京大使馆工作人员以及研究日本战后为何拒绝承认历史错误的专家，打听了关于他的信息。似乎那些担忧日本军国主义势力卷土重来的人都知道永濑武志组织的各种活动，但是我不知道他这种赎罪的表现到底是真心还是在作秀。我必须要亲眼验证。于是，一开始我脑子里便蹦出这样一个小小的念头：也许我应该跟这个人见一面，再一次亲眼看到那张面孔，坚定自己对他们的仇恨。战争结束之后，很多人都不相信我们所受到的折磨，因为他们没有亲身经历，所以对一直生活安逸的人来说根本就无法想象我们的遭遇。但是我想要亲眼看到永濑武志的痛苦，这样就能减轻我自己的痛苦。

过了很长时间，我才把这种半成形的欲望表达了出来。有一两个人建议说，或许到了我应该原谅别人、忘记过去的时候了。通常来说，我不会公开地与别人争辩，但是面对这样的人，我还是会稍微反驳一下的。大部分让我学着去原谅的人根本就没有经历我所经历的痛苦，我还没做好准备去原谅，也许永远都不会做好准备。

在接下来的两年里，我还是不能决定如何处理我偶然得到的这些非常难得的信息。与此同时，完全是为了帮助医疗中心，我答应接受记者的邀请。直到今天为止，任何审讯式的一问一答都会让我感到莫名的恐惧，但是当时我坚持接受完《星期日泰晤士报》(Sunday Times)一名女记者的采访。甚至在1990年年底，我还参与录制了一档关于医疗中心的电视节目，并在1991年1月份的时候播出。

那一年，我定期与特纳医生见面，讨论找到永濑武志这件事对我的影响，考虑我应该怎么做。我仍然会经常想到报复他，但是斯图尔特帮我打消了谋杀的这个念头。他觉得我不应该再跟之前的审讯者见面了，说那样的话后果是难以预测的。尽管医疗中心的工作人员经验都非常丰富，但是他们没有一个人处理过我所提议的这种会面场合。海伦·班贝尔也不记得，战后欧洲历史上有任何施虐行为参与者和他的受害者主动见过面。斯图尔特·特纳不止一次地提醒我说，据记载，很多越南战争的美国老兵看到能够让他们想起战时那段经历的人或者事物的时候，就会遭受严重的精神创伤。

然而，我还是心心念念地想让永濑武志为当年的行为付出全部的代价，因此我决定凭着自己掌握的信息，以及对方的毫不知情，出其不意地出现在他面前。没想到，我这个复仇计划得到了一份意外的支持。为医疗中心录制电视节目并报道了我的经历的电视节目编导麦克·芬拉森对我背后的这条故事线非常感兴趣，他决定要制作一部关于我和永濑武志的纪录片。我的本意是安排我和永濑

第十一章

武志见面,而且只能告诉他说我是之前远东战争的一名战俘,不要告诉他我已经认出他是当年日本宪兵队的一员。一开始,芬拉森同意了我的计划,但是之后他却越来越不愿意像我提议的那样对永濑武志实施"突然袭击",这也可以理解。

当时,我完全不了解电视节目的制作方式,不过我很快就发现,尽管已经制定了宏大的电视节目录制计划,但还是可能在观众实际看到这档节目之前功亏一篑。麦克·芬拉森那时还是一个独立电视制作人,录制这部纪录片也只是他个人的热情所在罢了。对这部纪录片的投资不太好找,直到1991年初夏,我的所有计划都毫无进展,而这种拖延反而大有裨益,至少拯救了我和永濑武志的生活。斯图尔特·特纳非常关心我的计划进展情况,他建议我应该先在社交场合认识一些日本人,这样为最后与永濑武志的会面做好心理准备。鉴于自从1945年以来,我就没有再跟任何一个日本人说过话,如今要我去认识日本人,这可不是一件容易的事情,但我还是同意去尝试一下。我仔细研究制定了好几个方案:比如说,去某个日本旅游公司或者航空公司逛一圈,这样如果觉得实在受不了的话,就可以毫无困难地脱身。

然而,在我还没有来得及跟任何被我吓到的日本售票员来一次尴尬的会面之前,1991年7月初的一天,我在家里接到一通特殊的电话。以前,我很少接听家里的电话,在我的要求之下，帕蒂一直都会过滤来电。但是那天电话响起的时候，她正好不在家。打电话来的是我认识的一位历史学家，他问我愿不愿意去认识一位日本的历史学教授，名叫中原美智子，一位来自东京的女士。她主要研究日本帝国陆军对"缅甸—暹罗"铁路线上的战俘和亚洲劳工的虐待行为。我答应了。帕蒂回家之后，得知我答应跟一个日本人在我们家里见面，她简直惊呆了。

见面安排在七月底，见面前几天，我一直惴惴不安，害怕自己到时候有不妥的反应。不过最后的结果出乎意料。那天是一个晴朗宜人的夏日，是那种英国北部地区最好的清爽天气。帕蒂去贝里克车站接中原美智子，很快，我就听到屋前的花园大门打开的声音，接着我就看见帕蒂沿着花园小路走过来，身边是一位身形小巧、面带笑容的女士，穿着优雅的裤装和一件黑色的丝绸罩衫，留着一头引人注目的深色头发。我们握了握手。中原教授的英语说得特别好，仅仅几分钟之后，我就知道这次见面会很顺利。她是一位细心周到又博学多识的女士。午餐过后，我们坐在屋外的小花园里，交流一些信息，翻看资料、书籍以及一些残存物。

她告诉我们，她的丈夫在广岛的时候被炸伤。她想把劳工的悲惨遭遇告诉世人。二战之后有很多关于战俘遭遇的书籍出版，但是几乎没有人讲述过日军占领印尼时征用的那批劳工的遭遇，日本人将这些人称为"romusha"，大约有二十五万人,其中有马来亚人、印尼人、中国人、缅甸人、泰米尔人,与我们当时不同的是,这一群操着各种语言每天食不果腹的劳工们没有内部领导或组织性。中原教授想听我回忆一下当时在铁路线集中营劳动的情形,我很高兴能认识她,作为我与日本建立新联系的第一个环节。她告诉我说,她曾经见过永濑武志一次。

1943年,永濑武志成为我的噩梦,并自那之后成为挥之不去的阴影,但是似乎别人并不这样看他。同时,关于日本的各个方面也开始吸引我的注意。比如说,我眼前就是一位敢对面对事实的历史学家,不断地去发掘其祖国最不光彩的一些行为,我很欣赏她。她回到日本之后不久,就写信告诉我们,新即位的明仁天皇邀请她在天皇访问东南亚之前,去赤坂离宫为天皇讲述现代东南亚历史。她提出接受邀请的一个条件就是允许她自由发言。

中原美智子前来与我见面的那个月里,我得到一本永濑武志在日本出版的小册子。我只知道这本书名字叫《十字架和老虎》,因为除了1943年我和比尔·威廉姆森一起试着学了点儿日语之外,我的日语毫无进步。但后来我得知,1990年这本书在泰国发行了英文版。我订购了一本,并很快就邮寄过来了。这是一本很小的平装书,淡绿色的封面上印着一幅铁路大桥跨过桂河的图片。书里的内容不到70页,印制粗糙,错别字也很多。但我还是坐下来认真地读,仿佛这是一本难得的好书。

这本书一开始简短地介绍了1941年12月永濑武志在东京被征入伍的情况，当时我正在关丹县等待前来会合的英军。永濑武志被编在B3军队，可能被编入这个军队的士兵体力都不太好。他在书中复印了一张他1941年12月20日拍下的照片，照片中的他还是个很瘦弱的年轻人，身穿日本军装，戴着军便帽，手里握着一把很大的刺刀，感觉跟他瘦弱的身躯很不协调，照片上那张脸我记得非常清楚——一张白皙的脸庞上带着紧张、羞怯和忧伤的表情。

他在书中讲述了当年自己被派往西贡，在总参谋部一个名叫"文字情报局"的奇怪部门服役，后来在印度尼西亚战役结束之前，他又被派往爪哇岛，为一位搜集情报的情报长官做翻译。1943年1月初，他在新加坡的"运输部门"工作，窥探那些被送到铁路线上去劳动的战俘们，主要是搜查他们的行李，寻找像弗雷德·史密斯带去万磅县的那些有价值的小物件。1943年3月，当我们已经到达北碧府的时候，他被派往位于曼谷的铁路建设人员总部。9月份的时候他又接到命令，前往驻扎在北碧府的所谓"宪兵排"任职。他在书中承认这条铁路线的修建付出了巨大的代价，每铺设一节枕木就要有一个战俘或者一个劳工死去，而到如今，整条铁路线只有不到三分之一的路段还在运行。

书中余下的内容主要分为三大部分：回忆他在北碧府的经历；以日记的形式记录了1945年9月到10月之间，他与包括巴伯神父在内的战俘尸体搜寻队一起用三周时间去寻找战俘坟头的经历;还简单地记录了一下他战后在泰国的一些经历。

书中的第一部分,尤其是前五页对我的触动特别大。永濑武志到达万磅县的时候天气阴阴沉沉,乌云密布。他回忆说当时的环境让人感觉有些毛骨悚然,铅灰色的天空中大群大群的大黑秃鹰落在屋顶上或者柚木林高高的树杈上。起初他以为秃鹰在当地很常见罢了,但后来才发现它们都是被集中营上空的腐肉气息给吸引过来的。

第二天,他去了北碧府。"当我走过杂草丛生的田地,又看到成群的秃鹰。它们每向前挪一步,就来回晃动自己的脑袋。"途中,永濑武志遇到一个战俘送葬队,用担架抬着一具尸体,上面盖着一面褪色的英国国旗,队伍后面跟着一个手拿长枪的日本兵,而日本兵的身后则是四五只晃动着脑袋的秃鹰。

他看到集中营粗糙的竹篱笆,同行的日本军士让他假装成集中营的巡视员,因为这里的战俘都还不认识他,可能不经意间就能给他透露点情报。走进集中营,看到那些没有屋顶的破旧茅屋,看到躲在湿漉漉的毯子下瑟瑟发抖的病号,看到躺在床上或者地板上痛苦扭动的疟疾患者,他被震惊了。这时天开始下雨,一位英国军官走到他面前,请他帮忙改善战俘生活条件,告诉他说,他们已经在这个没有屋顶的茅屋里住了一个多星期,疟疾患者也只能淋雨。看着那些疟疾患者"微弱暗淡的眼神",永濑武志心里感觉特别难受。他记得在新加坡车站看到炎炎烈日下,那些被三十个人一组塞进厢式车的战俘们也是带着这样忧伤的眼神。当时,一位蓝眼睛的英国军官不停地问他,要把他们送到哪里去?但是永濑武志也不知道,所以他答不上来这个问题。他在书中写道:"为什么蓝眼睛都看起来那么忧伤?"

在北碧府的时候,永濑武志被分在"特工"行动队,负责情报和反情报工作。他要一直随行辅助行动队队长,一个高个儿"脸色有点儿暗,胡子刮得很干净"的军士。有时候,行动队队长让他假装成泰国人去跟战俘们套近乎,试图了解他们的想法和动向。我不知道永濑武志还会说泰语,或者他只是装成一个稍微懂一点儿英语的泰国村民。

在当年10月铁路线投入使用之前,他们怀疑战俘当中有人使用收音机收听盟军的广播。于是他们就突然搜查了战俘们的行李,发现了那台设备。永濑武志写道,当所有的"嫌疑人"都被带到他所在的情报行动队时,他们都已经被打成重伤。他记得其中一个人已经被打死了。突然之间,仿佛他从幕后走了出来,我眼前又出现那熟悉的一幕,仿佛在做梦一般。他在书中写道:

> 我要特别谈起一个我曾经作为翻译协助审讯过的战俘。日军在搜查行李的时候发现他有一张"缅

甸—暹罗"铁路线手绘地图,上面标着所有车站的名字。他说他是个铁路爱好者,只是想把地图带回去当个纪念品。他的解释并不令人信服,因为当时那条铁路线还是个机密。

永濑武志说,为了能把这个战俘移交给军事法庭,就必须指控他从事间谍活动。日军对其进行了审讯,但这个战俘就是不认罪,因为他知道,一旦承认自己是个间谍,就必死无疑了。

连续一个多星期,日军从早到晚对这个战俘进行严刑拷问,连我都感觉特别疲惫。那个日本军官有时候情绪太激动了,根本分不清我和战俘,甚至还会对着我大吼大叫。那个战俘看起来很虚弱,性情和善,但他就是死不认罪……那个日本军官用警棍打他。我实在是看不下去了,就劝他赶紧认罪,少受点儿这种精神上和躯体上的摧残。那个战俘只是对我笑了笑而已。最终,那个日本军官开始对他实施例行的折磨手段。首先,他们把他扔进大水盆里……然后,把他折断的右臂放在身前,左臂放在身后,这样用绳子绑起来。日军让他脸朝上平躺下来,拿一块毛巾随意地盖住他的嘴巴和鼻子,然后就朝他脸上倒水。浸湿的毛巾堵住他的鼻子和嘴巴,无法呼吸,他整个人开始挣扎,张大嘴巴,想要呼吸空气。日军就朝他嘴里灌水。我看着他的腹部就这样开始膨胀。看着这个战俘受到这般摧残,我几乎都吓傻了,浑身不由自主地开始发抖。我害怕他会这样在我面前被折磨致死。我摸了摸他折断的手腕,发现还有脉搏跳动。我仍然清晰地记得,当时感觉他还有脉搏的时候,我真是又惊又喜。

那个战俘不停地大喊大叫:"妈妈!妈妈!"我小声地对自己说:"妈妈,你知道自己的儿子正在遭受怎样的痛苦吗?"每每想起那可怕的一幕,我还是会忍不住浑身发抖。

写到这里,永濑武志开始批判日本的天皇诏书,那封很长的忠诚誓言,所有的日本兵都要背下来,批判这封诏书所代表的绝对服从的专制体系,要求整个家族为其中某个人的行为来负责。与之相对比,永濑武志写道,在他看来,对人权的尊重似乎早已是西方人脑中根深蒂固的观念。

战时余下的时间里,永濑武志在医院里度过了六个月,然后又被送回了北碧府。然后从那里,他与巴伯神父以及其他军官乘坐专列火车踏上寻找坟头的旅行。永濑武志在书中写道,旅行当中他必须与一些大个头英国人和澳大利亚人同行,他们都不太跟他说话,隐约中让他感到传递过来的敌意。说服日本军队配合搜寻的过程也极其艰难,途中遇到的那些幸免于难的亚洲劳工让人惨不忍睹,他们还不知道战争已经结束,只是紧紧地围着盟军军官们,求他们把自己送回国。这些人的悲惨处境让他特别受触动,因为当时日本军队已经同意开始清理战俘坟头,但是根本没人理会那些亚洲劳工的坟头。"我担心,这种区别对待会让世人认为,日本根本就不把亚洲劳工当人看。"他们在树林里找到很多乱坟岗土堆和木碑,上面已经长满了杂草。永濑武志特别厌恶树林里各种各样的生物,比如遍地的蜈蚣和蠕虫。可笑的是,他尤其害怕会有老虎蹿出来,不管他走到哪里,都感觉路边的树丛里正有一头老虎对他虎视眈眈。他在书里记叙,他们这支由英国上校带领的士兵坟头搜寻队去到缅甸铁路线尽头的时候,遇到一队全副武装、孤注一掷又"特别凶残"的日本兵,这些日本兵一开始态度强硬,拒绝合作,导致双方之间展开紧张的对峙。

一天晚上,盟军军官把永濑武志叫到他们的厢式卡车里,让他坐下来戴上耳机。他听到一则新闻播报说日本铁道兵、战俘管理部门以及日本"特警"被怀疑是主要的战争罪犯团体,而且盟军的一个部门正在搜集关于日军在战争中犯罪的证据,比如虐待铁路线上战俘劳工的证据。他在书中写道:"我知道,在场所有军官都在盯着我,我的脸一下子惨白惨白的,喉咙嘴唇发紧,整个人都僵住了。"沉默了许久之后,他对这些军官承认,他曾经为日本"特警"效力。他们严肃地问永濑武志,是否刁难过任何战俘。他回答说:"没有。"于是盟军告诉他,只要他跟盟军待在一起,认真完成自己的工作,就会很安全。

永濑武志说,那个时候,他开始意识到英国人和日本人在人的生命价值这个问题上存在分歧,他也开始明白,为什么英国工程师由于"预计会牺牲大量劳工"而拒绝修建那条铁路,而东京总司令部却不管这些,执意要推行铁路修建计划。最后,永濑武志总结,之所以造成这种差别,是因为日本人对天皇盲目崇拜,绝对服从,而且军队领导执迷于那个"不切实际的计划"。之后他在北碧府附近的匆开战俘医院后面,看到数以千计的十字形木碑,这种可怕的场景让他似乎一下子顿悟,明白了"真正的文明应该建立在人道主义的基础上"。

战争结束十八年之后,日本取消了对出国旅行的限制,出国旅行变得更容易了,于是永濑武志和他的妻子去到北碧府的大战争墓园,站在一片整齐的石冢和刻着烈士姓名的铜制墓碑中默哀。

在大墓园的中心地带,一个白色的十字架站在蓝天之下。十字架的脚下,大约七千名军官和士兵在这静谧的热带环境中安息。这些就是在战争刚刚结束之后所发现并确认了的尸体。

我和我的妻子走近白色十字架,在其脚下献上一个花圈。当我双手合十祈祷的那一刻……我感觉自己浑身都在散发黄色的光芒,整个人都变得通透明晰。那一刻,我感觉,"终于,你得到了宽恕。"我相信这种感觉是真实的……

回国之后,我为驻扎在日本的占领军当翻译,同时还在高中学校教书。一年之后,我患上了肺结核,好不容易肺结核快治好了,我又生了病,患上了非常严重的心脏神经症,常常有阵发性心悸……每次病发之后,我都感觉自己的身体和精神都像是被掏空了……每次病发的时候,那个日本军官折磨战俘的场景就在我脑中闪现。我告诉我自己,那些战俘们遭受的折磨更多、更痛苦……

很长时间我都陷在深深的负罪感中。当我站在墓园里的那一刻,我感觉自己的负罪感消失了,因为我知道我的心愿终于达成。自那之后,我的身体逐渐康复,工作也越来越顺利。

在那之后,永濑武志去了泰国好多次,为救助存活下来的亚洲劳工而组织了很多慈善活动,很多亚洲劳工在战争结束之后无法回到印度或者马来西亚,只能在铁路线周边的村庄里勉强度日。永濑武志在桂河大桥上修建了一座庙,同时还公开批判军国主义。

这些行为看起来都非常崇高,但是读到这部分文字的时候,我却带着一种令人难以置信的冷漠感。我原以为自己内心会受到更大的触动,但是除了从旁观者的角度去看别人描写我被折磨的场景而感觉有些怪异之外,我别无其他感受。而且,对于永濑武志所说的那种"得到宽恕"的感觉,我仍然持有怀疑态度。也许上帝已经宽恕他了,但我并没有宽恕他。能否得到人类的宽恕是另外一回事了。

之后,我就把这本书收起来了。几天之后,帕蒂找出这本书,在一个下午,开始慢慢地品读。我之前引用的永濑武志去北碧府战争墓园的那段文字让帕蒂勃然大怒,比我自己还要气愤。她不明白,永濑武志凭什么觉得自己已经得到宽恕,根本没有人,尤其是我根本就没有宽恕他,他凭什么觉得自己的负罪感就这样"消失"了?

帕蒂特别气愤,她想立即写信质问永濑武志并征得了我的同意。于是她亲手写了一封信,在 1991 年 10 月末的时候寄了出去,并随信附上了一张我的照片。这样,我和永濑武志就不会有任何突然性的会面了。

尊敬的永濑先生,

我刚刚读完您的大作《十字架和老虎》。我对这本书特别感兴趣,因为我的丈夫就是一名皇家信号员,在 1943 年 8 月份的时候,他和另外六名军官由于在北碧府附近的铁路线劳工集中营里使用收音机而被捕。当时我的丈夫身上还带着一幅铁路线地图。

他就是您在书中第十五页所描述的那个被酷刑极度摧残的战俘。

他的母亲确实是新加坡沦陷之后的一个月在爱丁堡的家中去世的。一个亲戚告诉我说,她是心碎而死……

我的丈夫读到了1989年8月15日《日本时报》上的那篇文章,已经从中知道了你的身份。

他特别想联系上你,因为这么多年来,他心里有很多问题需要解答,也许只有你能帮助他找到这些问题的答案。也许你也有关于北碧府收音机事件的问题吧……如果你愿意的话,能不能和我的丈夫通信?

这么多年以来,我的丈夫一直承受着当年他悲惨遭遇所造成的后遗症,我希望,你们俩之间的通信对你们两个人来说都能有治愈的作用。如果这位前远东战争的战俘本人都还没有宽恕你的话,你怎么能感觉自己"得到宽恕"了呢,永濑先生?我的丈夫理解,在战争时期,你也承受着一定的外界压力,但是他究竟能不能彻底原谅你当年参与犯罪的行为,我也不知道,同时我也不便做出任何评价,毕竟我并不在现场……

此致,

帕特里夏·M.洛马克斯夫人

11月6日，帕蒂下楼到门口去取信件。就在前门屋内的地板上，帕蒂看见一封来自日本的航空挂号信。收信人写的是帕蒂的名字，她没有打开，而是把信拿给了我。我穿着睡衣坐在床边上，打开了薄薄信封。

尊敬的帕特里夏·M.洛马克斯夫人

收到您寄来的那封意想不到的来信之后，我现在完全不知所措了。我想，收到这样的来信，产生这样的反应，也是很正常的。您在信里写的那句话"如果这位前远东战争的战俘本人都还没有宽恕你的话"让我再次想起自己不堪回首的过去，感觉彻底崩溃了。我觉得收到您写来的这封信就是我的宿命。请您给我点时间来仔细考虑这件事情。

但请您转告您的丈夫，如果我能帮助解答他心中的任何疑问的话，我非常愿意帮忙。

不管怎样，我开始觉得应该再见他一面。从照片上来看，他很健康，是一位温和的绅士，但是我无法看出他的内心世界。请您一定转告他保重身体，直到我们俩能够见面。

此致

永濑武志

另附：请您告知我您的电话号码。

第十一章

另：读了您的来信之后，我脑子里有些混乱，请见谅，我只能写出上述这么多文字来。如果您的丈夫愿意见我的话，我一定会尽力赴约。

同时非常感谢您这么长时间以来一直照顾他。

您的来信就像是一把匕首，直插入我的心脏。

帕蒂感觉这封信写得特别诚恳，心中的怒气也逐渐消散了，取而代之的是对我和永濑武志两个人深深的同情，同时还有一种深深的悲痛和悔恨。那一刻，我已然抛开了之前包裹着自己的任何坚硬的盔甲，开始想象之前想都不敢想的可能性：也许我可以友好地跟永濑武志见一次面。宽恕不再只是一个抽象的概念，如今已经变成了一种真正的可能性。

随着日子一天天过去，我似乎感觉永濑武志的真诚确实是发自内心的。我也开始慢慢理解，他过去的所作所为给如今的他自己造成了多大的伤害，尽管一切并非出自他本意，但是作为当年的审讯者，如今他还是会在想起受害者的时候倍感痛苦。他想要为当年的行为作出补偿的愿望也并不是一时兴起，真的已经成为他的一种生活方式。后来我才知道，自从1963年以来，他前前后后一共去了泰国六十多次。同时，他还成为一个虔诚的佛教徒，他在桂河大桥上修建的那座庙宇显然是他的一大功德。

当他收到帕蒂的来信时，他一定经历了可怕的心理斗争，因为那简直就是一封来自地狱的信。那个星期的晚些时候，帕蒂又给他回了一封信，同时，我又在我们俩之间的关系上迈出了一大步。我亲自给他写了一封信，随帕蒂的信一起寄了过去。帕蒂的信写得很诚恳，文字优美，简单地讲述了一下战争结束之后我的生活经历。我写的那封信很简洁，语气平淡，语言正式。这已经是我能够做到的最大程度了。如今我给所有人写信几乎都很正式。

我在信里首先希望他提供以下几个问题的信息：当年日军是专门为了找收音机设备而来搜查我们的吗？日军为什么会怀疑集中营里有无线电设备呢？是谁下令搜查的？我还是想弄清楚当年整件事情的来龙去脉。

永濑武志在回信里并没有提供多少新的信息，因为1943年10月底，他暂时还待在西贡，等他回来的时候，我们已经被关进"猴舍"里了——他把日本宪兵队后院里的那些笼子称为"猴舍"。他觉得，日军并没有接到任何通风报信，但是他们的确是在找收音机。日军知道，我们当时正在与集中营之外的泰国人联系（日军最害怕的就是他们势单力薄，控制不住我们这么多人）。最后，永濑武志还说，他觉得战后被绞死的那位驹井上校就是当年下令暴打我们的那个人。他还补充说："我知道他的儿子如今住在日本北部，一直抬不起头来。"在信的结尾，永濑武志说，他想要与我见面的一个原因就是，他想向世人，尤其是那些"仍然对外国领土有侵略欲望"的日本人证明他们过去种种行为简直愚蠢至极。

为了我们双方的最终会面,我们准备了整整一年。我和帕蒂都不富裕,而且我们两个人都退休了,买不起去东南亚的高价机票。(我的手臂和臀部仍有旧伤,根本无法坐在拥挤的经济舱里进行长途飞行。)我们希望能从旨在促进英日关系的Sasakawa和平基金会那里获得资助,但是却迟迟没有去申请,因为当时还在准备参与录制纪录片。不过,我很谨慎,不想把自己变成一个娱乐人物,同时还打算以独立个人的名义去跟永濑武志见面,拒绝接受电视台工作人员的任何安排。我坚持要把医疗中心作为这部纪录片的主题,并且大部分的镜头都要用于呈现医疗中心。

我和永濑武志会保持通信,但是面对一个不久之前你还恨之入骨想要除掉的人,现在虽然仇恨消除了,但此前那种抗拒的情绪时而还会涌上来,因此很难跟他保持持续的通信往来。我很坦诚地告诉他,我觉得给他写信是一件很困难的事情,他也很友善,对此表示理解,并总是很快就给我回信。我们打算在泰国见面,在那之后,他希望我能跟他一起去日本,正好能赶上仓敷樱花盛开的时候,他跟我说,那儿的景色特别美。

最终,我觉得我和永濑武志都不能再等了,而且纪录片的拍摄似乎也是遥遥无期,于是我就去Sasakawa和平基金会申请资助,那里的工作人员最终决定资助我这次东南亚之行。同时该基金会认为,我们要拍的那部纪录片可能会帮助其推动英日的和解与相互理解，因此还决定借钱给我们拍纪录片。我同意了，唯一的条件就是等成本回收了之后，纪录片版权就应该归医疗中心所有。所有组织机构层面上的手续办妥之后，我就热切地准备以积极的心态去见我昔日的仇敌了。

第十二章

曼谷已经不是我记忆中的那个城市了。我和帕蒂在空调温度适宜的飞机上度过了九个小时之后终于抵达了曼谷。我们刚一下飞机,就感觉一股热浪袭来。

不过逃离这种热浪还是很简单的,这次我是作为贵宾来到曼谷的,所以接待方派了一辆带有空调的劳斯莱斯来接我。曼谷现在到处都是高楼大厦和玻璃建筑。我记得当年大街上都弥漫着一种空虚的死寂,我们的战俘卡车经过时发出巨大的噪音。如今这里已经变成了六车道的高速公路,小汽车和大卡车川流不息,鸣笛声不绝于耳。这让我想起了电视上洛杉矶市内的画面。尽管车流很急,但是一切都笼罩在热浪中,因而显得节奏很慢。我们从机场花了差不多三个小时才到达酒店。

两天之后,我们出发去北碧府,随着见面的时间临近,我愈发紧张和焦虑。曼谷莲区车站位于城市的西边,是蒸汽时代一个非常重要的枢纽车站,在当年的辉煌时期,这里是人们从曼谷去新加坡的必经之路。不过在1927年湄南河新大桥建成之后,这个车站的辉煌时代就结束了,仿佛变成了一潭死水———一个沉寂的地方,只有火车从这里开上"缅甸—暹罗"铁路线。火车虽然还是会从这里开到北碧府,然后再到达南多,不过从南多到缅甸原终点之间的路段已经慢慢废弃,剩下不到三分之一的线路。莲区车站也渐渐萧条了。但是车站周边有一片很热闹的集市,一些妇女小贩会来叫卖各种各样的东西,从水果到颜色鲜亮的布料,应有尽有,而且摊位一直摆到了铁路侧线和轨道旁边,我们就在那儿挨个摊位逛逛。上一次我在暹罗的火车站里走过的时候,身上还被捆着身子,胳膊还带着夹板,而且很可能随时被处以死刑。

开往北碧府的那辆火车是一辆很大的柴油机车,有七节蓝白相间的旅客车厢。火车穿过平坦肥沃的土地,地上纵横覆盖着灌溉沟渠,其中有绿色的稻田、果园以及棕榈树林。我专注地望着眼前的田园风景,但思绪还是不由自主地飞了出去。我一边回忆着过去的经历,同时还畅想着接下来有一个不一样的未来。而这两者本身就是很难调和的。

火车在廊普卡经过了一个只有一个月台的小车站,车站环境整洁明亮,摆放着栽满红黄小花的匣子,还有种着小灌木的木桶,让整个车站看起来特别像一个车站模型、一个玩具。当年来自新加坡的第一批战俘为了修建这条铁路线,在月台附近搭建了第一片集中营。月台后方,铁路线的北面就没有集中营的痕迹了。但是铁路线的南边,在已经是杂草丛生的侧线那里停放着一排排带蓬货车,看起来就像是当年用来把战俘们送到铁路线上游去的那些卡车。这其中有些卡车看起来还能用,就这样停放在炎热的太阳底下,车门敞开着,一如当年满载三十名战俘和他们的行李,卡车也是这样敞着门就上路了。

铁路侧线上方,有一座接地架空的老式木制水塔。这起初是由日军建造的,用于给机车供水,尤其是那种大个头的 C56 型机车。那时候这里就是火车集散地,火车在此装载燃料,或者进行维修。当时我在去曼谷接受审讯的途中便在这里看到了聚集的第一批火车。

在廊普卡西部,临近万磅县的地方,单行线分成了两条线。左边的那条铁路线是旧时南下的主要线路,终点是新加坡,而右边的那条铁路线就是"缅甸—暹罗"铁路线的起点。眼下,这里一切看起来都很平静,一条干净且保养良好的铁路线蜿蜒通向北碧府和与缅甸交界处的三塔山口。就在快到两条铁路线分叉口的地方,我努力地在铁路线北侧的土地上搜寻当年的痕迹。当时铁路修建车间以及临时集中营都在铁路线的旁边。休就是在那儿组装了第一台收音机,而且从外面偷拿回来一尊小佛像。如今已经完全看不到任何集中营的痕迹了,那里盖起了漂亮的房屋,有花园,还有一座很大的学校。

从万磅县到北碧府这三十英里路程当中,铁路线穿过各个小村庄以及更多平坦肥沃的田地,甚至在侧线上还建起了几家工厂——至少这一段的铁路线还能派上用场。随着绿树葱郁的大山逐渐远去模糊，我们也就到达了北碧府。当年那些铁路修建大车间也跟其他东西一样消失了，我盯着如今空荡荡的铁路侧线，仿佛能让某些证据再现似的，但最终还是一无所获。

车站前面一段废弃荒芜的路段上，停放着一辆气派的老火车。那是一辆盖拉特式机车，在蒸汽时代的最后十年里以其强大的牵引力而著称。这辆身形庞大又气派的火车有两组车轮，每组都有八对车轮构成。我不知道为什么这辆火车被停放在这里，但是它代表着人类的智慧和勤劳，唤醒了我之前内心的那种激情。这辆盖拉特式机车巨大的钢铁之躯在这种湿热的气候当中，在周围苍翠的树木植物的衬托下，显得有些脆弱。永濑武志曾说过，1945年他在寻找坟头的过程中就已经被树林的强大力量所震撼。热带气候下的这些大机器有一种致命的悲哀——它们象征着一种腐化的美丽，最终要走向失败和悲剧。

火车开出北碧府不久，我们来到桂河大桥处的月台。火车车身比月台要长，所以我们就下车沿着轨道旁边满是油污又干燥的枕木行走。天气实在是太炎热了，柴油的气味从轨道上散发开来。我们来到一处平交道口的前面，道口通向桂河大桥。大桥有十一个混凝土桥墩，火车鸣笛咆哮，七节车厢缓缓地从桥面通过，然后向西消失在群山之中。火车驶过之后，会有片刻的寂静，但是随着平交道口再次放行之后,卡车和摩托车的发动机噪音就很快打破了这份寂静。1944年,美国空军企图炸毁这座大桥,棕黄色水下的大桥支墩都炸开了裂痕,表面也因为粘弹碎片而变得坑坑洼洼。大桥看起来就像是五十年都没有车辆通行了。

我们在河对岸的镇上订了一家旅馆,然后在桂河餐馆吃午饭,我们在餐馆里认识了慷慨的老板泰德·洛哈,她非常慷慨,也深明大义地把大桥旁边的一块地皮赠给永濑武志,这样他才能在桥上建一座庙。同时她还是一位头脑敏锐、擅长交际的女士。多年来,她接触过很多前战俘和日本前战犯,她也很了解,战争时期,在她家乡的这两拨人对彼此都怀有至深的仇恨。

时间宝贵。我和永濑武志之前就约好在上午见面,地点是大桥对面那家小铁路博物馆的附近。定好的时间地点,我就不想再去改动了。但是永濑武志和他的妻子没有按之前计划的那样在夜里到达,而是在前一天傍晚六点的时候就到达了酒店。得知这个消息之后,我有些恐慌了。伊恩·科尔是医疗中心的一位助理,为了防止我们这次会面发生意外,他也跟随我过来了。为了不让我一直躲在酒店房间里再次成为被关在北碧府的囚犯,他就带着我和帕蒂出去吃晚饭。我们去到一家水上餐厅,我在那儿逗了逗一只可爱的猫咪,尽量不去想第二天的会面。那天晚上,我们很晚才回去睡觉。

第二天早上，我们来到河对岸，爬上一个可以俯瞰桂河大桥的游廊。我坐下来一边看着风景，一边等待会面。那天，我穿了一件衬衫和一条宽松长裤，还系着一条萨瑟兰格子领带，相当正式，周围几英里之内可能都没有人系领带。太阳升得越来越高，尽管还不到早上九点，空气已经开始变得闷热起来了。

突然，在大约一百码开外的地方，我看见他走上大桥。他还看不见我。对我来说，在这最后一刻还能占据心理优势，这是非常重要的。这让我能提前做好心理准备，虽然我已经不想去伤害他了。我走了大约一百码，来到一个宽阔的广场，就像是俯瞰着桂河的一片庭院，我们约好要在这里见面。

广场上有一尊面带笑容的巨型佛像。当我坐下来的时候，我发现这片空旷的地界上还有一件让人高兴的东西：一辆保养得很好的机车。我注意到，那是皇家暹罗铁路的一辆机车，是在我出生的那一年于格拉斯哥建造成的。这件精致的"古董"就像是从一个美梦中走出来的似的，我就这样坐在空旷的广场上，身旁是一辆沉默的蒸汽机车，跟我一起等待接下来要发生的事情。

他走上了广场，走过那辆蒸汽机车。我已经不记得他究竟有多么瘦小了，只隐约记得一个矮小的男人戴着一顶优雅的草帽，穿着一身很像和服的外衣和裤子。从远处看，他就像是一尊东方的雕塑，像死而复生的善良枯槁的神仙。他拿着一个粗糙的蓝布单肩包。在他走近之后,我可以看见他脖子上挂着一串粗线串起来的深红色珠子。这时我想起当年他不停地在我耳边说"洛马克斯,老实交代"以及其他让我痛恨不已的那些话。

他先是给我鞠了一躬,脸上的表情有些尴尬焦虑,他矮小的身躯才刚刚到我的肩膀。我向前跨出一步,握住他的手,先是用日语然后又用英语说:"早上好,永濑武志先生,你好吗?"

他抬起头来看着我,浑身都在颤抖,两眼含着泪水,不停地说:"对不起,对不起……"结果,我就只能采取主动,拉着他来到阴凉处的一张长椅那儿坐下,躲过阳光的暴晒。我不停地安慰他,因为他真的已经泣不成声了。在那一刻,我的内敛和自控能力帮助我来安抚他,坐下来的时候,我不停地小声宽慰他,仿佛是要保护他那看起来很虚弱的身躯不要因为过度悲伤而颤抖。他不停地跟我道歉,表达他的悲痛,我记得我当时跟他说:"你能这么说已经就足够了。"

他对我说,"五十年是一段很长的时间,但是对我来说,这一段时间尤其痛苦。我从来都没有忘记你,我记得你的长相,尤其是你的眼睛。"他说这句话的时候抬起头长久地看着我的眼睛。他的容貌仍然是我记忆当中的那个样子,轮廓清晰,黑色的眼睛稍微有些陷下去,两颊也深陷下去,从而使他宽大的嘴巴尤其显眼。

我告诉他说,我还记得当年最后一次见他时,他跟我说的最后一句话。他问我是哪一句话,我说是"别灰心",他听了之后就笑了。

他问我说能不能握着我的手。于是当年那个审讯我的日本人此时此刻抓着我那比他的胳膊粗壮很多的手臂,很自然地轻轻敲打。我并没有感觉很尴尬。他用双手抓着我的手腕,告诉我说,当我被"折磨"——他选择了这个词——的时候,他测量了我的脉搏。我记得他在回忆录里写下了这件事。但是如今跟他面对面之后,我才发现他的悲痛似乎比我的更加剧烈。"我是日本皇军的一分子,我们曾经虐待过你和你的同胞们。""可我们都挺过来了啊。"我鼓励他,与此同时自己也对这句话深信不疑了。

过了一会儿,我记得他说过:"人来到这个世界上是为了什么呢?我觉得我现在可以安心地离开了。"

他问我还记不记得当时我被折磨的那个"浴室"。我不得不承认,我已经不记得了。他说,我先是被关在审讯室里严厉审讯,接着在被拖到院子里挨水管子冲刷之前,还有另一段经历。日军把我带进一间浴室一样的房间,然后在一个金属浴盆里装满水,日本宪兵把我的脑袋摁进水里。"你还记得那个大盆吗?"永濑武志说着用手比划一个圆形。我也只能相信他的话。我告诉他,我确实记得那个日本宪兵用一根大木尺敲桌子,我很讨厌那个人。永濑武志同意我的说法,说那个日本宪兵是个"非常暴力"的人。

现在已经不太可能记住我们俩那天谈话的所有内容了。我们在那儿坐了很长时间,太阳渐渐向西移动,头顶的阴凉消失了。(帕蒂后来告诉我,我们背后的游廊上有一个记者知道了这件事情,一直想偷拍我们俩的照片,帕蒂跟那个记者发生了激烈的争执。)我们谈了些什么其实并不重要。见面不久之后,我们俩就谈笑风生,彼此聊得很开心。我们聊的有些内容我还是记得很清楚的,尤其是他说的一些有趣的短语。其他的谈话内容则只是稍微有些印象而已。

谈话之中,永濑武志突然提到了我的那幅地图。他提醒我说,我当时努力地跟他解释,我画这幅铁路线地图是"因为我是一个铁路爱好者"。他说:"我很想相信你说的话,但是那个时候在日本,铁路爱好者并不多见。"然后他说,他知道在英国有各种各样的"爱好者",他也努力跟那个日本宪兵解释,我并不是这群战俘的领头者。我说,那个日本宪兵根本就不相信我。永濑武志说,其实日军就是想找个"间谍替罪羊"。否则他们没法解释我们为什么要组装收音机,而且日军也极力阻止我们跟当地平民之间进行沟通。正如我之前怀疑的那样,他在新加坡的时候,也曾亲自参与搜查那些要去万磅县和北部地区的那些战俘们的行李。

他问我,在坂本部队的时候,我把地图藏在哪里?他一直大惑不解的是为什么他们在搜查营房的时候没能找到地图。我告诉他,我把地图放在一节空竹筒里,藏在厕所的墙壁内,后来由于我自己粗心大意把它藏在了工具箱里,才被那个说英语的翻译给找到了。永濑武志说,那个翻译战前作为美国国内的"少数民族"而深受其苦,他对美国白人"存有很大的偏见"。

他告诉我,二战的最后一年,他的疟疾治愈了之后,他的工作内容就是翻译盟军飞机投下来的宣传单,在集中营周边巡逻,搜寻间谍和伞兵,基本上就是满足大势已去的日军对情报的徒劳需求。那时候,他很多时间都是在躲避炸弹,同时总是提心吊胆,害怕踩到还没爆炸的炸弹。

他想知道,害死霍利和阿米蒂奇的驹井上校是否也暴打过我们。几年之前,他曾经见过驹井的儿子。我说这有可能,但我不太确定。永濑武志说他知道我在欧南路监狱里肯定再次遭到暴打,我只能跟他解释,有时候这种蓄意暴打还不算是最糟糕的惩罚。他非常诚恳地说,与我的遭遇比起来,他的经历根本不值一提。不过,看得出来,他也很痛苦。"各方面的痛苦,心理上和思维上的各种折磨……"他告诉我,他一直在研究历史,坚决反对军国主义。他的妻子洋子家室显赫,他成立了一家英语学校,他的妻子在学校里教授茶道。

那天快中午的时候,我们去了游廊旁边的那家博物馆。博物馆幽深的房间非常闷热。地板上陈列着以前用来移动枕木的铁链子,如今已是锈迹斑斑,还有一些长钉、绳子和铁锯。我们还看到一些生了锈的巨大铁钩——那是运货列车的车钩——还有一些四个轮子的小转向架,以前是用来将更多的笨重木材和钢铁送到铁路线上游,送到那些已经筋疲力尽的铁路劳工的背上去。这些转向架躺在那儿,很不起眼,车轮因为生锈而无法转动了,除了让人们记起曾经的那段遭遇之外,一无是处。那些巨大的铁制厨具被摆放在一个长形桌子上,仿佛是用来盛放贡品似的。在我还是膳食官的时候,我们把这种厨具叫做"克瓦力",用来煮米饭。

那个时候,我们已经介绍彼此的妻子相互认识了,她们很快就因为对彼此的同情和理解而找到了共同语言。永濑武志说,他来到北碧府时经常会走过当年宪兵队所在的地方。于是我们决定一起去那里看看。当年那里的房子当然已经都被拆除了,新的建筑物拔地而起。开车带我们去的是泰德·洛哈,他为很多到访北碧府的前战俘们提供过帮助。帕蒂坐在副驾驶的位置上。我在后排,坐在永濑武志和他的一个日本朋友中间。当车开过一段熙熙攘攘的街道时,我的妻子转过头来看了看我们。我和她的目光对视那一刻,我们俩都笑了——我知道她在想什么,因为我重回故地的时候,竟然是坐在两个日本人中间。我们三个人都笑了。

日本宪兵队当年的房屋已经不在了。当时满是"猴舍"的院子如今盖起了一座民居。当年折磨战俘的地方就这样轻易地被拆除了。毕竟,折磨人这种事情并不需要很大排场。只要有水,有木棍,有大嗓门就可以了。地点可以是在污秽的房间里,可以是在肮脏的后院和地下室里,折磨过后,可以不留任何痕迹。身体上留下的印记也会很快褪去。而正是由于海伦·班贝尔这些人的帮助,那些隐匿着的伤口会被发现,然后被慢慢治愈。

我们回到了第一次见面的地方,却并没有什么收获。之后我们又去参观了战争纪念馆。为了去重开盟军墓园,我们坐上了一艘长尾船,这艘船就像快艇一样沿河极速前进,驶过岸边的芦苇地、农田以及大片的绿树。热带气候下植物的繁殖能力真是惊人,就连河水里似乎都长满了植物——杂草、睡莲,还有各种藤蔓类植物。上岸之后,我们走过一个红屋顶的门廊和一道凉爽的走廊,然后就看到入口处那句名言:"他们永远活在人们心中。"偌大的墓园里一切都被打扫得特别干净,植物都经过精心打理,非常整齐。铜墓碑被嵌在诵经台形状的光亮的石灰石上。有些墓碑上仅仅写着:致1939年至1945年二战中牺牲的无名战士。失踪的比尔·威廉姆森会不会在不知名的情况下被埋在这里呢?

我们在墓园里徘徊。我和帕蒂一起走在前面,永濑武志和洋子走在后面。我们边走边聊,聊了什么已经不太记得了。但是我记得面对那一排排墓碑,我终于跟他们说,我已经找到了多年以来自己想要寻找的答案。

1944年日军迫使战俘们修建的日本战争纪念碑,如今更是一片荒芜,人迹罕至。纪念碑上满是多年来风吹雨打日晒雨淋留下的痕迹,周围的空地上栽种着低矮的小树。这里看上去根本没人打理,一片荒芜。纪念碑上镶嵌了一些向其他国家死难者致敬的牌匾,看起来像是战争结束之后又加上去的。一些当年的战俘永远都无法原谅日本人,重游旧地的时候就朝这个纪念碑扔石头。坑坑洼洼的纪念碑上仍然能看得出被石头砸中的痕迹。永濑武志夫人那天上午告诉我们,她的弟弟就是在战争即将结束的时候在缅甸遭遇不测,跟其他很多年轻人一样被战争夺去了生命。

我和永濑武志聊了很多关于这条铁路线的事情。让我们两个人都感到震惊的是,这条铁路线竟然荒废至此。金字塔是人类工程史上的另一个灾难,但至少金字塔象征了人类对美的热爱,同时也是奴隶们劳动的结晶。而这条铁路线却只是森林当中的死胡同。国境线周边的大部分路段都在战后被拆毁了,枕木都被拿去当了柴火,或者用来盖房子。在当时,修建这条铁路线确实有一定的军事战略意义,但也只是为了必败无疑的日本帝国服务,同时还让成千上万人付出了生命的代价。如今这条铁路线已经没有太大意义,全程只有大约六十英里的路段还在运行,其余都已经停运,就像1933年我在设得兰群岛的安斯特岛上所发现的那些小铁路线一样。

我们一边走一边聊天,我感觉如果当年我跟自己面前的这位奇特"朋友"是在另一种场合下认识的话,我们俩肯定能成为好朋友。我们有很多共同点:爱读书,都教书,都对历史感兴趣,尽管他还是觉得我的一个"癖好"有些奇怪。随着我们在北碧府相处的时间越来越长,我感觉跟他的距离越来越近了。按照计划,我们在周末的时候要一起乘飞机去日本。

我还在考虑是否要宽恕日本人这个问题,因为这也会涉及永濑武志。如果说我们俩的见面就已经代表我能宽恕他们了,或者说随着时间的流逝,宽恕与否已经变得不那么重要,这似乎有些太武断了。如果一个人把宽恕与否看得如此重要的话,这个人就会变得很明断。我觉得我应该对永濑武志向我示好,想要获得我的宽恕的努力做出回应。

那个星期,我们遇见了一位善良的泰国女士,她努力地给我讲解佛教教义中宽恕的重要性。于是我明白了人生在世,无论做了什么,这辈子都会"善有善报,恶有恶报"。而一个人如果做了什么穷凶极恶的事情又没有为此而赎罪的话,那么他在下辈子就会被加倍惩罚。永濑武志特别害怕下地狱,而我们俩为了这第一次见面都曾经有过下地狱般的感觉。即使我还没有完全理解这个理论,但是我知道再继续惩罚永濑武志,拒绝与他交流,拒绝宽恕他,都已经没有意义了。现在最重要的是,此时此刻此情此景中,我们俩相处得很愉快,他对自己过去的所作所为感到非常悔恨,而我们俩也都希望不要让这次见面变得残忍而空洞,而是要赋予它更深远的意义。

过去曾经给我们两个人的生活造成了巨大的伤害,如今我们应该尽可能地去补救。现在剩下的唯一一个问题就是,我要选择一个恰当的时机,在一个正式的场合对他说出我想说的话。

我们登上了去大阪的飞机,周围坐着的都是日本商人。我和帕蒂的座位原本并不是挨着的,后来有一位穿着考究、操着一口流利英语的绅士听帕蒂说了我们的故事之后,就主动跟我换了座位,这样我和帕蒂就能坐在一起了。永濑武志的夫人带着她的一些学生在机场接我们。她的那些学生都是年轻有为、谦恭待人、很有魅力的职业女性。几个小时之后,我们就坐上了从大阪开往冈山的动车。日本的动车非常棒,坐在上面就像是坐在一颗沿着轨道行进的导弹。我们的座位在最上层,沿途眼前不断飞速掠过日本内海海边的小房子和其他建筑物。

仓敷市是我们的下一站。在日本众多被战争摧毁又重建的城市当中,仓敷市给人的感觉就像是英国的牛津或巴斯。这里几乎没有受到战争的摧残,而且开发商也保留了城市中的古建筑。我喜欢那条流经这个城市的宽大干净的运河,喜欢这里的天鹅和那些小桥。洋子带我们去他们的"老宅子",这是她们家在二战之前的住所,如今作为传统日本民居被保留了下来。她们家族是仓敷市一个人口众多的老家族了,她对家乡感到很自豪。这座老宅子特别漂亮,家里的墙壁上都贴着墙纸,优雅朴素的屋子里只摆了些低矮的桌子和挂饰。我们坐在榻榻米上,观看茶道仪式。但是我很难集中注意力去欣赏那个精致优雅的仪式,因为我很久都没有盘腿坐过了,实在是很难受。不过,让我感到惊讶的是,院子里茶室的门都特别低矮窄小,一个带着佩剑的人根本就无法通过。这似乎是一种文明的预防措施。

在永濑武志如今居住的"新家"里,我看到跟我家一样,到处摆满了书籍和纸张。有一天,我走进他的书房,不经意地坐在了一把椅子上,后来才发现,《日本时报》上那篇文章中,永濑武志差不多就是坐在这个位置上拍的照片,而我就是通过这篇文章才找到了他。

永濑武志执意要带我去看开得最盛的樱花,后来这成了我们一直拿来开玩笑的事情。每天早上他都会宣布,当天的樱花将"开到30%"或者"开到45%",我们很快就能看到开得最盛的樱花了。有一次,他带我们去冈山市的一个公园里去看樱花,结果非常失望地发现那个公园里的樱花只算是开到了40%。

在那个漂亮的小镇周围徜徉,这让我自己都感到非常震惊。退回几年,我根本无法想象自己主动去见一个日本人，如今我却在一条满是日本人的街道上散步，已经七十岁的我成为这里的游客，成为两个善良日本人的贵客。我们见到的每一个人都谦恭有礼。让我高兴的是，我看到了一群群充满阳光穿戴整齐的年轻人，他们是日本未来的主人。日本已经成为世界上的经济强国，而且还是电子行业的领头羊，而我记得就在1943年，我还在暹罗的小木屋子里耐心地跟日军解释无线电发报机的工作原理。

濑户内海上修建的连接本州和四国的大桥最能展现日本人强大的工程技术。我特别提出要去看看大桥，因为小时候最让我着迷的一大工程就是英国的福斯大桥。日本这座跨海大桥是世界上跨度最大的大桥，有九英里长，桥身跨过大海，优雅地没入天际。

我们就像普通的游客一样游览了日本，一路上都非常开心。但这并不是一本游记，我一直都记得我和永濑武志之间还有尚未解决的问题。我发现很难找到一个合适的时机，周围总是有其他人，而永濑武志总希望把我们的见面出行公开化，这样就象征着和解，因此我们有几次出行很像官方出访，日本的媒体记者一直跟在我们后面。

与此同时，我们俩都在以不同的方式处理对我们来说很重要的事情。我们去了广岛市，我和帕蒂在陵墓前献上了一束花。和平纪念资料馆的一位主管带着我们参观，他自己就因为核辐射而身背残疾。我们看到很多惨不忍睹的照片，照片上有被烧伤的孩子，有因为辐射而染病的患者,还有彻底被毁坏的街道。这位主管用残疾的手臂指给我们看那些保存下来的人像图,它们犹如借着原子弹爆炸时产生的闪光拍摄下来的照片。

整个广岛市的气氛让人感觉那儿就像是一个神殿。然而我和永濑武志却很不光彩地冒犯了那里肃穆紧张的厚重气氛。当时我们俩一起在资料馆里参观,帕蒂和洋子带着永濑武志的几个朋友走在我们俩前面。大家边走边小声地议论和评说所看到的展品。事后帕蒂告诉我,当时她突然听见身后传来一阵不合时宜的爆笑。她转过身来,看到两个老人在这样一个神圣静谧的地方笑得前仰后合。

我们俩当时正在聊二战结束之前的那段日子。永濑武志问我是什么时候听说广岛遭到原子弹袭击这件事情的。我告诉他是"8月8日"。对此他感到非常震惊,因为这至少比他和他的战友们得知这个消息早了两天。他很疑惑,当时我们都被关在樟宜监狱,无法与外界联系,我们是怎么得知那个消息的。我回答,当然是因为我们手里有收音机啊。不知为何,这个回答一下子把我们俩都逗笑了,尽管当时身处那样一个肃穆的地方。

有一天,我提出了一个让永濑武志一家人感到特别震惊的请求:我想要去参观一个很特殊的纪念馆——东京的靖国神社。靖国神社是日本帝国主义传统的中心,也是曾经被封为日本国教的神道的象征。

我和永濑武志聊了很多关于历史事实的问题,他近乎执拗地认为，应该让日本人知道，在1945年之前，他们的军队以天皇的名义都做了些什么事情。永濑武志认为，必须要彻底清除盲目崇拜权威的残余势力。他是一个激进而崇高的人道主义者。他经常说，如今日本青少年接受到的正面的历史教育实在太少了，也很少有人鼓励他们去面对过去，接受历史。而永濑武志这种敢为天下先的精神是非常勇敢并值得称赞的。不过他这种努力有时也会让他感到很疲惫，就像这次他想方设法要公开我们两人的行程，其中阻扰重重，实属不易。我跟永濑武志聊得越多，就越能理解他这份热忱。他近乎痴迷地致力于为过去的行为赎罪，希望化解仇恨。这样的行为需要得到公众的关注。而相比之下，我一直以来只是将痛苦的过去以及复仇的欲望暗藏在心里。永濑武志的所作所为在日本国内引起一部分人强烈的反感和敌视情绪。有一次他说，如果有一天自己在"睡梦中被人杀害了"，这丝毫不奇怪。

靖国神社最能体现出永濑武志要面对的敌人有多么强大。我们在日本有幸再一次见到了中原教授，她带着我们去参观了靖国神社。从某种程度上来说，靖国神社是一个悲怆的战争纪念碑，用以纪念那些为天皇而战死的日本兵。但是从另一个角度来说，它又是军国主义的一种无耻的展现。樱花树上挂满了白色的小布条，上面写着参拜者留下的心里话或者许下的愿望。地面上，我们看到一个专门为日本宪兵队竖立的纪念碑，这就像是在一个德国教堂里看到一个为盖世太保竖立的纪念碑一样。靖国神社旁边有一座博物馆似的建筑物，在这栋建筑物的前面，停放着一辆野战炮，基本上占据了绝大部分空间，这与伦敦的帝国战争博物馆一样，都是为了警示世人。唯一不同的是，在这里是一种宗教崇拜。这辆野战炮的旁边，是一辆很漂亮的 C56 蒸汽机车。根据靖国神社的官方解说，这辆蒸汽机是第一辆开过缅甸铁路线的机车。这辆机车骄傲地站在那儿，挡烟板擦得很干净，巨大的车轮紧压在砾石路面上，这辆机车的美却是野蛮的象征。

　　永濑武志告诉我，1979 年这辆 C56 机车被安放在靖国神社的时候，他曾经强烈地抗议过。他给靖国神社的管理人员写过信，提醒每一个愿意倾听他抗议的日本人，据说当年铁路线要动工的时候，东条英机曾经访问过暹罗，并且扬言就算每铺设一段枕木便累死一个战俘，也要把这条铁路线建成。永濑武志说，这种机车在轨道上每运行一米，就需要一段枕木。靖国神社不仅供奉着作为天皇战士的东条英机的牌位，而且也对这辆机车顶礼膜拜。

　　待在日本的那段时间，我再也没有感受到之前多年来心中积蓄的对永濑武志的那种痛恨。当得知虐待我的日本人还有一个活在世上的时候，我曾有过想要杀死他的冲动。但是在日本的那段时间里，这种冲动没有再出现过。事实上，跟永濑武志接触之后，我感觉他也担心我们俩初次见面的场合会充满敌意和尴尬,结果比他预料的要好得多。

也许这就是为什么当我突然提出要在东京的酒店里单独见他的时候,永濑武志看起来有些恐慌。在我们准备回英国之前,我们都住在东京的酒店里。在那之前的几天,我就想好了要怎么做。我决定给他一封信,我觉得这封信对我们两人来说都很重要,并一度打算在京都的时候给他,因为他一直想要带我去这个日本古都参观那些漂亮的寺庙。

计划去京都的那天早上,天突然下起了大雨。永濑武志感觉身体很不舒服,于是就让洋子带着我们游览京都这个很棒的城市。雨中的金阁寺散发出柔和的光芒,投射在湖中的倒影也变得模糊。我们在那些荒凉朴素的花园里转了转,可看的东西并不多。同时我很担心心脏病复发的永濑武志,希望能尽快跟他和解。回到东京那家毫无特色的现代酒店,望向窗外,我可以看见一大片建筑工地,来来去去的火车在偌大的东京火车站擦身而过。我坐在房间里等着帕蒂和洋子离开。我要求单独去永濑武志的房间见他,这一定让大家都有些顾虑,因为洋子看起来很担心,她带着一种忧虑的表情对帕蒂说:"他心脏不好。"同时还有些乞求地看着我。我安慰她们说一切都会没事的,但洋子还是藏不住她内心的忧虑。

洋子和帕蒂出去之后,我就进到了隔壁永濑武志的房间。屋子里很安静,隐约能听见火车的声音和城市街道上的嘈杂声,就在那里,我给予了永濑武志先生他一直希望得到的宽恕。

　　我把我写的那封信读给他听,其间会稍作停顿,确保他听得懂每一句话。我觉得这份庄重与正式是他理应得到的。我在信里写道,战争已经结束将近五十年了,这五十年里,我很痛苦。我知道,虽然这五十年里他也很痛苦,但是他却特别勇敢地反对军国主义,同时努力去化解仇恨。我告诉他,尽管我无法忘记1943年在北碧府所发生的一切,但我可以保证,我已经彻底原谅他了。

　　永濑武志再一次泣不成声。之后我们就在他的房间里安静地聊了一会儿,享受这悠闲的时光。

　　第二天早上,我们先是把永濑武志和洋子送上了回仓敷市的火车。当天晚上,他从仓敷市给我打来电话,确保我们这边一切顺利。我以为那是我们最后一面了,也许是这辈子最后一次见面了。第二天,我们也坐火车去大阪,然后从那里乘飞机回英国。火车开了三个小时之后,到达了大阪火车站。我们往月台上走。就在车厢门打开的那一刻,我们看见永濑武志和洋子站在那里,笑容满面,对我们鞠躬致敬。他们知道我们坐在哪一节车厢,看到我们惊讶的表情,他们俩像小孩子一样开心。能再见到他们真的是太高兴了。

他们把我们送到飞机场,我们坐上了回英国的飞机。当飞机飞上大阪海湾的上空时,我握住了妻子的手。我感觉自己取得了做梦都想象不到的成就。之前永濑武志是我深恶痛绝的敌人,我想象不到自己会跟他成为朋友。但是这次见面使我们两个人成了结拜兄弟。如果我永远都没有找到任何一个当年伤害过我的人,我就不会知道其实这个人也一直生活在痛苦之中,我只能永远陷在毫无意义的回忆里,忍受噩梦的折磨。如今我已经向自己证明,光有回忆是不够的,回忆有时候只会加深我们的仇恨。

回想在泰国的时候,当我们参观重开战争墓园时,我和帕蒂两人单独徘徊在墓园里,看着那一排排的墓碑,帕蒂产生了片刻的怀疑,她说不知道我们这样做究竟对不对。不过这种怀疑转瞬即逝,因为我们都知道应该这样做。当时我说:"仇恨,终有一天是要化解的。"

致　谢

我要衷心感谢文稿代理人希拉里·鲁宾斯坦的帮助,他经验丰富,博学多识,和蔼可亲,为这本书的最终完成做出了巨大的贡献。

我还要特别感谢帝国战争博物馆的两名工作人员,一位是资料部主管罗德里克·萨德达比,另一位是博物馆服务部主管克里斯托弗·道林博士。他们一直给予我极大的鼓励和帮助。

我还要特别感谢电影制作人和导演麦克·芬拉森,他相信我的故事富有感染力,并在1993年组织协助录下了在北碧府会面的各个场景,最后制作了纪录片《我与敌人为友》,在南非进行了首映。

我还要感谢乔纳森·泽尔对我的支持。

对于乔纳森·凯普出版公司的工作人员,我要感谢编辑珍妮·凯斯,她做事认真仔细,同时为这本书选定了很简明的设计风格。此外我还要感谢克里斯蒂·邓斯为这本书所付出的努力。

如果没有特威德河畔贝里克三位女士的帮助,这本书根本就不可能问世。首先,朱莉·沃斯汀帮助启动了这个项目,后来琼·斯科特承担了这本书战前部分文字的修改工作。接着萨拜娜·莫尔负责修改主要的战时及战后部分,大部分内容都经过反复推敲,最后她放下了很多私人事务,以最快的速度准确无误地将手稿打印出来。

感谢酷刑受害者医疗中心主任海伦·班贝尔。尽管作为医疗中心的创始人之一,她有很多事务要处理,可她还是在百忙之中热情地向我提出建议,给予我鼓励,对此我表示由衷的感谢。

我要特别感谢我的妻子帕蒂,感谢她一直以来无论是在顺境还是在逆境当中,都给予我最大的信任、最深的爱和最有力的支持。

埃里克·洛马克斯

著作权合同登记号 图字:01-2014-1931
图书在版编目(CIP)数据

铁路劳工/(英)洛马克斯(Lomax,E.)著;刘静译. —北京:北京大学出版社,2015.11
ISBN 978-7-301-26467-6

Ⅰ.①铁… Ⅱ.①洛… ②刘… Ⅲ.①回忆录—英国—现代 Ⅳ.①I561.55

中国版本图书馆 CIP 数据核字(2015)第 259711 号

THE RAILWAY MAN
By Eric Lomax
Copyright © Eric Lomax, 1995
First published as The Railway Man by Jonathan Cape
Simplified Chinese translation copyright © 2015 by Peking University Press
ALL RIGHTS RESERVED.

书　　名	铁路劳工 Tielu Laogong
著作责任者	〔英〕埃里克·洛马克斯　著　刘　静　译
责 任 编 辑	柯　恒
标 准 书 号	ISBN 978-7-301-26467-6
出 版 发 行	北京大学出版社
地　　址	北京市海淀区成府路 205 号　100871
网　　址	http://www.pup.cn　http://www.yandayuanzhao.com
电 子 信 箱	yandayuanzhao@163.com
新 浪 微 博	@北京大学出版社 @北大出版社燕大元照法律图书
电　　话	邮购部 62752015　发行部 62750672　编辑部 62117788
印 刷 者	北京大学印刷厂
经 销 者	新华书店
	850 毫米×1168 毫米　32 开本　10.625 印张　181 千字 2015 年 11 月第 1 版　2015 年 11 月第 1 次印刷
定　　价	35.00 元

未经许可,不得以任何方式复制或抄袭本书之部分或全部内容。
版权所有,侵权必究
举报电话:010-62752024　电子信箱:fd@pup.pku.edu.cn
图书如有印装质量问题,请与出版部联系,电话:010-62756370